NELE JACOBSEN
Ein Sommer im Rosenhaus

AF217852

atb aufbau taschenbuch

NELE JACOBSEN, geboren 1976 in West-Berlin, ist Diplom-Politologin und Journalistin und arbeitete jahrelang für Print und Fernsehen. Mit ihrer Familie lebt und schreibt sie in der Nähe von Dresden. In ihrem Garten am Elbhang blüht ihre Lieblingsrose, eine »Eliza«, jedes Jahr ab Juni in silbrig schimmerndem Pink. Im Aufbau Taschenbuch sind außerdem ihre Romane »Unser Haus am Meer« und »Der Rosengarten am Meer« lieferbar.

Mehr zur Autorin unter nele-jacobsen.com.

Nach dem Tod ihres Mannes und nach Jahren, in denen sie nur für die Kinder gelebt hat, muss sich die Botanikerin Sandra die Frage beantworten, was sie vom Leben will. Sie beschließt, einen Neuanfang an der Ostsee zu wagen, und kauft ein altes Gärtnerhaus auf Usedom, zu dem ein herrlicher, aber völlig verwahrloster Rosengarten gehört. Schon der Umbau des Hauses erweist sich als viel schwieriger als gedacht, die Pflege der einmalig schönen, aber sehr sensiblen Rosen überfordert Sandra schließlich vollends. Sie sucht Rat bei dem englischen Rosenexperten Julian. Der hilft ihr zwar, die Rosen zu retten, ist aber ansonsten ein unerträglicher Eigenbrötler. Dann findet sie heraus, dass der Rosengarten ein Geheimnis in sich birgt, das in überraschender Verbindung zu ihrer Familiengeschichte steht. Doch um das Rätsel zu lösen, braucht sie Julians Unterstützung …

»Das ist Lektüre, bei der man die Rosen förmlich riechen kann.«
LÜBECKER NACHRICHTEN
»Der Garten-Roman des Jahres.« HOMES & GARDENS

NELE JACOBSEN

Ein Sommer im Rosenhaus

ROMAN

aufbau taschenbuch

MIX
Papier | Fördert
gute Waldnutzung
FSC® C083411
www.fsc.org

ISBN 978-3-7466-3262-9

Aufbau Taschenbuch ist eine Marke
der Aufbau Verlage GmbH & Co. KG

3. Auflage 2024
© Aufbau Verlage GmbH & Co. KG, Berlin 2017
www.aufbau-verlage.de
10969 Berlin, Prinzenstraße 85
Der Verlag behält sich das Text- und Data-Mining nach § 44b UrhG vor,
was hiermit Dritten ohne Zustimmung des Verlages untersagt ist.
Bei Fragen zur Sicherheit unserer Produkte wenden Sie sich bitte an
produktsicherheit@aufbau-verlage.de.
Umschlaggestaltung www.buerosued.de, München
unter Verwendung eines Bildes von © mauritius images /
imageBROKER / Sabine Lubenow
Gesetzt aus der Whitman durch die LVD GmbH, Berlin
Druck und Binden CPI books GmbH, Leck, Germany

Printed in Germany

Nun lass den Sommer gehen,
lass Sturm und Winde wehen.
Bleibt diese Rose mein,
wie könnt' ich traurig sein?
Joseph von Eichendorff

Willst du ein Leben lang glücklich sein,
werde Gärtner.
Chinesisches Sprichwort

1

Sandras Zeigefingerkuppe schwebte einen halben Zentimeter über der Eingabetaste: Fünf Millimeter Luftlinie zum Glück, dachte sie. Oder war es zum Unglück? Oder gar Ruin? Ihr Blick ging zur Zeitanzeige.

Noch vier Stunden zweiundzwanzig Minuten bis zum Versteigerungsende. Und es war bereits kurz vor acht Uhr abends, wie sie erschreckt feststellte. Sie hatte viel zu lange geträumt und mit dem Eintragen ihrer Daten und des Gebotes getrödelt, und das Scannen ihrer Papiere hatte ewig gedauert. Tine und die anderen würden jeden Moment hier sein und am gedeckten Tisch Platz nehmen wollen, um gemeinsam zu feiern: Abschied.

Sandras Finger zitterte. Sie rückte näher an den Computerbildschirm heran, als ob die Nähe zu dem Foto ihr bei der Entscheidung helfen würde.

Sie ließ ihre Augen über das Bild gleiten: die Rückfront des backsteinernen Gärtnerhauses mit seinem Reetdach und dem wunderschönen Rosengarten an einem sonnigen Junitag. Die Blüten an den unzähligen Rosenstöcken und -sträuchern bildeten ein Meer der Farbenpracht. In Zartrosa, Hellgelb, Weiß, Pink und Orange ragten sie über das Unkraut des verwilderten Grundstücks hinweg. Sandra erkannte strauchige Wildrosen, üppige Kohlrosen, zarte Noisette- und Bourbonrosen, stolze Edelrosen und sogar eine Fuchsrose. Die Hauswand im Hintergrund überwucherten zwei Ramblerrosen in Weiß und Tiefrot. Sie waren bis an den Rand des Reetdaches hochgeklettert.

Sandra meinte fast, den zarten, lieblichen Duft in der Nase zu spüren. Den Duft, der an warmen Sommerabenden über den windschiefen Holzzaun wehte, wenn sie und Tobias Hand in Hand an dem Haus vorbeispaziert waren, nach einem guten Glas Wein und einer Käseplatte im Dorfgasthof. Wie oft waren sie stehen geblieben vor dem verwunschenen Garten. Wie oft hatten sie die alten Rosen bewundert, die ihre schönen Köpfe stolz in die Luft streckten; das grüne Chaos um sie herum und die jahrelange Vernachlässigung kümmerten sie nicht. Sie hatten dem Vogelgezwitscher und dem Rauschen des Windes in den Buchen gelauscht, die den Rand des Grundstücks säumten, und dem Quaken der Frösche in dem Bach, hinter dem der Park des alten Gutshauses Bantekow lag. Zu DDR-Zeiten war das Gutshaus mit seiner wunderschönen Freitreppe und Säulenterrasse von der LPG als Verwaltungsgebäude genutzt worden. Seit der Wende gammelte es vor sich hin. Das kleine, mit Reet gedeckte Gärtnerhaus hatte einst zum Gutshof gehört, das wusste Sandra aus den Gasthofgesprächen. Aber nun stand es einzeln zum Verkauf. Mitsamt seinem einzigartigen Rosengarten.

Nie hatten Tobias und sie in den Jahren, die sie in der Gegend Urlaub gemacht hatten, einen Fuß in den Garten selbst setzen können. Sie hatten die dicke, verrostete Eisenkette am schiefen Tor zwischen den Backsteinpfeilern respektiert und geträumt: Eines Tages werden wir es kaufen, dieses Rosenparadies.

Aber Tobias war nicht mehr hier. Jetzt, wo sie die Möglichkeit hatte, das Haus tatsächlich zu bekommen. Sie schloss die Augen, als sie merkte, wie in ihr die Tränen aufstiegen. Sie musste diesen Traum ziehen lassen oder es allein wagen.

Aber könnte sie das überhaupt? Ganz allein? Denn nur sie würde das Haus bewohnen, würde den Garten bewirtschaften und seine Schönheit genießen. Ihre Tochter Tine ging nun ihre eigenen Wege. Und wenn sie ihn tatsächlich wagte, diesen Klick: Was bedeutete er – ihr Glück oder ihren Ruin?

Sie lehnte sich im Schreibtischsessel gegen die Lehne. Was machte sie hier eigentlich? Wie kam sie nur darauf, dass es eine gute Idee war, ihre gesamten Ersparnisse sowie den zu erwartenden Erlös ihrer Eppendorfer Altbauwohnung in dieses marode, seit Jahrzehnten nicht bewohnte Gärtnerhaus in der Inselmitte von Usedom zu stecken? Was verband sie denn schon mit der Insel außer ein paar schönen Urlaubserinnerungen? Aus ihrer Familie hatte dort niemand gelebt. Außer, erinnerte sie sich, dieser Ururgroßtante, von der ihre Oma manchmal erzählt hatte. Sie hatte als Dienstmädchen auf einem der Güter gearbeitet und war dann der Familienlegende nach in einem Kloster gestorben. Aber das war Ende des 19. Jahrhunderts gewesen.

Sollte sie denn jetzt ein ganzes Haus dort kaufen, nur weil sie mit Tobias davon geträumt hatte – und weil die alten Rosen in dessen Garten ihresgleichen suchten? Sie blickte noch einmal auf das Foto. Die wunderschönen alten Rosen.

Die Liebe zu Rosen begleitete sie nun schon so lange, seit ihrer Kindheit. Eigentlich hatte sie sie ihrer Oma Trude zu verdanken. Direkt nach dem Krieg hatte die einen Schrebergarten für die Familie organisiert und dort alles, was nötig war, angebaut. Rundherum um ihre Kartoffel-, Rotkohl- und Tomatenbeete und die kleine Rasenfläche hatte sie eine dichte Wildrosenhecke gepflanzt. Sandra hatte als Kind an Sommer- und Herbsttagen auf der Wiese getollt, während die Oma unermüdlich Kartoffeln ausgrub, Äpfel und Pflaumen erntete und einkochte in ihrer kleinen Küche mit den zwei Kochplatten im Schuppen. Sandra hatte gelernt, alle Früchte des Gartens zu schätzen, die Rosen ebenso wie die Hagebutten. Aus ihnen hatte die Oma Marmelade gekocht, die Rosenblütenblätter hatte sie gepresst und Rosenöl extrahiert. Rosenöl war Omas Allheilmittel gewesen: gegen schlechte Laune, gegen Rheuma, gegen entzündete Hautstellen. Bei Oma hatte es stets geholfen – ob aus Einbildung oder tatsächlich. Ein paar Fläschchen von Trudes Rosenöl hatte Sandra immer noch in der Speisekammer stehen, obwohl sie bestimmt nicht mehr verwendbar waren. Oma war schließlich schon zwanzig Jahre tot. Aber es war die Erinnerung, die zählte. Die Erinnerung an die schönen Tage in ihrem kleinen Garten. An die wohligen Gerüche, die aus dem Schuppen waberten. An den Glauben von der Allmacht der Rose. An Omas Liebe zu ihr, der Enkelin, und zu den Rosen. Eine Liebe, die sich auf Sandra übertragen hatte.

Sie hatte Tobias durch ganz Europa geschleppt, um die schönsten Rosengärten zu besuchen: den der berühmten Gartengestalterin Gertrude Jekyll in seinem typisch englischen Landhausstil, den rekonstruierten Park des legendären Schlosses Malmaison der Rosenkaiserin Joséphine bei Paris, die wunderschönen botanischen Anlagen auf den Inseln der oberitalienischen Seen. Traumhafte Refugien. Aber nirgendwo auf ihren Reisen hatten sie auf einem Privatgrundstück solch eine große Sammlung alter Rosenpflanzen gesehen wie in Bantekow, diesem Garten im Dornröschenschlaf. Es war ein echter Liebhabergarten, das hatte Sandra auf den ersten Blick erkannt, als sie vor exakt sechs Jahren das erste Mal vorbeispaziert waren.

Der Dornröschengarten musste wachgeküsst werden. Sandra nickte. Von ihr.

Wem er wohl einmal gehört hatte? Warum war das Gärtnerhaus so lange unbewohnt geblieben? Sie scrollte noch einmal durch den Text der Immobilienfirma: Nein, über die Geschichte des Gartens stand dort nichts. Nur dass das Haus und das Grundstück im Auftrag des Bürgermeisters von Bantekow meistbietend verkauft werden sollten. Leider hatte Sandra die Versteigerung gerade erst entdeckt – ihre Anrufe in der Immobilienfirma und auch im Rathaus hatten nur noch die Anrufbeantworter entgegengenommen. Fragen konnte ihr niemand mehr beantworten. Immerhin hatten sie ein Video mit eingestellt, auf dem das Haus von innen zu sehen war. Sanierungsbedürftig, keine Frage. Viel DDR-Standard, zum Teil zerborstene Dielen, alte Wasserinstallationen. Aber baufällig schien es nicht zu sein; das bestätigte auch ein Gutachten eines Statikers, das eingescannt war.

Noch vier Stunden und acht Minuten.

Warum hatte sie diese Versteigerung nur nicht schon früher entdeckt? Sie war überhaupt keine Freundin der schnellen Entscheidung. Aber nun half alles nichts: Entweder sie bot jetzt mit – oder sie ließ dieses Haus für immer ziehen. Dieses Haus mit dem schönsten Rosengarten der Welt. Dieses verwunschene Haus in dem winzigen Ort Bantekow auf der Sonneninsel Usedom, mitten in der Stille der Natur.

Sie schüttelte den Kopf. Am Ende der Welt. Na ja, zumindest am Ende von Deutschland.

Wollte sie da wirklich hin? Weg aus Hamburg? Von ihren Freunden und dem Eppendorfer Stadtteilverein, der ihr ehrenamtliches Suppenkellenschwingen jeden Mittag um zwölf Uhr bei der Essensausgabe vermissen würde? Weg von den Kindern – ach, nein. Sie musste sich erst an den Gedanken gewöhnen, dass die Kinder ja selbst weg waren. Tom war schon vor drei Jahren zum Studieren fortgezogen, und Tine würde morgen gehen. Und dann war Sandra ganz auf sich gestellt. Wie seit Anfang ihres Studiums nicht mehr, als sie bei ihren Eltern ausgezogen war vor siebenundzwanzig Jahren. Was sollte sie nur anfangen mit ihrer Zeit und ihrem Elan, den sie durchaus noch spürte? Sie konnte sich doch jetzt nicht einrichten wie im Rentnerdasein. Schließlich war sie erst sechsundvierzig Jahre alt.

Aus der Küche drang köstlicher Geruch zu ihr. Der toskanische Rinderschmorbraten, den Tine sich für ihr Abschiedsessen gewünscht hatte, schien noch nicht angebrannt zu sein.

Trotzdem – was saß sie hier am Computer und vertrödelte ihre Zeit? Sie würde sich ja doch nicht trauen. Schon wanderte ihr Zeigefinger wieder Richtung Eingabetaste.

Oder doch?

Es klingelte an der Haustür. Sandra zog die Hand zurück, ließ die Seite der Immobilienfirma offen und ging zur Tür.

2

»Mama!« Tine umarmte sie fest und vergrub den braunen Schopf an ihrem Hals. Wie damals, wenn sie ihr beim Abholen aus dem Kindergarten in die Arme gerannt war mit dem Rucksack schief auf dem Rücken und den Spuren des Mittagessens auf dem Pulli. Sandra spürte, wie Tränen in ihr aufstiegen. Und den schnellen Herzschlag ihrer Tochter. War Tine etwa doch aufgeregt? Sandra schaute Tine in die Augen und drückte ihr einen Kuss auf die Stirn – bevor sie sie schnell weiter in den Flur schob und sich den anderen zuwandte; nicht, dass sie jetzt schon anfingen zu weinen.

Sie begrüßte Tines Freundinnen Sarah und Liane, die viele Jahre hier in der Familienwohnung ein und aus gegangen waren. Solange Tine noch Schülerin war und hier wohnte. Sandra dachte mit Schrecken an das leere Zimmer, zweite Tür rechts, Tines altes Kinderzimmer. In den vergangenen Wochen hatten sie es nach und nach ausgeräumt. Seit ein paar Tagen war es fast leer bis auf das weiße verschnörkelte Metallbett, das verwaist mit der Ikea-Blümchentagesdecke in der Ecke am Fenster stand; Tine hatte in letzter Zeit bei ihrem Freund Philipp in der WG gewohnt. Sandra war nicht die Einzige, der der Abschied schwerfiel.

»Rosen von uns allen, Mama!« Tine hängte ihren Dufflecoat an die Flurgarderobe und zeigte auf einen riesigen Strauß langstieliger gelber Teerosen, den Philipp in der Hand hielt. Sandra nahm ihn und strich über die prächtigen Blüten. Genau solche hatte sie über den Zaun hinweg in dem Garten in Bantekow ges… Schluss, schalt sie sich. Es war Tines Abend. Sie musste sich ihrer Tochter widmen, eine gute Gastgeberin sein, nicht traurig wirken, und sie musste sich um den – verdammt! »Der Braten!«

Mit dem Strauß im Arm rannte sie in die Küche und ließ Tine und die Gäste im Flur stehen.

Etwas weniger Sauce war es geworden als sonst, ein wenig verschrumpelt sah der Braten aus, als sie den Deckel des Bräters lüftete, aber der Duft von Rotwein, Knoblauch, sonnengetrockneten Tomaten, Oliven und sehr viel Rosmarin beruhigte sie. Er würde schmecken.

»Hmm!« Tine schaute mit in den Topf. »Das werde ich so vermissen.«

»Den Braten.« Sandra sah sie lächelnd an.

»Dich natürlich auch, Mama.« Tine umarmte sie.

»Da bin ich froh.« Sandra ließ die Arme hängen. Bloß nicht zu viel Körpernähe, bloß nicht anfangen zu heulen.

»Dich am allermeisten.«

Sandra machte sich los und drehte Tine den Rücken zu, um auf den Schrank zu zeigen. »Deckt ihr den Tisch? Ich mache die Vorspeise fertig.« Zum Glück hatte sie die schon vorbereitet im Kühlschrank, dachte sie. Mozzarella mit getrockneten Feigen und Chili.

»Wie schön, dass Sie Tine einen Abschiedsabend zu Hause bereiten«, sagte Philipp, umfasste Tines Hüfte und gab ihr einen Kuss. »Bevor es über den großen Teich geht.« Er schaute ihr in die Augen. »Dass du einfach so abhaust.« Er schüttelte den Kopf.

»Komm. Sechs Stunden Flugzeit – und du bist bei mir.« Sie befreite sich aus seiner Umarmung.

»Das Flugzeug fliegt auch andersherum.« Seine Stimme klang ein wenig schneidend.

Tine nahm die Teller aus dem Schrank und reichte sie Philipp. »Ich wage zu bezweifeln, dass ich am Anfang viel weg kann.«

»Wirst du etwa auch so ein Supernerd wie alle dort?« Er zog die Besteckschublade auf und klapperte mit Messern und Gabeln.

Tine faltete die Papierservietten mit Stars and Stripes, die Sandra besorgt hatte. »Diese Supernerds sind die zukünftigen Chefs der Welt.«

»Du auch? Ob du dann noch was von mir wissen willst? Vom Musikstudenten in Hamburg?«

Sandra hörte nicht weiter zu. Dass ihre Tochter einmal in Harvard studieren würde, hätte sie allerdings genauso wenig wie Philipp gedacht. Tine war immer gut in der Schule gewesen, hatte sich für vieles interessiert. Aber dass sie sich ausgerechnet für Sandras altes Fachgebiet entscheiden und Botanikerin werden würde, war eine Überraschung gewesen. Und erst recht ihr Engagement bei dem Bewerbungsverfahren für Harvard. Am Ende hatte Tine die Zusage nicht zuletzt Professor Werner vom Botanischen Garten zu verdanken. In den vier Jahren, die sie dort als Schülerin mitgearbeitet hatte, war sie dem alten Professor ans Herz gewachsen. Er hatte ihr eine vorbehaltlose Empfehlung geschrieben, und sein Wort hatte Gewicht. Schließlich war er in den siebziger Jahren mit seinen Forschungsergebnissen zu den Bestäubungsmechanismen von Orchideen nur knapp am Nobelpreis für Biologie vorbeigeschrammt. Sie lächelte. Und was vielleicht auch zu der wohlwollenden Empfehlung beigetragen haben könnte, dachte sie, war seine Sympathie für Tines Mutter. Aus der hatte er nie einen Hehl gemacht. Genauso wenig wie aus der Tatsache, dass er maßlos enttäuscht gewesen war, als

Sandra bei der Geburt von Tom – nach ihrer Promotion summa cum laude und im zweiten Jahr als wissenschaftliche Mitarbeiterin an seinem Lehrstuhl – den Beruf an den Nagel gehängt hatte, um sich um die Familie zu kümmern. Umso mehr hatte er sich gefreut, als Tine bei ihm aufgetaucht war und sich als interessiert und begabt herausgestellt hatte. Wenn schon nicht die Mutter, konnte er nun wenigstens die Tochter auf die spannende Reise in die internationale Wissenschaft schicken.

»Schade, dass Professor Werner auf diesem Kongress in Stockholm ist und nicht kommen kann. Ich hätte ihm so gern noch einmal gedankt«, sagte Tine und stellte den letzten Teller auf den Tisch.

»Wir schicken ihm einen Gruß aufs Handy.« Sandra hantierte mit dem Mozzarella und verteilte das Olivenöl aus Siena über Käse und Feigen.

»Jetzt?« Tine zog ihr Telefon hervor.

»Komm her!« Mit dem Kochhandschuh umarmte Sandra ihre Tochter und lächelte Kopf an Kopf mit ihr in die Kameralinse des Handys, als Tine abdrückte. Sofort wandte sie sich wieder der Vorspeise zu, während Tine tippte. Noch ein wenig Balsamico, und Sandra bat alle, am langen Holztisch im Esszimmer Platz zu nehmen, und servierte.

Sie sah Tine lächeln, die Wangen wurden immer röter vom Rotwein und vom guten Essen. Hörte das Stimmengewirr und das Lachen. Und sie dachte an den Rosengarten. Sandra linste auf die Armbanduhr. Noch eine Stunde und zweiundfünfzig Minuten bis zum Versteigerungsende. »Bereit fürs Dessert?« Sie wartete keine Antwort ab, sondern sprang auf und lief in die Küche. Wenn sie jetzt gleich den Nachtisch äßen, danach vielleicht noch einen Limoncello als Digestif nähmen, den Ulrike ihr neulich von der Wellnessfarm in der Toskana mitgebracht hatte, auf der man sie um zehn Jahre jünger gespritzt hatte, dann könnten ihre Gäste in einer Stunde raus sein. Und sie hätte noch fünfzig Minuten, um zu überlegen, ob sie nicht doch …

Stopp, schalt sie sich. Dies war Tines Abschiedsfest. Ihre einzige Tochter ging für zwei Jahre in die USA. Und sie hatte nichts Besseres zu tun, als an Rosen zu denken?

Sie nahm das Rosen-Tiramisu aus dem Kühlschrank. Ob es sehr auffallen würde, wenn sie mal kurz ins Arbeitszimmer huschen und nach dem Auktionsstand schauen würde? Wie viele Gebote es jetzt waren? Nein, jetzt hatte sie den Nachtisch angekündigt. Sie stellte die Kristallteller auf das Tablett und betrat wieder das Esszimmer. Gleich würden alle noch Kaffee wollen, dachte sie und verfluchte ihre schrecklich langsame Jura-Maschine.

Als sie exakt eine Stunde und vierunddreißig Minuten später die Tür hinter den jungen Leuten geschlossen hatte und gen Arbeitszimmer lief, standen ihr die Tränen in den Augen. Ihre Tine war erwachsen. Und sie war fort.

Philipp würde sie morgen von der WG aus zum Flughafen fahren. Sandra würde nicht mitfahren. Sie hasste Abschiede am Flughafen und wollte Tine das Bild ihrer heulenden Mutter ersparen. Das war nicht die richtige Erinnerung an das alte Leben, wenn man voller Elan und Freude aufbrach, um herauszufinden, was die Welt für einen bereithielt.

Sie setzte sich auf den Schreibtischstuhl. Schon leuchteten ihr vom Bildschirm die Rosen entgegen. Noch sechzehn Minuten Bedenkzeit. Noch vierzehn, das Richtige zu entscheiden und ihren weiteren Lebensweg einzuschlagen.

Sandra zog die Schreibtischschublade auf und nahm ihren Glücksbringer heraus, ein Herz aus Rosenquarz, kaum größer als ihr Handteller. Sie schloss die Augen und drückte ihn.

Tine und Tom führten ihr eigenes Leben. Ihre Freundin Ulrike war ein Workaholic mit Singleproblemen und zeitaufwendigem Schönheitswahn. Die Suppenkelle konnte jemand anders schwingen. Auf ihrem Hamburger Balkon würden die Rosen nie richtig wachsen. Sie war jetzt sechsundvierzig Jahre alt. Ihr Mann war tot. Was sollte sie die nächsten vierzig Jahre tun?

Sie öffnete die Augen und starrte auf die bunten Blüten von Bantekow. Der Rosenquarz in ihrer Hand war warm geworden. Sie hatte das Gefühl, dass das Steinherz pulsierte. Doch es war nur ihr eigener Herzschlag, den sie da spürte – schnell, aber gleichmäßig. Irgendwie bestimmt und zielstrebig kam er ihr vor.

Was sollte sie also tun bis ans Ende ihres Lebens, das zur Hälfte schon gelebt war? Das Leben, das sie mit Tobias hatte verbringen wollen, der ihr vor zwei Jahren plötzlich genommen worden war. Sie starrte auf die Rosen, bis die Farben verschwammen.

Sie beugte sich vor. Das. Sie drückte die Eingabetaste.

3

»Du wirst nicht glauben, was ich gerade getan habe!«
Sandra lief im dunklen Schlafzimmer auf und ab.

»Und du wirst nicht glauben, was ich gerade durchma-
che.« Ulrikes Stimme klang gar nicht verschlafen, wie
Sandra erwartet hatte, schließlich war es fast ein Uhr
nachts. Nach ihrem Klick hatte sie die Dankeszeile der Immobilienfirma angestarrt, sich vom Schreibtischstuhl auf
den Parkettboden gleiten lassen und die Beine in der Luft
geschüttelt vor Freude. Dann hatte sie getanzt. Und zu guter Letzt hatte sie Angst bekommen und zur Beruhigung
eine ganze Tafel Schokolade gegessen. Danach war ihr wieder wohl genug gewesen, um Ulrike anzurufen.

Und die klang jetzt gar nicht müde. Sondern betrun-
ken.

Dass sie es immer schaffte, ihre Probleme und Neuigkei-
ten dringender erscheinen zu lassen als Sandras. Sie seufzte.
Also gut. Erst Ulrike. »Was ist los, mein Herzblatt?«

»Ich habe es ausgerechnet«, sagte Ulrike undeutlich. »Auf
meinen Reisen für diese Firma habe ich zweihundertsieb-
zehn Nächte in Hotels auf jedem verdammten Kontinent
übernachtet, habe einhunderteinundvierzig Gin Tonics getrunken, was meiner Schönheit und meiner Gesundheit
nicht zuträglich war, aber bei diesen ganzen Geschäftsessen
mit all diesen Anzugärschen, die sowieso lieber mit einem
Mann verhandelt hätten, zum guten Ton gehörte.« Sie zog
die Nase hoch, und Sandra hörte, wie sie noch einen
Schluck trank. »Ich habe, wenn ich im Headoffice in Ham-

burg war, jeden Tag zwölf bis vierzehn Stunden im klimaanlagenkalten Büro verbracht und mir in den Perlonstrumpfhosen und Highheels mehrmals eine Blasenentzündung und fast den Tod geholt. Wie eine Glucke habe ich mich um meine einhundertsiebenundzwanzig Abteilungsmitarbeiter gekümmert. Und die haben der Firma die meisten Deals gebracht – mehr als jede andere Abteilung. Sogar ich selbst habe an den Kram geglaubt, den wir verkauft haben.« Sie lachte verächtlich.

Ach herrje, dachte Sandra und hörte Ulrike schlucken, als sie wieder trank. Wie hatte das nur passieren können? Ulli war doch verheiratet mit ihrem Job. Sie liebte ihr Business. Nicht umsonst war sie vor einigen Jahren von diesem Branchenblatt zur Managerin des Jahres gewählt worden. »Du wirst doch sofort was Neues fin…«

»Hab ich schon«, unterbrach Ulrike sie. »Ein Headhunter hat mich gleich heute angerufen. Von wegen Diskretion in dieser Scheißfirma.« Sie lachte böse. »Jedenfalls ziehe ich in ein paar Wochen nach Singapur. Was dagegen?«

Sandra starrte entsetzt auf ihr Spiegelbild über der Frisierkommode. »Um dort zu leben?« Wollten sie denn alle alleinlassen? »Das geht doch nicht!«

»Wusstest du, dass der Name Singapur *Stadt der Löwen* bedeutet und mich eine Zigarette am falschen Ort bis zu tausend Singapur-Dollar kosten kann? Oh!« Sandra hörte schnelle Schritte. »Ich muss kotzen.«

Die Leitung tutete.

»Du, ich habe möglicherweise gerade ein Haus gekauft mit einem unglaublich schönen Rosengarten mitten im Nichts auf Usedom. Ich werde dort hinziehen, das Haus instand setzen und den Rosengarten retten. Und dann werde ich dort alt«, sagte Sandra zu dem Tuten. »Schön, dass du dich so sehr dafür interessierst, was deine beste Freundin macht.« Sie warf sich angezogen aufs Bett.

Bloß nicht an Ulli in ihrem Bad denken. Sie verzog das Gesicht. Und bloß nicht an Tine denken, die bald aufstehen und zum Flughafen fahren würde.

Dann schon lieber an die Rosen. Und daran, dass sie in wenigen Stunden erfahren würde, ob ihr Gebot erfolgreich gewesen war: ob sie diejenige war, die diesen Traumgarten und das schnuckelige Häuschen besitzen würde.

4

»Schon mal was von Schrottimmobilien im Osten gehört?«
Ulli blies den Rauch ihrer Zigarette in Sandras Balkonrosen, die kaum mehr waren als ein kläglicher Versuch, so etwas wie einen Minirosengarten anzulegen. Doch die engen Kästen behagten den stolzen leuchtend rosafarbenen Portlandrosen nicht, das spürte Sandra. Genauso wenig mochten sie die direkte Sonne am Nachmittag und den eisigen Schatten am Morgen und am Abend. Die Blätter welkten vor sich hin, die Blütenpracht hatte sich im letzten Sommer sehr in Grenzen gehalten, selbst im Juni. Rosen waren eben nichts für den Balkon. Rosen gehörten in den Garten.

Sie blickte dem Rauch hinterher, wie er in die ruhige Eppendorfer Seitenstraße mit den Altbauhäusern und den Linden zog, deren Wurzeln die Bürgersteigplatten an vielen Stellen angehoben hatten. All die Jahre war sie über diese Platten zu den Geschäften am Eppendorfer Baum gelaufen, um den Kindern und Tobias ein frisches Abendessen aufzutischen. Eigentlich liebte sie ihre Wohngegend. Die Menschen um sie herum waren ihr so vertraut. Wer von ihnen hatte wohl auch den Traum, irgendwo anders zu leben? Wenn wir alt sind, dann ziehen wir dorthin, wo es uns gefällt, und fangen ein neues Leben an. So dachte man sich das immer. Sandra verzog den Mund zu einem bitteren Lächeln. Wenn wir alt sind. Wenn dann noch beide da sind, sollte man sich lieber dazudenken. Und: Wenn sie es dann tatsächlich wagten. Träume gab es viele. Nur die wenigsten Menschen lebten sie am Ende auch.

»Hast du darüber überhaupt nachgedacht?« Ullis Stimme drang wieder zu ihr durch. »Was machst du, wenn du jetzt den Zuschlag bekommst und feststellst, dass das Haus ein einziger Schrotthaufen ist?« Sie beugte sich auf ihrem Balkonstuhl vor und nahm eine saure Gurke aus dem Kater-Bauernfrühstück, das Sandra ihr zubereitet hatte. Sie selbst hatte nichts anrühren können. Denn in wenigen Minuten sollte eine E-Mail von der Immobilienfirma kommen.

Sandra blickte auf das iPad, das sie auf dem Schoß hatte. Noch nichts. Aber von Tine gab es Post. Am Flughafen geschrieben heute Morgen.

Liebe Mama, sitze am Gate, Flieger scheint voll zu werden. Bin aufgeregt, nun geht es wirklich los! Ich danke Dir so sehr, liebe Mama, dass Du mir das ermöglichst und mich bei allem unterstützt hast. Ich drück Dich, bis zur nächsten Mail – dann aus Boston. Deine Tine

Sandra lächelte. Eine tolle Tochter hatte sie, sie würde das packen. Und ja, das Teilstipendium half, aber einen Großteil der Studiengebühr mussten sie dennoch selbst zahlen. Sie – das hieß Mama. Denn Tine würde zwar ein wenig jobben, aber viel beitragen konnte sie bei dem anstrengenden Studium dort nicht. Sandras Herz schlug schneller. Hatte sie wirklich alles gut durchgerechnet? Der Hauskauf, falls er denn zustande kam, die Sanierung und so weiter, waren das eine. Tines Studiengebühren kamen noch obendrauf. Womöglich übernähme sie sich ja wirklich mit all dem? Vielleicht wäre es doch das Beste, wenn ihr Gebot nicht erfolgreich wäre?

Sie hörte das Knacken der Gurke, als Ulrike hineinbiss, und blickte auf.

»Was machst du dann?«, fragte Ulli kauend noch einmal.

»Dann habe ich trotzdem den wunderbaren Rosengarten. Und darauf kommt es doch an.«

»Das nenne ich Optimismus. Oder Blauäugigkeit. Baust du dir dann dort ein Zelt auf zwischen deinen Rosen? Oder schläfst du im Käfer?« Ulrike lachte. »Wo ist denn das überhaupt, Bantekow?« Sie zog ihre Kaschmirstola enger um die Schultern und griff erneut zu. »Spinnst du eigentlich, mir so einen Haufen Kohlenhydrate aufzutischen? Was meinst du, wie lange ich dafür heute Abend auf meinen Hometrainer muss?« Sie schob sich eine riesige Fuhre Kartoffel und Ei in den Mund und kaute zufrieden lächelnd.

»Auf Usedom, nur ein paar Kilometer von Heringsdorf und Ahlbeck entfernt. Falls Frau Ich-reise-grundsätzlich-nur-in-Wellnesstempel-in-Regionen-die-ich-nicht-aussprechen-kann sich darunter was vorstellen kann.«

Ulrike schluckte. »Wenn du wie ich ohne Familie geblieben wärst, dann wären deine besten Buddys im Urlaub auch das Salatbuffet, der Masseur und die Yogatrainerin, das kann ich dir versichern.« Nun füllten sich ihre Augen tatsächlich mit Tränen.

Sandra wunderte sich immer wieder über diese empfindsame Seite ihrer sonst so resoluten Freundin, die von einer Sekunde auf die nächste auftauchen konnte, und nahm ihre Hand. »Entschuldige.«

»Vergiss es!« Ulrike zog die Hand weg. »Also: Was ist so toll dort oben, dass du bereit bist, dort zu versauern?«

»Von wegen versauern.« Sandra warf einen schnellen Blick auf die Mails – immer noch nichts. »Du müsstest die Landschaft mal erleben. Weite Felder bis zum Horizont, windschiefe Alleebäume und endloser blauer Himmel. Freiheit, Ulli. Und natürlich die Ostsee mit ihren wunderschönen Stränden. Die Kaiserbäder, alles nur ein paar Minuten entfernt mit dem Auto. Dort ist Trubel, wenn man möchte. Aber in Bantekow, im Herzen der Insel, herrscht Ruhe. Das Lauteste, was du da hörst, sind das Gezwitscher der Vögel und das Rauschen des Windes in den Bäumen.«

»Und das Geknatter der Traktoren.« Ulrike rümpfte die Nase. »Die Gülle stört dich nicht? Hab neunzehn lange Jahre in solch einem Gestank verbracht, bis ich endlich nach Hamburg fliehen konnte. Bin froh über jeden Tag, den ich in der Stadt sein darf. Würde mir was fehlen, wenn ich mich in so ein Kuhkaff setzte, wo man nicht tot über dem Zaun hängen will.«

»Ich hänge dort sehr gern über dem Zaun.« Sandra verschränkte die Arme, nicht ohne vorher noch einmal auf die Mails zu schielen. »Über meinem noch herzurichtenden, aber sehr schönen uralten Holzzaun zwischen romantisch bröckelnden Backsteinpfeilern.«

»Okay, ein kleiner Rückzug sei dir gegönnt«, lachte Ulrike. »Aber wir haben erst Bergfest in diesem Theater, das sich Leben nennt. Ein wenig durchhalten musst du noch.« Sie streichelte Sandras Wange über das Tischchen hinweg. »Und weißt du was? Ich kann zwar nicht nachvollziehen, was du dir da für ein Fleckchen Erde ausgesucht hast. Aber, dass du dich jetzt in ein neues Abenteuer stürzen willst, das find ich klasse.«

»Das machst du doch auch.« Ob das Mailprogramm kaputt war? Sandra drehte das iPad hin und her. Vielleicht schlechter Empfang?

»Mein Aufbruch ist ja nicht freiwillig.« Ulli zuckte die Schultern. »Aber diese Herren werden schon sehen, was sie davon haben, mich rauszuschmeißen. Dann greife ich eben von Singapur aus an. Solange ich nicht aus Geldnot wieder zurückmuss in das Kinderzimmer bei meinen Eltern in Melkdorf, wo morgens um halb sechs die Hähne krähen und die Kühe blöken, ist mir alles recht.« Sie stach senkrecht in eine Bratkartoffel. *Bing*, machte das iPad. Sandras Herz machte einen Hüpfer.

»Nun lies schon«, sagte Ulrike.

»Kann nicht.« Sandra konnte wirklich nicht. Was, wenn es nicht geklappt hatte? Was, wenn der Rosengarten an jemand anders ging? Er konnte doch niemandem so viel bedeuten wie ihr. Sie würde ein Juwel daraus machen. Wenn sie ihn bekäme.

Sie reichte das iPad an Ulrike, ohne hinzusehen. »Lies du.« Sie schloss die Augen.

5

Leider müssen wir Ihnen mitteilen, dass Ihr Gebot nicht erfolg-
reich war. Dennoch vielen Dank für Ihre Teilnahme an der Ver-
steigerung. Bitte beachten Sie auch weiterhin unser sehr inter-
essantes Angebot an Immobilien in Mecklenburg-Vorpommern.
Mit freundlichen Grüßen ...

Julian knallte den Laptopdeckel zu und schaute sein Gegenüber, einen Mann im Businessanzug, böse an. Zum Glück
spielte der an seinem Handy und nahm ihn nicht wahr. Julian blickte an ihm vorbei durchs Fenster. Die U-Bahn
bremste ab und fuhr in die Station *Marble Arch* ein. »Mind
the gap«, ertönte die Durchsage, als die Türen sich zischend
öffneten. Leute drängten aus dem Waggon und noch viel
mehr hinein.

Wie hatte das nur passieren können? Er war sich so sicher gewesen, erfolgreich zu sein. Gut. Er war mit seinem
Gebot nicht bis an die Höchstgrenze des Vorstellbaren gegangen. Warum auch? Wer außer ihm würde sich schon für
ein verlassenes, seit Jahrzehnten leerstehendes Haus mit
einem verwilderten Rosengarten mitten im grünen Nichts
interessieren, das noch dazu neben einem vergammelten
Gutshaus stand? Das musste schon jemand sehr Verrücktes
sein. Er selbst hatte immerhin ein begründetes Interesse an
dieser Immobilie.

Die Türen schlossen sich zischend, die Tube fuhr an und
schlängelte sich quietschend durch den engen Tunnel.

Er hatte sich verzockt. Und, das musste er sich ebenfalls

eingestehen, viel mehr als das, was er geboten hatte, hätte er nicht auf den Tisch legen können. Die Scheidung und die Unterhaltszahlungen hatten sein Budget erheblich geschmälert. Er ballte die Fäuste. Und nun waren das Haus und der Garten weg. Es hätte ihm zugestanden.

Er verstaute den Laptop im Rucksack. »The next station is *Notting Hill Gate*«, erklang die Ansage.

Na warte, dachte er, als die Türen aufglitten und ein Windstoß Tunnelluft in den Waggon wehte. Das letzte Wort ist noch nicht gesprochen. Wir werden noch sehen, wer am Ende das Haus und den Garten sein Eigen nennen wird. Wäre doch gelacht, wenn mir nicht Mittel und Wege einfallen würden, den unbekannten Abstauber zum Verkaufen zu bringen. Und zwar zu meinem Preis.

Am Ausgang der U-Bahn wandte er sich auf dem Bürgersteig nach links. Zwischen den hell erleuchteten Schaufenstern und den im Stau stehenden Chrysler-Taxis und roten Doppeldeckerbussen lief er in Richtung seines Apartments. Das Dröhnen des Presslufthammers, der mitten auf der Kreuzung ein Stück der Straße aufriss, hörte er kaum – in Gedanken war er bei den Rosen von Bantekow.

6

Der Dieselmotor des roten Käfer-Cabrios verstummte, als Sandra den Zündschlüssel abzog. Sie hörte den Wind in den hohen Buchen am Bach hinter dem Gärtnerhaus rauschen, hörte die Frösche quaken und die Vögel singen. Auf dem bröckelnden Backsteinpfeiler des Gartentores saß eine Amsel und blickte ihnen mit schief gelegtem Kopf entgegen, offenbar nicht sicher, ob sie fliehen oder mitträllern sollte.

Sandra lehnte sich in ihrem Sitz zurück und schaute auf das Haus. Die Backsteinfassade, die weißgestrichenen, aber rissigen Fensterrahmen unter dem tiefhängenden Reetdach. Die grüne Holztür mit den weißen Streben und der geschwungenen Klinke. Wunderschön ist mein Haus, dachte sie. Wunderschön.

Heute Morgen waren sie losgefahren in Hamburg. Und als der vollgepackte Käfer von der Autobahn auf die von Alleebäumen gesäumte Landstraße gebogen war, hatte Sandra aufgeatmet. Die weiten Felder rechts und links der windschiefen Eichen. Die sattgrünen Waldstücke auf dem platten Land. Der weite Himmel mit seinen vielen Wolkenspielen. Die erste Kuhweide, der erste Traktor, der ihnen entgegengeknattert kam. Die Fahrt über die Brücke auf die Insel. Sandra hatte gespürt, wie sie ruhiger wurde.

Schon als sie vor ein paar Tagen im Büro des Notars in Hamburg gesessen hatte, der ihr den Kaufvertrag verlesen hatte, hatte sie sich diesen Moment vorgestellt: wie sie ankommen würde vor ihrem Haus in Bantekow. Vor dem alten Gärtnerhaus, in dessen geschütztem Rücken fast drei-

hundert alte Rosenstöcke darauf warteten, wieder freige-
schnitten zu werden und Licht und Luft zu bekommen. Ge-
düngt zu werden, wieder wachsen zu dürfen. Wieder zu
blühen, üppiger denn je und in allen Farben, die die Rosenwelt zu bieten hatte.

Der Notar hatte die Rosen kaum erwähnt, aber er hatte
immerhin einige Informationen zur Geschichte des Hauses gehabt. Ja, es war das alte Gärtnerhaus, das zum Gut de-
rer von Bantekow gehört hatte, die seit dem 18. Jahrhun-
dert das Herrenhaus bewohnt und das Gut bewirtschaftet
hatten. In den Wirren des Zweiten Weltkriegs hatten sie
Gut und Ort verlassen und waren später enteignet worden;
das Gut war von der LPG genutzt und heruntergewirtschaf-
tet worden. Vom Verbleib der Familie Bantekow war nicht
viel bekannt, außer dass sie ins Ausland gegangen war. In
dem Gärtnerhaus hatte üblicherweise der Hauptgärtner des
Parks gewohnt. Aber es hatte auch eine Zeit gegeben, in der
dort ein Mitglied der Familie gelebt und gewirkt hatte:
Theodor von Bantekow. Er hatte an der Universität von Heidelberg Agrarwissenschaften studiert und war Mitte der
1880er auf das väterliche Gut zurückgekehrt, um dort eine
Rosenzucht aufzubauen, während sein älterer Bruder Johannes den landwirtschaftlichen Betrieb übernahm. Bin-
nen dreißig Jahren hatte Theodor Hunderte Rosensorten in
Europa, Amerika und Asien zusammengekauft und gesetzt
und selbst neue gezüchtet. Sehr erfolgreich, wie der Notar
wusste. Seine *Madame Dorothee Bantekow* und seine *Meo*
waren heute noch im Handel, vertrieben von der Rosen-
firma Flores aus Göttingen. Sandra war ganz aufgeregt gewesen, als sie das hörte. Denn die Sorte Meo kannte sie
gut – eine spätblühende Kletterrose in zartem Rosé, die sich
auf Sandras Eppendorfer Balkon allerdings divenhaft ge-

weigert hatte, aus ihrem Pflanzkübel heraus an der Hauswand zu ranken, und nach einer Saison eingegangen war.

Nun besaß sie also die Geburtsstätte dieser herrlichen Rose. Vielleicht war die Urpflanze, die Theodor von Bantekow gezüchtet hatte, ja noch zu identifizieren? Vielleicht würde sie sie finden. Was würde sie noch entdecken? Welche Kreationen lauerten wohl noch zwischen all dem Gestrüpp? Wenn der Garten Ende der 1880er angelegt worden war, bedeutete das, dass es dort vermutlich auch einige sogenannte alte Rosen geben würde, Rosen also, die vor 1867 in den Handel gekommen waren. Und das wären echte Schätze, von Sammlern in der ganzen Welt begehrt.

Sie rutschte auf dem Autositz herum, als sie in der Handtasche nach dem Tor- und Hausschlüssel kramte. Was würde sie freischneiden, wenn sie endlich mit der Schere ans Werk gehen konnte? Vielleicht längst verloren geglaubte Sor...?

»Das ist es?« Ullis Stimme klang irgendwie besorgt und riss Sandra aus ihren Gedanken. Sie sah Ulrike von der Seite an, die auf das Haus starrte. »Dieses hier?« Ihre Freundin zeigte mit dem Finger auf die Backsteinfassade.

Sandra nickte eifrig. »Komm!« Sie suchte die Hausschlüssel in der Handtasche und stieg aus. »Ich zeig dir alles.«

Ulrike blieb sitzen und holte aus der Manteltasche ihres Trenchcoats eine Schachtel Zigaretten hervor und das Feuerzeug. »Mon dieu.« Sie steckte sich eine an.

»Komm schon.« Sandra lief um den Käfer herum, riss die Beifahrertür auf und reichte Ulrike die Hand. Vorsichtig setzte die ihre Christian-Louboutin-Lackpumps auf das Kopfsteinpflaster. »Das kann doch alles nicht dein Ernst sein.«

»Warte, bis du die Rosen siehst.«

»Ich sehe hier erst einmal einen großen Sanierungsfall.«
Sie schaute sich geradezu ängstlich um.

Dabei war das Haus so schön. Der alte Backstein mit seinen warmen Farben, die kleinen Fenster mit den entzückenden Sprossen. Gut, das ein oder andere hing ein wenig schief in den Angeln, und einen frischen Anstrich konnten sie wohl auch vertragen. Vielleicht sollte man sie auch ganz austauschen. »Aber ist diese *Banks*-Rose nicht herrlich, die hier einfach an der Hausecke wächst wie Unkraut? Eine *Banks*-Rose, Ulrike! Weißt du, wie selten die sind?« Sandra öffnete das Tor und lief auf die Kletterrose zu. »Man erkennt sie an ihrem glänzenden Laub und an den fehlenden Stacheln, sieh nur.« Sie streichelte eine einzelne gelb leuchtende Blüte, die es an diesem sonnigen Standort schon geschafft hatte aufzugehen, obwohl es gerade erst Ende Mai war. »Und schau dir nur diese wunderschönen schmalen Fiederblättchen an.« Sie beugte sich nahe an die Blüte und flüsterte: »So fein hast du dich behauptet hier an deiner Ecke ohne jede Pflege. Aber du wirst sehen – ab jetzt wird es dir richtig gut gehen. Ich werde mich um dich kümmern. Du wirst üppig blühen wie noch nie.«

»Mon dieu«, wiederholte Ulrike nur und trat ihre Zigarette auf dem platten Sand aus. »Komm, du Verrückte. Lass uns die ganze Bescherung anschauen.« Sie wies auf den abblätternden Lack der Haustür, auf die morschen Streben. »Lass es uns hinter uns bringen.«

Sandra stemmte die Hände in die Hüften. »Du könntest dich ein wenig mit mir freuen.«

Ulrike zog ihr Handy aus der Tasche. »Ich starte schon mal das Rechenprogramm. Zeig mir das Haus, und ich sage dir, wie viel die Sanierung kostet.«

»Das Haus kriegen wir schon hin. Es steht ja noch, siehst

du? Hier geht es um den Garten, meine Liebe.« Sie fasste sie an der Hand und zog. »Ich zeig ihn dir.« Sie rannte um die Ecke, Ulrike auf ihren Highheels hinter sich herziehend.

Und da war er: der Rosengarten.

7

Sandras Augen wurden feucht. Sie schlug die Hände vor dem Gesicht zusammen und schaute regungslos über die zahllosen Reihen von Rosensträuchern und Rosenstöcken, die sich auf dem flachen Gelände hinzogen. Das Grundstück war bestimmt so groß wie ein halbes Fußballfeld, am Ende von hohen Buchen begrenzt und, soweit sie aus dem Grundbuchregisterblatt wusste, auch von einem kleinen Bach. In allen Farben leuchteten die Rosen ihr entgegen: Blutrot, Weiß, Zartgelb, Pfirsichfarben, Lachsfarben, Rosa, Pink und Orange. Es waren so viel mehr Rosen, als sie vermutet hatte, denn von der Dorfstraße aus konnte man nicht das ganze Grundstück einsehen. Und dank der Südlage standen die meisten schon jetzt, Ende Mai, in Blüte.

»Mon dieu«, sagte Ulrike noch einmal. Aber diesmal klang es nicht besorgt, sondern beeindruckt.

Sandra nahm die Hände vom Gesicht, ließ ihre Handtasche auf den Boden fallen und lief auf die Rosen zu. Die erste in der ersten Reihe strahlte ihr in hellem Zartrosa entgegen, es musste eine Zentifolie sein, wie Sandra an den spitzen, feinen Stacheln und den zahlreichen Blütenblättern erkannte, die die üppige Blüte bildeten. Als sie an ihr roch und den intensiven, süßen Duft wahrnahm, war sie sich ganz sicher, immerhin waren die Zentifolien für ihren Duft berühmt. Sie streichelte die seidenweichen Blütenblätter. Seit wann sie wohl hier stand? Sie fuhr über die geriffelten grünen Blätter. Sie sahen gesund aus, keine Verfärbungen, kein Ungeziefer zu entdecken. Sandra sog den süßen Duft von neuem ein, richtete sich auf und blickte über das Blütenmeer.

»Wie viele sind es wohl?«, fragte Ulli und sprach damit aus, was sie sich selbst gerade gefragt hatte.

»Das werden wir gleich wissen«, sagte Sandra und begann an den Reihen entlangzuschreiten und zu zählen. Eins, zwei, drei … Zwanzig Rosenreihen hatte sie gezählt, als sie an den Buchen angekommen war, unter denen sich tatsächlich der kleine Bach entlangschlängelte, aus dem ihr die Frösche entgegenquakten. Ein Kranich stand etwas abseits und äugte zu ihr herüber, nicht ganz sicher, ob sie ihm die Beute streitig machen wollte.

Dieser Bach grenzte das Grundstück von dem alten Park des Gutshauses Bantekow ab. Früher gehörte das Gelände natürlich zusammen, aber wie der Immobilienmakler Sandra beim Notartermin erzählt hatte, war es seit dem Krieg geteilt gewesen. Das Gärtnerhaus mit dem Rosengarten war eigenständig genutzt worden, zwei Mietwohnungen hatte man zu DDR-Zeiten daraus gemacht. Um den Rosengarten hatte sich von den Bewohnern offensichtlich niemand gekümmert, dachte Sandra, wandte sich vom Bach ab und trat an eine weißblühende Damaszenerrose in der letzten Reihe heran, die sie an den wenigen, flächigen Blütenblättern und dem breiten Pollenstempel erkannte. Nur noch fünfzehn verschiedene Sorten der Damaszenerrosen waren heute im Handel, hatte sie irgendwo gelesen. Ob diese Sorte auch dazugehörte? Oder war es womöglich eine als ausgestorben geltende, die sich hier gehalten hatte? Immerhin war dieser Garten rund hundertfünfzig Jahre alt, dachte sie wieder einmal beeindruckt.

Sie ging zwischen den beiden letzten Rosenreihen durch und schritt die Sträucher ab, die sich wacker gegen das Unkraut und das hohe wilde Gras behaupteten. Allein das Jäten würde Wochen dauern, dachte sie und seufzte.

Wie viele Rosen hatte Theodor pro Reihe gesetzt? Sie blieb an einer zweifarbigen Rose stehen, deren Blütenblätter an der Oberseite leuchtend orange und an der Unterseite leuchtend gelb waren. Was war denn das für eine Sorte? Wunderschön. Wenn sie nur mehr über Rosen wüsste, dachte sie. Und wenn sie all diese Schätzchen bestimmen und ihren Namen erfahren könnte. Sie konnte gerade mal die wichtigsten Sorten unterscheiden, wurde ihr bewusst. Mehr nicht. Vor ihr stand ein Schatz mit lauter Edelsteinen, aber sie wusste nicht mehr, als dass es Edelsteine sein mussten, denn wie Kiesel sahen sie nicht aus. Sie hielt an einer pinkfarben blühenden Rose inne – vielleicht eine *Gallica*? – und betrachtete ihre Blätter, die an vielen Stellen bräunlich und gelblich gefleckt waren. Was war das? Ein Pilz? Oder ein Schädling? Sie streichelte die Blüten. Herrje, es würde nicht die einzige sein, der es an etwas fehlte in diesem riesigen Rosenfeld. Und sie hatte keine Ahnung, was mit ihr los war und wie sie ihr helfen konnte.

Sie richtete sich auf und schaute über die Rosen zum Haus hinüber, vor dem Ulrike stand und rauchte. Wie sollte sie das nur schaffen? Diese Rosen so zu pflegen, dass sie gediehen und erhalten blieben. Sie entdeckte eine kahle Stelle in der nächsten Reihe, nur noch der verkümmerte Stumpf einer Rose stand da. Sie blickte sich um und sah in jeder Reihe einige Pflanzen in diesem Zustand. Einige, die es nicht geschafft hatten. Die die Vernachlässigung über all die Jahre nicht überlebt hatten.

Wie kam sie nur auf die Idee, dass sie – Sandra, die Balkongärtnerin – in der Lage wäre, diesen Rosenschatz zu schützen? Sie schüttelte sich. War sie eigentlich verrückt geworden? Was für eine Verantwortung hatte sie sich mit diesem Kauf aufgeladen?

»Und?« Ulrike hatte einen Trichter mit den Händen gebildet und brüllte über die Rosen hinweg. »Wie viele sind es denn nun?«

Sandra lief die Reihe zu Ende ab. Fünfzehn pro Reihe, zwanzig Reihen waren es. »Dreihundert!«, rief sie. Es sind dreihundert, verdammt. Dreihundert schutzbedürftige Lieblinge. Dreihundert ... Kinder?, dachte sie. Hatte sie nicht gerade erfolgreich ihre zwei aus dem Haus geschickt? Etwa um sich hier dreihundert neue anzulachen? Sie würden sie gehörig auf Trab halten, das wurde Sandra klar, als sie an der anderen Seite des Rosenfeldes zu Ulrike zurücklief, nicht ohne an einer besonders üppig blühenden rosafarbenen Rose anzuhalten, deren Blüten sie an einen fetten Kohlkopf erinnerten. War das eine Kohlrose, wie Oma Trude sie stets im Schrebergarten gehabt hatte?

»Schau mal die«, sagte Ulrike, als Sandra wieder bei ihr ankam, und zeigte auf eine mit edlen weißen Blütenblättern. »Die gefällt mir besonders gut. Weißt du zufällig, was das für eine ist?«

Sandra betrachtete sie, roch an ihr. »Das ist auch eine Damaszenerrose. Könnte sogar die berühmte *York and Lancaster* sein. Von der hast vielleicht sogar du schon gehört, oder?«

»Nein, habe ich nicht, und ja, ich finde sie sehr schön, aber den Vortrag dazu würde ich gern später hören, damit wir nun endlich mal das Haus ...«

»Die englischen Rosenkriege?« Sandra ließ sich nicht beirren, kniete sich hin und begann mit beiden Händen Unkraut rund um die Rose auszurupfen. »Ich wundere mich ein wenig über deine Bildungslücken, meine Liebe. Schau nur, wie viele Knospen sie ausgebildet hat. Die werden bald alle ebenfalls weiß und zartrosa blühen. Die Rose ist nämlich zweifarbig: weiß wie das Erkennungszeichen des Hauses York und rosa wie das von Lancaster.«

»Hervorragend. Aber können wir jetzt bitte … ah!« Ulrike schüttelte ihren linken Louboutin, um einen Hirschkäfer loszuwerden, der sich anschickte, ihr Hosenbein hinaufzukrabbeln.

Sandra warf das Unkraut ungerührt auf einen Haufen. »Die Hochzeit von Henry VII von Lancaster und Elisabeth von York beendete die Rosenkriege 1486. Und dann haben sie ihre Wappenrosen gekreuzt, und diese wunderschöne Sorte ist herausgekommen. Ist das nicht romantisch?«

»Vor allem ist es ziemlich lange her. Wollen wir jetzt nicht endlich das Haus in Augenschein nehmen?« Ulrike verschränkte die Arme und schaute zu Sandra hinunter, die sich dem nächsten Rosenstock in der Reihe zuwandte. »Du wirst doch jetzt nicht anfangen zu gärtnern.« Sie fasste Sandra an der Schulter. »Lass es uns endlich hinter uns bringen und das Haus von innen anschauen. Danach können wir hier im Ort oder im Nachbarort eine Pension suchen. In dieser Kate werden wir erst einmal nicht schlafen können.« Sie blickte kopfschüttelnd auf das Reetdach, das einige Löcher aufwies und an vielen Stellen bemoost war, wie Sandra feststellte, als sie aus ihrer Hockposition hinaufblickte zum Dachfirst.

»Meinst du?« Sandra vergaß den Dachfirst, als ihre Augen die nächste Rose in der Reihe erblickten – war es etwa eine Filzrose? Die besonders zarten Blüten und die gelbgrünen Blütenstempel ließen darauf schließen.

Ulrike kniff ihr in den Arm. »Hoch jetzt! Du musst dir ein Bild davon machen, was du gekauft hast. Schließlich willst du da drin mal wohnen.« Sie zog sie am Arm. »Allerdings eher später als früher, wie mir scheint.«

Sandra richtete sich auf und schaute das Haus nun wirklich zum ersten Mal richtig an.

Hm. Möglicherweise hatte Ulrike recht. Sie streifte sich Gras und Erde von den Hosenbeinen. So richtig heimelig wirkte das alte Gärtnerhaus nicht. Was hatte der Makler gesagt? Seit fünf Jahren war es unbewohnt. Vorher hatte eine alte Frau darin gehaust mit Ofenheizung und Außenklo, die letzte DDR-Mieterin. Neue Mieter hatte der Bürgermeister später nicht mehr gefunden.

Sandras Blick fiel auf einen Sprung in einem der vor Staub stumpfen Fenster und den abblätternden Lack der Rahmen. Sie hatte also nicht nur dreihundert neue Kinder, sie hatte auch noch einen schwerwiegenden Sanierungsfall. Und offensichtlich deutlich schwerwiegender, als sie das kurze Video des Maklers hatte ahnen lassen.

Sie blickte zu Ulrike. Die ergriff ihren Arm und hakte sie unter. »Keine Angst. Ich bin bei dir.« Sie gab ihr einen Kuss auf die Wange. »Und nun hinein!«

Sie drehten dem Rosengarten den Rücken zu, bahnten sich ihren Weg durch das kniehohe Unkraut bis zur grünen Haustür, und Sandra schloss auf.

8

»Geht's wieder?« Ulrike schob Sandra einen zweiten Schnaps über den blanken Holztisch der Dorfkneipe zu und schaute sie besorgt an.

Sandra kippte den Kräutergeist hinunter. Warm kratzte er durch ihre Speiseröhre. Sie sah hinauf zu der Wagenradlampe, die über ihnen hing. Als ihre Tränen das Bild verschwimmen ließen, wischte sie sich über die Augen und wandte den Kopf zu dem niedrigen Fenster an der Seite, das den Blick freigab auf die Dorfstraße mit der Feldsteinkirche und den geduckten Häuschen, den gestutzten Linden und dem Kopfsteinpflaster, über das nur alle paar Minuten ein Auto rollte.

Sie hatte das wohl wirklich unterschätzt. Es würde ein Vermögen verschlingen, das Gärtnerhaus so herzurichten, dass es wieder bewohnbar war. Als sie von innen die Fenster aufgestoßen hatten und Luft und Licht in das Dunkel gedrungen waren, hatten sie das ganze Ausmaß der Bescherung erkannt. Das mit dem Außenklo und der Ofenheizung hatte Sandra ja gewusst, auch das mit den kaputten Dielen, den bröckelnden Wänden, den uralten elektrischen Leitungen, den Wasseranschlüssen, deren Rohre aussahen, als würden sie nicht mehr lange durchhalten. Sie hatte das alles im Video gesehen, in Kauf genommen und war sich sehr wohl bewusst gewesen, dass ein Haufen Arbeit und hohe Kosten auf sie zukommen würden. Aber das Haus nun wirklich zu betreten, den modrigen, muffigen Geruch wahrzunehmen, die feuchten Wände anzufassen, die Spinnennetze auf dem Gesicht zu spüren, die Mäuse davonhuschen zu sehen und das gewellte alte Linoleum unter den Füßen zu spüren – das hatte sie doch mehr mitgenommen als erwartet. Und hatte es ihr sehr schwergemacht, das Potenzial wiederzukennen, das sie in dem Haus zuvor noch gesehen hatte. Zumindest der Hauptraum mit den alten Stützbalken im Erdgeschoss war wunderschön und würde zusammen mit einer offenen Küche ein gemütlicher Mittelpunkt ihres neuen Heimes werden. Ja genau, versicherte sie sich, so würde es sein. Bloß dass der Besuch von eben ihr diese Vorstellung in geradezu unerreichbare Ferne rücken ließ. Würde sie jemals in diesem muffigen Raum mit den an drei Stellen durchgebrochenen Dielen auf ihrem gemütlichen Sofa aus Eppendorf liegen und einen in einer modernen Küchenzeile frischgebrühten Tee trinken?

War sie eigentlich bei Verstand gewesen, als sie den Knopf bei der Versteigerung geklickt hatte?

»Noch einen.« Sandra schob Ulrike das leere Gläschen rüber. Die goss nach. Sie hatte gleich eine ganze Flasche geholt bei der alten Wirtin mit dem weißen Dutt, die sie sehr freundlich empfangen hatte. Sandra erinnerte sich vage an sie von früheren Besuchen.

»Sie haben also das Gärtnerhaus gekauft?«, hatte sie gefragt. »Wie schön! Herzlich willkommen in Bantekow. Ich bin Gertrud.« Sie hatte Sandra die Hand gedrückt. »Da haben Sie sich einiges vorgenommen. Aber wir Bantekower freuen uns immer, wenn ein Städter hier mal was in Ordnung bringt.« Sie hatte ihre Theke gewischt. »Manche bleiben am Ende auch.«

»Den Kräutergeist, bitte!« Ulrike hatte auf die Flasche gezeigt und sie umgehend bekommen, zusammen mit zwei Gläsern. Die Wirtsfrau hatte nur lächelnd weitergeputzt.

»Braucht ihr ein Zimmer für heute Nacht?« Sie hatte mit dem Zeigefinger nach oben an die Decke gezeigt. »Hätte ein kuscheliges Doppelzimmer im Angebot. Einzelbetten. Mit Frühstück.«

Ulrike hatte nur genickt, Sandra an den Ecktisch am Fenster geführt, sie auf die Holzbank gedrückt und den Schnaps ausgeschenkt.

»Mon dieu.« Sandra knallte das kleine Glas auf den Tisch.

»Das ist mein Spruch.« Ulrike streichelte ihr die Wange. »Du musst dich jetzt erst einmal …«

»Tach auch!« Die Kneipentür ging auf, ein großgewachsener Mann Mitte vierzig mit braungrauem Pferdeschwanz in Kapuzenpulli und Zimmermannshose trat ein, im Arm einen Baumstumpf, in dessen Vorderseite ein Gesicht geschnitzt war.

»Kommt da mein Holzkopf?« Die Wirtin legte ihr Putztuch beiseite und trat hinter dem Tresen vor. Sie streckte die Hände nach dem Holzding aus. »Eine echte Schönheit! Fast besser als das Original.« Sie lachte. »Danke sehr. Wie viel schulde ich dir?«

Er schüttelte den Kopf. »Gern geschehen, Gertrud. Solange ich dafür ab und zu im Winter, wenn es im Atelier kalt und zugig ist, einen Teller deiner köstlichen Gulaschsuppe essen kommen darf …«

»Jederzeit, Rasmus.« Sie stellte den Holzkopf auf die Theke. Bei näherem Hinsehen stellte Sandra fest, dass das Gesicht dem der Wirtin sehr ähnlich sah.

»Mittagessen?«, fragte Gertrud.

Rasmus nickte und setzte sich nach einem Blick in die Richtung der beiden Frauen an einen Tisch neben dem gusseisernen Ofen, in dem die Kohlen sogar an diesem Frühsommertag glühten. »Nicht nur trinken, meine Damen.

Das Essen von Gertrud ist sehr zu empfehlen.« Er griff nach der baumelnden Wagenradlampe über seinem Tisch, weil er beim Hinsetzen mit dem Kopf dagegengestoßen war.

»Wüsste nicht, was Sie unsere kleine Session hier angehen würde.« Ulrike trommelte mit ihren chanelroten Fingernägeln auf den Tisch.

»Hab schon gesehen, dass ihr am Gärtnerhaus zugange seid. Da habt ihr euch was vorgenommen. Hut ab für den Mut – und den Blick. Das kann wirklich ein Schmuckstück werden, das Haus mit diesem Rosengarten. Eine Perle fürs Dorf.«

»Vielen Dank, dass wir Ihr wertes Einverständnis haben.« Ulrike goss sich einen weiteren Schnaps ein.

»Sind Sie denn aus dem Baugewerbe?« Er blickte zwischen Sandra und Ulrike hin und her.

Ulrike zog die Augenbrauen hoch. »Gründungsmitglieder der Maler- und Maurergewerkschaft, sieht man doch.«

»Dacht ich's mir.« Er lächelte und bekam von Gertrud einen Teller mit Schnitzel, Blumenkohl und Kartoffeln hingestellt. »Danke. Guten Appetit!«, sagte er zu sich selber und begann zu essen.

Sandra schob das leere Gläschen von sich fort und sah ihn direkt an. Was war er? Tatsächlich ein Zimmermann? Holzkopfkünstler? Konnte er vielleicht helfen? »Kennen Sie sich aus?«

Er kaute. Dann nickte er. »Bin kein Gutachter. Aber kann durchaus beurteilen, was komplett ausgetauscht werden muss und was noch geht.« Er schnitt weiter sein Schnitzel klein. »Eine Bionade, Gertrud, ja?«

»Er ist gelernter Zimmermann.« Gertrud stellte die Bionade vor ihn hin und sprach zu den Frauen. »Aber jetzt macht er in Holz.«

»Von In-Holz-Machen kann man demnach leben?« Ulrikes Stimme klang spöttisch.

»Wenn man einen guten Webshop hat und in Berlin und Wien ausstellt, schon.« Er salzte den Blumenkohl. »Wie sieht's aus, die Damen? Ist Expertenrat gefragt bei dem Gärtnerhaus? Soll ich mal reinschauen? Lokale Firmen, die Sie beauftragen könnten, kenne ich. Zuverlässige Unternehmer, die Sie nicht über den Tisch ziehen werden, wenn sie hören, dass mal wieder zwei Städterinnen ihr Glück versuchen wollen.«

»Wir werden es uns überlegen«, sagte Ulrike kühl.

»Vielen Dank, Rasmus«, sagte Sandra und trat Ulrike unter dem Tisch gegen das Schienbein.

Ein Lächeln erschien auf Rasmus' Gesicht. »Und wie heißt ihr, meine Damen? Nur, damit ich es im Dorf weitertratschen kann.« Er zerquetschte eine Kartoffel mit der Gabel.

»Aber das mach ich doch schon.« Gertrud lachte.

Sandra musste nun doch schmunzeln, obwohl ihr vorhin das Lachen gänzlich vergangen war. Sie stellten sich vor. »Kommst du heute Nachmittag vorbei, Rasmus?«

Er nickte kauend.

Die beiden Frauen standen auf, um das Gepäck zu holen.

»Schlüssel für das Zimmer hier bei mir am Tresen, ihr Glücksritterinnen.« Gertrud nickte ihnen freundlich zu. »Schön, mal wieder frischen Wind im Dorf zu haben.«

»Das werden nicht alle so sehen.« Rasmus schob seinen Teller weg.

»Wie?«, fragte Ulrike.

Gertrud winkte ab. »Ihr seid hier up 'n Dörp, Mädels. Kommt erst mal an. Und zwei, die euch die Daumen drücken, dass ihr es schafft und nicht wie so viele vor euch aufgebt, habt ihr schon mal gefunden, was, Rasmus?«

Er stand auf. »Jo. Muss los, noch einen Kopf fertigmachen heute. Mein Atelier ist ganz am Ende der Dorfstraße in der großen Scheune mit den vielen Schafen davor. Mache nämlich auch noch in Käse und Seife. Kommt einfach vorbei, wenn ihr so weit seid.« Er tippte sich an die Schläfe und verließ die Kneipe.

»Unser Rasmus.« Gertrud blickte ihm durch das niedrige Fenster nach, wie er, die Hände in den Hosentaschen, über das Kopfsteinpflaster fortging. »Auch einer, der gekommen ist, um zu bleiben auf unserer kleinen Rettungsinsel.«

»Was meinst du: Rettungsinsel?« Ulrike nahm den Zimmerschlüssel entgegen.

Gertrud seufzte. »Holt euer Zeug, macht ein kleines Nickerchen. Nachher gibt's hier bei mir pechschwarzen Kaffee, damit der Fusel verfliegt.« Sie nahm die Kräutergeistflasche an sich. »Das konfisziere ich.« Sie wedelte die beiden Frauen aus der Gaststube.

9

Seine luftgepolsterten Turnschuhe federten die Schritte ab, als er über den betonierten Weg zwischen den weiten Rasenflächen joggte. An diesem wolkenlosen Frühsommertag hatten viele Paare und Familien ihre bunten Decken ausgebreitet und picknickten, Kinder tollten über das Grün. Vor dem kräftigen Wind, der heute durch die Stadt blies, waren sie geschützt durch die Wildrosenhecken und die mannshohen Kletterrosenbögen mit den herrlichen rosaweißblühenden *New Dawn*, die sie erst vergangenes Jahr gepflanzt hatten. Wie immer verströmten sie ihren ungewöhnlichen Duft nach Apfel, aber Julian bemerkte, dass mehrere große Zweige abgeknickt waren. Vandalen? Oder der Sturm der letzten Nacht? Er notierte sich die Stelle im Kopf; nachher würde er im Büro anrufen und einen der Gärtner hinschicken. Auch wenn heute sein freier Tag war.

Er umrundete zwei Mütter mit Kinderwagen, Kaffeebechern und Welsh Corgis an der Leine und joggte auf den Palast zu. Immer wieder ein erhabener Anblick, dachte er, aber genießen konnte er ihn heute nicht. Das Haus ließ ihm keine Ruhe.

Wie hatte das nur passieren können? Wie hatte er diese Chance verpassen können?

Aus seinen Kopfhörern sang ihm Louis Armstrong ins Ohr. »*You say tomato, and I say tomahto – you say potato, and I say potahto …*« Er musste einen Weg finden, das Haus zu bekommen. Ach, von wegen das Haus: den Rosengarten. Welche alten Sorten würde er dort wohl finden? In jedem

Fall genug, um die Fachwelt zum Staunen zu bringen. Mit diesem Garten könnte er endlich seinen Traum verwirklichen und in die Rosenzucht einsteigen – und der Welt alte, verloren geglaubte Sorten zurückgeben und zugleich bemerkenswerte neue kreieren.

Er verlangsamte das Tempo, als er den Park verließ und die Soldaten der königlichen Garde mit den Fellmützen passierte, die unbeweglich vor ihren Wachhäuschen standen und sich von den fotografierenden Touristen nicht irritieren ließen.

Wer das Grundstück wohl gekauft hatte? Die Mitarbeiter der Immobilienfirma hatten sich geweigert, ihm das mitzuteilen. Verständlicherweise, musste er zugeben. Alles andere wäre indiskret gewesen. Er musste kurz auf der Stelle joggen, um sechs Gardisten auf ihren Pferden vorbeizulassen. Zum Dank tippten sie an ihre Fellmützen, die Hufe der Pferde klapperten über den Asphalt.

Leider kannte er niemanden vor Ort. Er war nur vor fast dreißig Jahren, kurz nach der Wende, einmal für einen Tag mit seinem Vater in Bantekow gewesen. Damals war er schwer genervt von der Reise. Es hatte ihn nicht im Geringsten interessiert, wo seine Familie vor so vielen Jahrzehnten einmal hergekommen war. Was ging ihn schon Deutschland an? Außer dass seine Eltern zu Hause mit ihm und seiner Schwester Deutsch gesprochen hatten, verband ihn nichts mit diesem Land. Er war Engländer, Punkt.

Jetzt, im mittleren Alter, interessierte es ihn jedoch sehr wohl, was aus Bantekow wurde. Wäre es nicht schade, seine Wurzeln für immer zu kappen, die Wurzeln, die ihn mit diesem reichen Rosenerbe verbanden? Er ballte die Fäuste beim Laufen. »*Potato, potahto. Tomato, tomahto – let's call the whole thing off*«, sang Armstrong.

Nichts würde er aufgeben. Er musste nach Bantekow, und dann würde er schon eine Lösung finden, das Haus zurückzugewinnen. Aber er musste es unauffällig tun. Irgendeinen einleuchtenden Grund brauchte er, um dort zu erscheinen. Wenn er sich einfach im Dorfgasthof einquartieren und umsehen würde – das wäre zu auffällig. Er musste sich einschleichen. Aber wie?

Direkt vor ihm schaltete eine Ampel auf Rot. Fahrräder, Autos und Busse brausten vorbei. Er hielt sich an der Ampel fest, bog den rechten Fuß zum Po und dehnte die Oberschenkelmuskulatur.

Wie konnte er sich dort im Dorf aufhalten, ohne dass bald ganz Bantekow ahnte, worum es ihm ging? Er sprintete quer über den Rasen vor Westminster Abbey, sprang über den Mini-Eisenzaun und rannte zur Themse, wo ihm der kräftige Wind noch stärker entgegenblies.

10

Ein weißer Lieferwagen mit Rostbeulen stoppte am frühen Morgen vor den bröckelnden Backsteinpfeilern, und vier Männer in Blaumännern kletterten heraus. Der älteste von ihnen – ein kleiner Mann mit fröhlichen Falten um die Augen und grau durchsetztem schwarzen Haar – trat auf Sandra zu und gab ihr die Hand: »Moin! Ich bin Piet. Nu geht datt los, neech?« Er betrachtete das Haus, trat an die Fassade, stellte sich auf die Zehenspitzen und zog einen tiefhängenden Halm aus dem Reetdach. Die drei anderen Männer blieben mit verschränkten Armen hinter ihm. »Oha. Rasmus hat nicht zu viel versprochen.« Er lächelte Sandra an. »Aber keine Angst, wir lassen es stehen, wenn Sie das wünschen.«

Sandra lachte. »Ich bitte darum. Nur entkernen. Der Container ist gleich hier, die haben gerade angerufen. Kommen Sie, ich zeige Ihnen erst mal alles, wenn es recht ist.«

»Ist recht.« Piet nickte seinen Arbeitern zu, beim Wagen zu bleiben, und folgte Sandra in das Haus. »Oha!«, sagte er noch einmal beim Betreten des großen Hauptraums und schaute sich die Decken, den Boden und die Wände genau an, schabte an einem bröckelnden Fensterrahmen. »In Ordnung, kriegen wir hin.« Er zeigte auf die geschwungene Holztreppe. »Sind oben Bäder und Küchen?«

»Eine Küche und ein Bad, aber ohne Klo. Muss alles raus. An die Stelle von der Küche soll ein größeres Bad kommen.« Sie stieg die knarrende Treppe hinauf und wies ihn auf eine lockere Stufe hin, damit er nicht stolperte.

Piet lief durch die oberen Räume, nickte. »Entkernen wird alles in allem vielleicht zwei Wochen dauern. Bauen bis Ende des Sommers. Dann haben Sie es hier kuschelig für den Herbst und den Winter. Versprochen.« Er lächelte. »Ein schönes Plätzchen haben Sie sich ausgesucht. Toll, dass Sie es auf sich nehmen, das wieder in Ordnung zu bringen. Solche Leute wie Sie brauchen wir hier.«

»Danke«, sagte Sandra. Wenn ich das nur durchhalte, dachte sie. Allmählich machte sie sich Sorgen, dass bei den Bauarbeiten noch mehr Macken des Hauses auffallen würden, die behoben werden müssten. Unendlich groß war ihr Vermögen aus dem Verkauf der Wohnung schließlich nicht, obwohl sie die Immobilie in Eppendorf natürlich zu einem sehr guten Preis losgeworden war.

Ihr altes Zuhause, die Familienwohnung. Panik stieg in ihr auf. War es dumm gewesen, sie aufzugeben? Ihre wunderschöne, topsanierte Wohnung mit dem schönen Südbalkon in der ruhigen Prachtstraße. Alles vor der Tür, was man zum Leben und Lebenlassen braucht. Wie würde es wohl im Alter hier draußen sein? Wenn sie nicht eben schnell mit dem Auto nach Ahlbeck oder Heringsdorf fahren konnte, um Besorgungen zu machen. Es gab ja nicht mal einen Supermarkt im Ort. Wie hatte sie sich das eigentlich vorge…

»Wir legen dann los.« Piet stieg vor ihr die Treppe wieder hinunter und rief durch die offene Haustür: »Jungs, an die Arbeit!«

Sandra hieß die Männer eintreten und überließ ihnen das Haus, noch ein wenig benommen von ihren trüben Gedanken. Aber: Bangemachen gilt nicht!, sagte sie sich und spazierte über die Kopfsteinstraße Richtung Gasthof. Die Linden verströmten ihren süßlichen Duft, eine schwarz-weiße Katze huschte quer über die Straße und sprang über den verrosteten Metallzaun eines Vorgartens. »Moin«, grüßte Sandra eine ältere Frau in geblümter Kittelschürze, die gerade an ihren Briefkasten trat und die Zeitung herausholte.

»Moin«, sagte die Frau, ohne zu lächeln. »Sie sind die Neue?«

»Äh, ja. Wenn Sie das so bezeichnen wollen.« Sandra bemühte sich weiterzulächeln. »Sandra Bellmann. Ich ziehe demnächst ins Gärtnerhaus, aber es muss erst mal hergerichtet werden.« Sie zeigte auf den Lieferwagen und sah, dass die Fenster im ersten Stock nun von einem Arbeiter aufgerissen wurden. Schon wehte gedämpfte Radiomusik zu ihnen herüber.

Die Frau nickte. »Schön für Sie. Dass Sie so viel Geld haben, um das Haus wiederherzurichten, meine ich.« Sie schaute grimmig. »Aber was mein Mann und ich uns fragen: Was passiert mit dem Rosengarten? Wissen Sie eigentlich, was für ein Schatz das ist und was darin für alte Sorten zu finden sind? Es ist wirklich eine Schande, dass dieses Naturerbe so verwildert. Wir haben uns die letzten Jahre bemüht, uns ein wenig darum zu kümmern, auch wenn uns das eigentlich nichts anging. Aber es ist einfach eine zu große Fläche, als dass zwei alte Leute wie wir da viel hätten retten können.« Sie zuckte die Schultern und kniff die Augen zusammen, als sie Sandra nun fixierte. »Haben Sie denn Ahnung davon? Wer soll den Garten pflegen? Sie etwa?«

»Also das werde ich im Laufe der Zeit ...«

»Wusste ich es doch. Und mein Mann hat's auch gesagt: Wieder so ein Städter, der hierherkommt und mit seinem Geld den halben Ort kauft, aber nicht weiß, wie er mit dem Erbe umgehen soll, das er vorfindet. Wenigstens dieser Holzkünstler«, sie verdrehte die Augen und zeigte mit dem mageren Finger in die Richtung von Rasmus' Atelierscheune, »scheint sein Gehöft nun endlich in den Griff gekriegt zu haben. Hat ja lange genug gedauert.« Sie klemmte die Zeitung unter den Arm. »Aber Sie?« Sie musterte Sandra von oben bis unten. »Werden Sie das schaffen, dieses Schmuckstück von Rosengarten zu retten?« Ohne ein weiteres Wort drehte sie sich um, verschwand im Haus und schloss die Tür.

Sandra stand stumm am Gartentor und schaute ihr hinterher. Was für eine unangenehme Schachtel.

Oder hatte die Frau etwa recht? Würde sie es nicht schaffen? Sie überblickte vor ihrem geistigen Auge wieder den Rosengarten mit seinen dreihundert hilfsbedürftigen Bewohnern, sah die Flecken an den Blättern, die verkümmerten Stöcke, das Unkraut und die Blattläuse. Die hatte sie inzwischen nämlich auch entdeckt, als sie gestern im Rosengarten unterwegs gewesen war, um ihre Lieblinge besser kennenzulernen.

Sie drehte sich von dem Haus der Kittelschürzenfrau weg und nahm ihren Weg zum Gasthof wieder auf, begleitet von der Katze, die eng an die Gartenzäune gepresst mitlief. Gut, sie hatte zwar gestern Blattläuse entdeckt, aber auch so viele wunderschön blühende Rosen, dass sie aus dem Staunen gar nicht mehr herausgekommen war. Wenn sie nur wüsste, wie sie hießen. Und wenn sie eine Ahnung hätte, wie sie sie wieder aufpäppeln könnte. Lag die Frau also richtig? Würde sie den Garten nicht in den Griff bekommen und ihn letztendlich zugrunde richten?

Die Glocke der Feldsteinkirche schlug zehnmal. Sandra lief an dem dicken Kastanienbaum vorbei zum Gasthof und betrat die Wirtsstube, dann stieg sie die schmale Treppe zu dem kleinen Zimmer hinauf, in dem Ulli und sie es sich gemütlich gemacht hatten. Soweit das ging. Wenn man einen großen Schritt über Ulrikes Louis-Vuitton-Koffer machte, kam man sogar noch ins Bad.

In den letzten Tagen hatte Sandra viel telefoniert, die ersten Dinge organisiert und ihre Inspektionsgänge durch den Rosengarten vorgenommen. Was sie nun dringend brauchte, war ein Rosenpflegebuch, damit sie wenigstens die Krankheiten bestimmen konnte, an denen einige der Sträucher offensichtlich litten: Sie hatte gerollte Blätter entdeckt oder angeknabberte, hatte einen schwärzlichen Belag gesehen und grauen schimmelartigen Überzug auf einigen Knospen. Und Mehltau, dessen weiße, puderige Konsistenz sie schon kannte. Sie brauchte Tipps, was sie dagegen tun konnte. Am besten, sie und Ulli fuhren nach Heringsdorf, um dort im Buchladen Rosenliteratur zu besorgen. Und um einen Strandspaziergang zu machen. Das würde helfen, den Kopf freizukriegen und die negative Energie loszuwerden, die diese Kittelschürzenfrau ausgestrahlt hatte.

11

»Ulli, aufstehen!«, rief Sandra, als sie das Zimmer betrat und sah, dass ihre Freundin immer noch im Bett lag. Sie zog die Spitzengardinen zur Seite und riss das Fenster auf. Kühle Luft strömte ins Zimmer.

»Ist aber so gemütlich und warm«, kam es unter der Bettdecke hervor.

»Warm wird uns auch, wenn wir gleich nach Heringsdorf fahren zum Einkaufen.« Sandra zog an der Bettdecke. »Du verschläfst den Tag. Ich war schon drüben am Haus, die Männer fürs Grobe sind da.«

Ulrike hielt die Decke fest. »Schön für sie.«

Sandra zog die Bettdecke mit einem Ruck weg. »Raus aus der Koje. Die Ostsee wartet.«

»Hoffentlich wartet die Ostsee mit einem grünen Smoothie, einem Chiabrötchen und einem Espresso mit Sojamilch auf mich«, murmelte Ulrike und stieg an Sandra vorbei über ihr Kofferungetüm in das kleine Badezimmer. Kurz darauf hörte Sandra die Dusche angehen.

Sie tippte das WLAN-Passwort, das Gertrud ihr gegeben hatte, in ihr iPad ein und schaute in die Mails. Tine hatte geschrieben! Gestern hatte Sandra ihr gemailt, dass sie das Haus ersteigert hatte. Sie war sich sicher, dass Tine begeistert war. Oder etwa nicht?

Sie öffnete die Nachricht, die keinen Betreff hatte.

Mama! Was machst Du denn für Sachen? Ein Gärtnerhaus mit einem Rosengarten? Und unsere Wohnung in Eppendorf? Die

hast Du einfach so verkauft? Ohne Tom und mich zu fragen?
Mama, wir haben dort unsere Kindheit verbracht! Du kannst
doch nicht einfach unser Zuhause verkaufen! Und was willst
Du ganz allein auf dem Dorf, wo Du niemanden kennst? Was
ist, wenn Dir was passiert? Da ist doch niemand, der Dir helfen
kann! Tom findet das auch alles völlig verrückt. Kaum bin ich
aus der Tür, da drehst Du durch. Soll ich zurückkommen? Kann
man den Kauf noch rückgängig machen? Und den Verkauf in
Eppendorf? Mama! Komm zur Vernunft!

Sandra ließ sich auf ihr Bett zurückfallen. So viel zum
Thema Begeisterung, dachte sie. Aber hatte Tine vielleicht
recht? War es Quatsch, in ihrem Alter noch einmal neu an-
zufangen und alles hinter sich lassen zu wollen?

Was hätte Tobias gesagt? Sie spürte, wie ihre Augen feucht
wurden, als sie ihn vor sich sah. Sein Lächeln, seine Grübchen, die Strähne seines goldbraunen Haares, die immer ins
Gesicht fiel. Sie meinte, seine Hand an ihrer Wange zu fühlen,
die sie tröstend streichelte. Was hätte er gesagt? Auch wenn
er schon zwei Jahre fort war, glaubte sie ab und zu, seine tiefe,
beruhigende Stimme zu hören. Auch jetzt. Deutlich und klar.
Sie nickte. Genau das hätte er gesagt. Und nichts anderes.
Eine einzelne Träne rann aus ihrem Auge über die Schläfe.

»Mann, ich werde der Gertrud mal einen Regenwald-
duschkopf schenken, und am besten eine richtige Duschka-
bine dazu. Dieses Getropfe und dann noch in der Badewanne
ist unzumutbar.« Ulli kam, in ein Handtuch gehüllt, aus dem
Bad und rubbelte mit einem zweiten an ihren nassen Haaren.

Sandra wischte sich über die Augen und schaute Ulli
stumm zu.

Die hörte auf zu rubbeln, als sie die Tränen auf Sandras
Gesicht entdeckte, und setzte sich zur Freundin. »Was ist?«

Immer mehr Tränen kullerten Sandras Wangen hinunter. »Ist es richtig, was ich hier mache?« Sie schluchzte. »Oder bin ich alt und durchgedreht? Sag es mir ehrlich.« Sie weinte hemmungslos.

Ulrike nahm sie in den Arm. »Ruhig, meine Kleine. Ganz ruhig.« Sie streichelte ihr den Kopf. »Du machst das alles richtig. Goldrichtig. Es ist das, was du tun willst mit deinem Leben, und deshalb ist es das Richtige für dich. Du wirst es schaffen. Du wirst sehen.«

»Hab ich mir nicht zu viel vorgenommen?«

Ulli strich ihr eine Strähne aus dem Gesicht und schaute ihr direkt in die Augen. »Du hast viel vor dir, das stimmt. Aber nicht zu viel.« Sie nahm ein Taschentuch vom Nachttisch und reichte es Sandra. »Und jetzt Tränen trocknen, Indianerin. Und ab an die Ostsee mit uns beiden. Das wird dir helfen, alles wieder klar zu sehen.«

Sandra wischte sich die Augen trocken und nickte.

Als Ulrike angezogen und geschminkt war, stiegen sie in den Käfer und knatterten los, das Blau des wolkenlosen Himmels über ihren Köpfen, den frischen Wind im Haar. Sandra fühlte sich sofort besser – und ein wenig wie Thelma oder Louise. Nur würde ihre Geschichte nicht so ein trauriges Ende nehmen, hoffte sie.

Sie parkten im Zentrum von Heringsdorf und schlenderten zuerst zur Seebrücke, wo Ulrike erst mal in einem Café frühstücken wollte. Die Möwen kreisten über den Tischen und beäugten die Brötchen und die Kaffeetassen. Ulrike aß mit Genuss ein stinknormales Weizenbrötchen, verzichtete ohne Murren auf den grünen Smoothie und trank ihren Kaffee mit Kuhmilch.

Anschließend spazierten sie die Seebrücke bis zum Ende, schauten durch die Ritzen zwischen den Bohlen unter ihren Füßen auf die glitzernde Ostsee und beobachteten vorn am Anlegesteg, wie der Seebäderdampfer festmachte, Familien und Rentnerpaare aussteigen ließ und mit neuen Gästen ablegte gen Ahlbeck und Swinemünde.

Sandra atmete die frische Meeresluft tief ein und spürte, wie sie ruhiger und zuversichtlicher wurde. Ja, sie würde es schaffen. Schritt für Schritt. Sie würde sich einlesen in die Rosenpflege und sich einarbeiten. Sie würde die Sanierung des Hauses im Blick behalten, Piet und die Männer würden alles wieder flottmachen, und am Ende würde sie die Räume wunderschön einrichten. Und sie würde das Dorfleben genießen, die Ruhe, die Luft, die Abwesenheit von Hektik und Hetze. Auch mit den Dorfbewohnern würde es bald funktionieren. Sie würde eine gute Nachbarschaft pflegen, nahm sie sich vor. Sie würde diese Vorpommern einfach mit Herzlichkeit weichkochen. Vielleicht auch mit selbstgemachter Rosenkonfitüre.

»Lass uns jetzt zum Buchladen. Ich will endlich meine Fachliteratur besorgen.« Sie zog Ulli an der Jacke mit sich.

»Aber danach machen wir noch einen Strandspaziergang?« Sehnsüchtig blickte Ulli über den breiten Strand mit den vereinzelt stehenden Strandkörben und den an der Wasserlinie entlangschlendernden Touristen.

»Natürlich«, sagte Sandra. »Und ein kleines Picknick dazu, wenn du willst.«

»Au ja! Was meinst du, ob es hier irgendwo Quinoasalat zum Mitnehmen gibt?«

Sandra lachte und gab der Freundin einen Stups. Gemeinsam liefen sie die Seebrücke hinunter zur Promenade und von dort auf die Hauptstraße.

Was war es schön, so eine Freundin zu haben. Was sollte sie nur machen, wenn Ulrike nach Singapur ginge?

12

»Einen Scone dazu?« Caroline schaute ihren Bruder fragend an und hielt ein fluffiges Gebäckstück hoch. »Ich habe auch Clotted Cream gemacht, mit Vanille, so wie du sie magst.« Als Julian den Kopf schüttelte, nahm sie den Scone selbst und schob ihm nur die Teetasse über den marmornen Küchentresen.

Julian setzte sich auf den Barhocker, roch das Bergamotte-Aroma und spürte, wie ihm der Dampf ins Gesicht stieg. »Es geht doch nichts über einen frischgebrühten Earl Grey.«

Caroline lachte. »Ich wüsste da schon ein paar Dinge. Aber jetzt erzähl doch endlich, was du mir sagen wolltest.« Sie strich die Clotted Cream und etwas Erdbeermarmelade auf den Scone und biss hinein.

»Es scheint wohl eine Frau zu sein, die das Gärtnerhaus von Bantekow ersteigert hat.«

Sie rollte mit den Augen. »Nicht schon wieder dieses Bantekow! Kannst du denn an nichts anderes mehr denken?«

Er ging gar nicht darauf ein. »Wer es genau ist, weiß ich noch nicht. Hast du Zitrone?«

Sie warf ihm eine aus dem Obstkorb zu und schob ein Messer hinterher. »Dass du davon so besessen bist, verstehe ich nicht. Dieser alte Haufen Steine in diesem gottverlassenen Kaff in Deutschland muss uns wirklich nicht interessieren. Haben wir hier nicht genug um die Ohren?« Sie trank von ihrem Tee und schaute ihn über den Tassenrand an. »Genug, um das wir uns kümmern sollten? Zum Beispiel um Olivia? Was macht sie überhaupt? Ist da denn wirklich nichts mehr zu …«

Julian unterbrach sie: »Hör endlich auf mit Olivia. Das ist aus und vorbei, begreif es doch.« Er presste Zitronensaft in seinen Tee und zog dann das iPad unter der *Times* hervor, die auf dem Tresen lag. Als er das Gemüsesuchspiel weggeklickt hatte, das eines der Kinder offensichtlich gespielt hatte, schob er ihr das Tablet hin. »Schau, das habe ich heute Morgen gefunden. Im *Bantekower Wochenblatt.«*

»*Bantekower Wochenblatt!*« Caroline zog die Augenbrauen hoch und verschlang den letzten Bissen des Scones. »Mein Gott, das Internet hat wirklich die merkwürdigsten Winkel.«

»Sei nicht arrogant. Nicht jeder wohnt schließlich in Notting Hill, meine Liebe. Und du übrigens auch nur, weil dein Matthew so gut verdient. Denn wessen pastellfarbene Konditorei ist gleich noch pleitegegangen vor nicht allzu langer Zeit?«

Caroline streckte ihm die Zunge raus. Dann lief sie zur Wohnungstür, weil es geklingelt hatte. Die Kinder stürmten in ihren dunkelblauen Schuluniformen herein.

»Ich hab ein A in Mathe bekommen«, rief Becky als Erstes und drückte ihrer Mutter ein Schulheft in die Hand. »Schau mal. Kann ich jetzt *Die Eisprinzessin* gucken?« Sie steuerte auf das XL-Sofa mit der Patchworkdecke im Wohnzimmer zu, das an den Küchentresen angrenzte, und ließ sich darauffallen, den Schulrucksack noch auf dem Rücken. Mit in die Kissen gedrücktem Gesicht blieb sie liegen, die geflochtenen Zöpfe hingen vom Sofa.

»Wie wäre es erst einmal mit einem Küsschen für deine Mum und einer Begrüßung für deinen Onkel Julian?« Caroline zog ihr einen weißen Kniestrumpf wieder hoch und die Straßenschuhe aus.

»Hallo, Onkel Julian«, murmelte Becky ins Sofa.

Caroline zog sie am Rucksack sanft hoch. »Bitte einmal ordentlich die Hand geben und dann ab nach oben, die Uniform ausziehen – anschließend kannst du von mir aus deine Eisprinzessin anschauen.« Sie zeigte auf Beckys Bruder, der sich an der Tür die Schuhe ausgezogen hatte und nun auf Julian zulief, um ihm die Hand zu geben.

»Nimm dir ein Beispiel an Luke.« Sie tätschelte ihm im Vorbeigehen die braunen Haare mit dem Bürstenschnitt, in den neuerdings morgens sorgfältig Gel eingearbeitet wurde.

Er drehte den Kopf weg. »Lass das, Mum.«

»Wie war's heute in der Schule?« Sie stand mit hängenden Armen da. Julian sah, wie gern sie ihren Sohn gedrückt und geherzt hätte.

Luke zuckte nur mit den Schultern, gab Julian die Hand und lief dann zur Treppe, die nach oben in den ersten Stock führte. »Was gibt's zum Dinner?«, fragte er noch von oben.

»Shepherd's Pie«, rief Caroline hinterher.

Ein Stöhnen war die Antwort. »Nicht schon wieder.«

Sie schüttelte den Kopf. Becky stürmte an ihr vorbei die Treppe hinauf. »Machst du schon mal die Eisprinzessin rein?«

»Manchmal denkt man echt, man ist hier nur der Dienstbote der Familie. Wie viele Jahre sind es gleich noch, bis diese zwei Quälgeister ausziehen?« Caroline stapfte wütend zum DVD-Player und legte den Film ein.

Julian lächelte, denn er wusste nur zu gut, dass sie, wenn es so weit wäre, sehr wahrscheinlich die Zeiten des schweigsamen Teenagers mit zu viel Gel im Haar und Abneigung gegen Lammpastete und die kleine Eisprinzessin mit den Zöpfen sehr vermissen würde.

Caroline kam zurück zu Julian an den Tresen. »Nun zeig schon, was du gefunden hast in deinem Bantekower Blättchen.«

»Viel ist es leider nicht. Aber hör zu:

Gärtnerhaus von Bantekow verkauft. Das alte Backsteinhaus am Bantekower Gutshaus hat eine neue Besitzerin. Eine Hamburgerin hat das Grundstück mit seinem einzigartigen Rosenbestand bei der Versteigerung im vergangenen Monat erworben. Das Gebäude stand jahrelang leer, der Zustand ist schlecht. Die ersten Entkernungsarbeiten sind bereits im Gange. Was die neue Besitzerin mit dem Anwesen vorhat – vor allem mit dem Rosengarten –, werden wir in Kürze berichten.« Er schob das iPad weg.

»Ein bisschen leiser bitte, Becky«, rief Caroline ihrer Tochter zu, die auf dem Sofa lag und ihren Film eingeschaltet hatte. »Ist doch toll, wenn jemand das Haus in Ordnung bringt.« Sie zog eine Schublade auf und holte ein Gemüsemesser hervor.

»Ich sollte derjenige sein, der es in Ordnung bringt.« Er schlürfte seinen Earl Grey.

Caroline nahm zwei Zwiebeln und eine Knoblauchzehe aus dem Bastkorb auf dem Tresen. »Meine Güte! Dann fahr halt hin, wenn dich das so beschäftigt. Rede mit der Frau.« Sie begann zu schnippeln.

»Und was soll ich ihr sagen: dass sie verschwinden soll aus dem Haus und von dem Grundstück? Dass sie an mich verkaufen soll? Zu meinem Preis?« Er lachte. Zwiebelgeruch stieg ihm in die Nase. »Nein, ich brauche einen unscheinbaren Grund, warum ich mich dort aufhalte, um erst mal die Lage zu sondieren.«

Caroline holte einen Beutel Gemüse aus dem Tiefkühlfach. »Bleibst du zum Abendessen? Matthew ist auf Geschäftsreise in Birmingham, die Kinder würden sich bestimmt freuen, wenn du mitisst.«

Julian schüttelte den Kopf. »Vielen Dank. Aber ich muss noch ein wenig arbeiten.«

»An deinem Bantekow-Plan?« Sie sah ihn spöttisch an, während sie den Ofen des Aga-Herds anheizte und aus dem Kühlschrank eine flache Schüssel mit Lammhackfleisch holte.

»An der neuen Rosenplanung für den Queen Mary's Garden im Regent's Park. Die obliegt mir zufällig auch noch.« Er sah zu, wie sie in einer Pfanne Öl heiß machte und das Fleisch hinzugab. Aus dem Kühlschrank nahm sie eine Schüssel mit gekochten Kartoffeln, die offensichtlich vom Vortag übrig geblieben waren, streute Muskatnuss darüber und zerstampfte sie mit etwas Milch.

»Du und die Rosen. Diese Liebe wird wohl niemals enden, was?« Sie warf Zwiebelstückchen und Knoblauch zu dem Fleisch in die Pfanne. Es zischte und duftete. »Anders als die Liebe zu Olivia ...«

Julian stand auf und nahm seine Barbourjacke vom Barhocker. »Hatte ich nicht gesagt, dass ich nicht mehr darüber reden will?«

Er kam um den Küchentresen herum und gab seiner Schwester einen Abschiedskuss, während sie die Erbsen und Möhren in die Pfanne schüttete. Dann ging er zur Haustür. »Tschüss, Becky, grüß Luke von mir.«

Keine Reaktion von der Couch. Becky starrte auf den Fernseher, in dem eine türkisgewandete Prinzessin zu Harfenmusik durch ein Eisschloss tänzelte.

Die Hände in den Hosentaschen seiner Chino vergraben,

spazierte Julian langsam an den Häuserfassaden mit den Schaufenstern von Antiquitätenläden und Bio-Coffeeshops vorbei durch die Straßen von Notting Hill nach Hause zu seinem kleinen Apartment.

13

Mit dem Rosenpflegebuch in der Hand betrat Sandra am nächsten Morgen den Garten und winkte Piet zu, der an einem Fenstersturz der inzwischen ausgebauten Fenster schmirgelte. Eine kühle Wolke Zement- und Holzfasergeruch wehte aus dem Fenster zu Sandra hinaus. Die Sonne schien, ein milder Wind strich durch die Reihen, sie schaute über ihre Rosen hinweg bis zum Bach und den Buchen. Ein Gefühl der Freude und der Tatkraft durchströmte sie. Wäre doch gelacht, wenn ich euch nicht helfen könnte, dachte sie und zog die rot-weiß gepunkteten Handschuhe über, die sie im Buchladen auch noch mitgenommen hatte – genau wie die kleine entzückende Blechgießkanne mit dem Rosenmuster und die rosenverzierte Gartenschürze, die sie bereits umgeknotet hatte.

Sie schritt an den Reihen entlang bis zur fünften, in der sie bei ihrem Rundgang neulich eine Rose entdeckt hatte – möglicherweise sogar eine Schwefelrose –, deren gelbe Blüten zwar schön üppig blühten, deren Blätter aber bis auf die sehr grünen Blattadern seltsam vergilbt aussahen.

Sie schlug ihr Buch auf und suchte. Mehltau war es nicht, das wusste sie. War es ein Schädling oder ein Standortproblem? Sie verglich die Bilder: ob der Rosenblütenstecher am Werk war – nein. Handelte es sich um Sternrußtau – nein. Um Rosenrost – nein. Himmel! Was gab es alles an Krankheiten und fiesen Schädlingen, die ihren Lieblingen Böses wollten? Sie schaute weiter: Rauschimmel, Stickstoffmangel oder Staunässe kamen auch nicht in Frage. Aber hier: Eisenmangel, das konnte es sein. Sie hielt das Foto aus dem Buch neben ein Blatt. Ja, das war es. Die Rose litt an Eisenmangel. Sie kannte das nur von sich selbst aus den Schwangerschaften und hatte keine Ahnung gehabt, dass es so was auch bei Rosen gab. Ob es auch einen Saft für die Pflanzen gab, um den Mangel zu beheben? Und woher kam das überhaupt?

Eisenmangel entsteht häufig bei Rosen, die auf einem kalkhaltigen Boden mit hohem pH-Wert wachsen, las sie. *Der Mangel zeigt sich zuerst an den jungen Trieben: Die Blätter vergilben, nur die Blattadern bleiben grün.*

Sandra drehte ein Blatt hin und her. Ja, in der Tat. »Und was soll ich tun?«, fragte sie und las weiter:

Sorgen Sie für eine gute Bodenbelüftung, vermeiden Sie Staunässe, regulieren Sie den pH-Wert.

Sandra ließ das Buch sinken und schaute ins Leere. Was hieß denn das? Gab es nicht einfach etwas zum Draufsprühen oder Angießen?

Eine Spritzung mit Eisendünger hilft nur vorübergehend, hieß es weiter.

Hmm. Sie kniete sich neben die Rose und kratzte ein wenig an der Erde um ihren Stamm herum. Offenbar musste man also den Boden auflockern und aufpassen, dass das Wasser bei Regen hier nicht stand. Aber den pH-Wert senken? Da war sie schon am Ende mit ihrem Gartenlatein. Sie versuchte sich an ihr Studium zu erinnern. Doch damals hatten sie meist im Labor Versuche unternommen und Pflanzen gekreuzt. Im Feld waren sie selten unterwegs gewesen.

Verdammt. Vielleicht sollte sie sich zunächst einmal einen anderen Fall vornehmen, der leichter zu lösen war. Sie schaute sich um.

Ein wenig weiter in Richtung Buchen und Bach sah sie ein halb verkümmertes, aber noch tapfer rosablühendes Pflänzchen. Sie stieg vorsichtig zwischen der Eisenmangel-Schwefelrose und ihrer Nachbarin, einer zum Glück gesund aussehenden Damaszenerrose in Weiß, hindurch. »Was fehlt dir bloß?« Sie nahm ein Blatt in die Hand, das sternförmige dunkelbraune Flecken hatte. Im Buch fand sie schnell die Diagnose: *Sternrußtau. Spritzen Sie gegen diesen Schadpilz mit zugelassenen Pflanzenschutzmitteln, und entsorgen Sie befallene Pflanzenteile im Hausmüll.*

Im Hausmüll? Das klang, als ob dieser Pilz wirklich gefährlich war. Sie wischte sich den Handschuh an der Jeans ab. Immerhin konnte man hier spritzen. Aber – sie betrachtete den kleinen Strauch – wenn sie alles abschnitt, was befallen war, dann würde von dieser Rose nicht viel übrig bleiben. Hatten die benachbarten Pflanzen das auch? Sie suchte auf den Rosen rechts und links davon nach den Flecken. Nein, dafür waren die wunderschön blutrotleuchtenden Blütenblätter der links blühenden Edelrose an der Rändern vertrocknet und seltsam schwarz verfärbt. Was war denn das nun wieder?

Sie klappte das Buch zu, richtete sich auf und blickte über ihre Rosen, die sich in dem milden Sommerwind wiegten.

Wenn sie bei jeder der dreihundert Pflanzen eine Diagnose vornehmen wollte und bei jeder von ihnen mühsam auf die Suche nach dem richtigen Heilmittel ging und gleichzeitig erst einmal des Unkrauts Herr werden und ein vernünftiges Bewässerungssystem austüfteln wollte – dann wäre die Hälfte ihrer Lieblinge gestorben, bevor sie sich mit ihnen beschäftigen konnte. Zumal das Problem, was sie diagnostizierte, nicht unbedingt das richtige sein musste. Und wollte sie wirklich mit ihr völlig unbekannten Mittelchen experimentieren, die sie auf gut Glück im Baumarkt kaufte? Bei dieser Vielzahl von Pflanzen?

Sie schritt aus der Reihe heraus und roch an der letzten Rose, die wunderschön zartrosa blühte und vermutlich eine Teerose war. Tränen stiegen ihr in die Augen.

Was hatte sie sich da nur aufgehalst? Sie musste Ulli um Rat fragen. Als entscheidungsstarke Managerin wusste sie bestimmt, was zu tun war.

Sie legte die Blümchenschürze ab und zog die Handschuhe aus, wischte sich die Tränen aus den Augenwinkeln und ging an zwei Handwerkern vorbei, die gerade alte Keramikrohre aus dem Haus schleppten und krachend in den Container warfen, aus ihrem Garten.

14

Schon auf der Dorfstraße kam Ulli ihr entgegen: In einer enganliegenden Sportkombi, die jedem Olympioniken zur Ehre gereicht hätte. Die neongrünen Turnschuhe setzte sie ernst blickend auf das Kopfsteinpflaster, die Füße immer schön voreinander und schwenkte die Hüften. Auf den Ohren trug sie roségoldfarbene Kopfhörer und eine Hantel in jeder Hand.

Sandra musste sich ein Schmunzeln verkneifen. »Walk the line, Ulli! Du bist fit.«

Ulrike schob den Kopfhörer auf die Schultern, blieb aber nicht stehen, sondern walkte an Sandra vorbei. »Kein Spott, bitte. Das verbrennt zweihundertfünfzig Kilokalorien in der Stunde. Ich will bis zu der Tankstelle an der Bundesstraße laufen und eine *Gala* kaufen.« Sie schnaufte. »Und vielleicht einen Schokoriegel. Damit ich wieder gute Laune kriege, verdammte Schinderei.«

Sandra lief neben ihr her. »Ich brauche deinen Rat.«

»Dann musst du mitwalken. Kann mein Training jetzt nicht unterbrechen.« Sie schaute auf Sandras Füße. »Aber wirklich mitwalken, nicht nur gehen. Ich will hier nicht die Einzige sein, die bescheuert aussieht.«

Sandra bemühte sich, ihren Gang dem ihrer Freundin anzupassen. »Meine Rosen«, sagte sie und bewegte die Arme, wie sie es bei Ulrike beobachtete. »Sie sind krank.«

»Alle?«

»Nicht alle. Aber viele. Und bei den meisten habe ich keine Ahnung, was genau ihnen fehlt.« Mann, das war ja ganz schön anstrengend. »Und selbst wenn ich es wüsste, bin ich nicht sicher, ob ich ihnen auch helfen könnte.«

Ulrike boxte mit den Hanteln in die Luft vor sich und nahm die Arme dann wieder an den Körper. »Muss man alle zweihundert Meter machen. Stärkt den Bizeps. Übrigens«, sie zeigte nach links auf das letzte Gehöft vor dem gelben, durchgestrichenen Ortsschild, »wohnt hier nicht der schnuckelige Holzkünstler?«

Sandra nickte ungeduldig. »Also, was denkst du, sollte ich tun?«

»Ich glaube, ich werde morgen mal zu dem gehen und mir auch so einen Holzkopf von mir bestellen. Ob ich dafür bei ihm im Atelier Modell sitzen muss?« Ulli schaute auf die Scheune, in deren Dach Glasfenster eingebaut waren und dessen Tor blau-gelb gestreift gestrichen war. »Könnte ihm ja eine Flasche Champagner mitbringen, dann wird seine Skizze vielleicht ein wenig schmeichelhafter ausfallen.«

»Ulrike, kannst du dich jetzt bitte mal auf mein Problem konzentrieren! Wenn uns dafür keine Lösung einfällt, dann kann ich das ganze Anwesen genauso gut gleich wieder verkaufen. Die Schmach tue ich mir nicht an, als diejenige zu gelten, die den alten Rosen von Bantekow durch ihre Naivität den Garaus gemacht hat.«

»Naiv sind sie in der Tat, diese Holzköpfe von Rasmus. Aber auch ganz cool, findest du nicht? Stell dir mal vor, so ein Ding steht bei mir in Singapur im Hightech-Büro im achtundsiebzigsten Stock. Wäre das nicht total retro? Da würde ich mich ja fühlen, als hätte ich den deutschen Wald mitgenommen. Könnte mit meinem Matcha-Tee-Becher jederzeit einen Rundgang um das Souvenir machen und bei den ewigen achtundzwanzig Grad vom Novembernebelwetter träumen.«

Sandra machte einen schnellen Satz vor Ulrike und blieb stehen, so dass die Freundin anhalten musste. »Jetzt reiß dich zusammen, und hör mir mal kurz zu. Also: Was soll ich machen?«

Ulrike schob Sandra zur Seite und walkte weiter. »Du brauchst einen Rosenexperten. Einen Rosen-Consultant, wenn du so willst. Gib ihm einen Beratervertrag, rechne ihn auf Tagesbasis ab. Kannst du bestimmt von der Steuer absetzen als Haushaltshilfe oder so.«

Sandra rannte hinter ihr her. »Einen Rosenberater?«

Ulrike boxte wieder mit den Hanteln in die Luft. »Ja.«

»Ist das nicht albern?« Sie dachte nach. »Und teuer?«

»Willst du nun deine Rosen retten oder nicht?«

»Schon, aber es sollte alles im rechten Maß bleiben.«

»Was ist denn das rechte Maß? Überleg doch mal: Du hast hier einen einzigartigen, alten, außergewöhnlichen Rosengarten, der das Potenzial hat, ein absolutes Schmuckstück und vielleicht sogar ein Touristenmagnet zu werden.«

»Touristenmagnet?« Sandra sah die Freundin erstaunt von der Seite an und vergaß weiterzuwalken. Ulli hatte offensichtlich schon viel weiter gedacht als sie selbst. Sie rannte hinter ihr her und schloss wieder auf.

»Du rettest mit diesem Garten ein Naturerbe, wenn ich das richtig einschätze. All diese alten Sorten würden doch sonst bald aussterben.« Sie boxte.

Sandra wiegte den Kopf hin und her. Da hatte sie wahrscheinlich recht.

»Ist es da nicht angemessen, jemanden zu beschäftigen, der den Rosen professionell auf die Beine hilft? Er muss ja nicht für immer bleiben, der Rosenexperte. Soll nur alles in Ordnung bringen und dich befähigen, das so bald wie möglich selbst zu managen. Falls das hier mal ein Schaugarten werden soll mit Rosenverkauf oder so was.« Sie setzte sich die Kopfhörer wieder auf. »Bis nachher.« Sie walkte auf die Landstraße hinaus und an den Alleebäumen entlang.

Sandra blickte ihr hinterher. Schaugarten? Rosenverkauf? Sie schüttelte den Kopf. Das schien ihr doch etwas fremd. Aber in einem hatte Ulrike natürlich recht: Ein Rosenprofi musste her. Und zwar schnell.

15

Sandra legte das Telefon auf den blanken Gasthaustisch und ihre Stirn daneben. Nun hatte sie wirklich alle Gartenbaubetriebe auf Usedom und in der Umgebung auf dem Festland angerufen. Ja, sie verkauften auch Rosen. Ja, die wichtigsten Krankheiten und Schädlinge beseitigten sie selbst. Ja, ein paar von den Tricks könnten sie wohl verraten, sagten sie am Telefon. Nein, keiner der Mitarbeiter sei ausgewiesener Rosenspezialist, jeder mache hier alles. Und nein, auf keinen Fall sei ein Mitarbeiter abkömmlich. Man stricke überall auf Kante. Im Winter vielleicht mal.

Im Winter. Da nützt es mir auch nichts, dachte Sandra. Und meinen Rosen erst recht nicht, hatte sie zu dem letzten Gartenbauer gesagt und aufgelegt.

Und nun? In diesem Moment trat Gertrud durch die Bullaugentür aus der Küche, in der Hand eine Tasse, aus der es dampfte. »Heiße Schokolade, mien Deern.« Sie schob ihr das duftende Getränk über den Tisch und setzte sich ihr gegenüber. »Watt is los?«

Sandra erzählte es ihr.

Die alte Frau wiegte den Kopf. »Hmm. Schwierig. Am besten, du schaltest eine Anzeige.« Sie wischte ein paar Brotkrumen vom Tisch, die offensichtlich von einem Frühstücksgast liegen geblieben waren. »In einem Rosenfachblatt vielleicht. Und warum nicht auch in unserem *Bantekower Wochenblatt*. Das erscheint inselweit – vielleicht gibt es ja einen versteckten Rosenexperten, der nicht in irgendeinem Gartenbaubetrieb arbeitet. Außerdem ist das Wochenblatt online. Womöglich schaut da ab und zu mal ein Tourist rein, der die Gegend kennt und zufällig viel von Rosen versteht.« Sie stand auf. »Ich kann dir die Nummer von unserem rasenden Reporter hier besorgen. Ich glaube, der macht das auch mit den Anzeigen. Netter Kerl.« Sie rückte ordentlich den Stuhl zurück an den Tisch. »Ich schieb die Nummer nachher unter deiner Zimmertür durch, wenn ich sie gefunden habe.« Sie lächelte. »Und jetzt mach nicht so ein Gesicht – du wirst schon einen auftreiben.« Sie ging wieder in die Küche, die Bullaugentür schwang hinter ihr her.

Sandra trank den warmen Kakao, was ihre Laune augenblicklich besserte.

Ja, sie würde einen Rosenexperten finden. Selbstverständlich. Und gemeinsam würden sie alle retten, ihre farbenfrohen Lieblinge.

16

Die schwarzlackierte Wohnungstür mit dem Löwenkopf-
klopfer öffnete sich, sein Vater umarmte ihn und ließ ihn
eintreten. Er trug bereits sein Dinnerjacket, es war schließlich sechs Uhr abends, der Aperitif im Salon stand an, danach das Abendessen.

Irgendwie fand Julian es entzückend, dass seine Eltern
jeden einzelnen ihrer Abende so zelebrierten, seit er und
Caroline denken konnten. Seine Mutter gab sich nie mit
minderwertigen Produkten oder schnellen Gerichten zufrieden. Nur das Beste kam bei ihr auf den Tisch. Heute
hatte sie eine Tomatenconsommé als Vorspeise angekündigt, Rinderfilet mit Yorkshire-Pudding als Hauptgang und
Feigen und Käse zum Abschluss.

»Schön, dass du da bist, mein Junge«, sagte sein Vater
und ging voran durch den Flur der Vierzimmerwohnung in
der zweiten Etage des herrschaftlichen Gebäudes mit der
weißen Fassade in Kensington, in dem Julian aufgewach-
sen war. Wie immer schienen die lang verstorbenen Ver-
wandten, die auf der Seidentapete aus ihren vergoldeten
Bilderrahmen schauten, das Treiben aufmerksam zu verfolgen.

Als sie die Küchentür erreichten, bog Julian ab und umarmte seine Mutter, die in einem Topf rührte, aus dem es
herrlich nach Knoblauch und Sherry roch. Er gab ihr einen
Kuss auf die ordentlich frisierten Haare, wurde aber sofort
aus der Küche verscheucht.

»Setz dich, mein Junge«, sagte der Vater, als sie im sogenannten Salon angekommen waren – andere Leute hätten den Raum vermutlich einfach Wohnzimmer genannt –, und wies auf den linken der beiden Clubsessel aus dunkelgrünem Leder, zwischen denen ein rundes Rauchtischchen aus den zwanziger Jahren stand, das allerhand Flaschen und Flakons beherbergte. »Gin?«

Julian nickte und bekam ein Glas mit der klaren Flüssigkeit gereicht.

»Cheers, mein Sohn. Ich freue mich, dass du mal wieder vorbeischaust.«

Sie tranken schweigend und schauten in die Flammen des Kamins, den der Vater zu jeder Jahreszeit abends gegen sechs Uhr anheizte und vor dem er und seine Mutter nach dem opulenten Abendessen zu sitzen pflegten und lasen. Julian liebte diese Abende – wenn nicht in letzter Zeit ständig die Sprache auf Olivia gekommen wäre. Auch deshalb hatte er sich seit einigen Monaten rar gemacht.

»Gibt es einen bestimmten Grund für deinen Besuch, oder vermisst du einfach die Kochkünste deiner Mutter?« Der Vater schmunzelte und hob die Nase. »Duftet es nicht schon wieder herrlich?«

Julian nickte und schluckte, denn in der Tat hatte er ordentlich Appetit mitgebracht. »Nicht nur Mums Essen, euch beide habe ich vermisst. Aber du hast recht, es gibt einen bestimmten Grund, warum ich hier bin.«

Der Vater stellte sein leeres Ginglas auf die runde Messingtischplatte und sah ihn gespannt an.

»Bantekow«, sagte Julian. »Ich möchte mit dir noch einmal über Bantekow reden.«

Der Vater seufzte. »Was gibt es denn da noch zu reden? Ich habe es dir doch schon so oft erklärt.«

»Ich kann es aber immer noch nicht verstehen. Warum

habt ihr nach der Wende nicht alles darangesetzt, das Gut und die Liegenschaften, die einst dazugehörten, zurückzubekommen? Ich begreife es einfach nicht.«

Der Vater goss sich ein weiteres Glas Gin ein. »Ich habe es dir doch schon einmal gesagt, aber offensichtlich glaubst du mir nicht?«

Julian schob sein Glas über die Dellen der Messingplatte. »Dass die Enteignung nicht rückgängig zu machen war, weiß ich. Aber irgendwie kann ich nicht glauben, dass ihr tatsächlich das Geld nicht zusammenbekommen habt, als ihr die Chance hattet, alles zurückzukaufen. Einen völlig absurden Preis wird die Treuhand doch nicht gefordert haben.«

Der Vater trat zum Kamin und nahm den Schürhaken aus seinem Ständer. »Absurd sicher nicht. Aber dennoch zu hoch für uns. Du musst verstehen, Julian, alles, was wir heute haben, haben wir uns hier in England in der kurzen Zeit seit der Flucht aufgebaut. Deine Großeltern und später wir. Aus Deutschland haben wir nur ein wenig Schmuck, ein paar Erinnerungsstücke und Tagebücher mitgenommen.«

»Und die Ahnengalerie.« Julian lächelte und zeigte in den Flur.

»Einen kleinen Teil davon, ja. Alles andere haben wir uns mühsam aufbauen müssen. Ich will nicht klagen, uns ging es nie schlecht, und dein Großvater hat es verstanden, mich und meinen Bruder bestens ausbilden zu lassen, so dass wir gleich nach dem Studium unsere Kanzlei aufbauen konnten.« Er stocherte in der Glut, die Flammen loderten wieder hoch. »Auch bei Caroline und dir haben deine Mutter und ich übrigens nicht an einer guten Ausbildung gespart – auch wenn wir dafür auf manches verzichten mussten.«

»Auf was denn?« Julian sah seinen Vater erstaunt an.

Der Vater hängte den Schürhaken wieder an seinen Platz und kam zurück zum Sessel. »Wir träumten von einem Ferienhaus in Cornwall. Vor allem deine Mutter.«

»Aber unsere Sommerferien auf dem Bauernhof in Sussex waren doch immer wunderschön.«

»Das waren sie, mein Junge. Ich sage nur: Alles geht eben nicht im Leben.«

»Und Bantekow wäre nicht gegangen? Auch nicht mit Hilfe von Krediten?«

Der Vater schüttelte den Kopf. »Nein, mein Sohn. Spätestens die Sanierung der Gebäude auf dem Gelände inklusive Gutshaus hätte uns komplett lahmgelegt. Und ganz ehrlich: Deine Mutter und ich fühlen uns sehr wohl hier. Ich selbst habe noch nicht einmal mehr eine Erinnerung an die zwei Jahre, die ich dort in Deutschland als Baby gelebt habe. Zurückzugehen, um das Gut aufzubauen und in Bantekow zu leben, kam uns einfach nie in den Sinn.«

Julian blickte in die Flammen, die unruhig flackerten. »Aber der wunderschöne Rosengarten! Er ist das Einzige, das mir von unserer Reise kurz nach der Wende wirklich in Erinnerung geblieben ist.« Er wandte sich wieder seinem Vater zu. »Was weißt du über Theodor, der ihn aufgebaut hat?«

»Nicht viel. Er lebte sehr zurückgezogen und nur für seine Rosen, wenn ich richtig erinnere, was mein Vater mir erzählt hat.« Er stand auf und wies in Richtung Flur. »Willst du ihn sehen?«

Julian sprang auf. »Theodor ist mit in der Ahnengalerie?«

Sein Vater nickte und blieb im Flur vor einem der Ölschinken stehen, der einen jungen Mann Ende zwanzig mit braunen Haaren, einer feinen, geraden Nase, einem schmalen Mund zeigte. Er wirkte ein wenig verkniffen, und aus seinen Augen sprach der Kummer. »Die Signatur ist von 1895.« Der Vater tippte auf einen Schriftzug unten rechts. »Da war er Anfang dreißig, denke ich, die genauen Lebensdaten habe ich nicht im Kopf. Auf jeden Fall hatte er mit seiner Rosenschule sich und Bantekow zu diesem Zeitpunkt schon in ganz Europa einen Namen gemacht.«

»Und warum guckt er dann so traurig?«

Der Vater lachte. »Vielleicht hat der Maler ihn ja nur schlecht getroffen. Viel wissen wir leider nicht über ihn. Nur dass er sehr erfolgreich war, was die Rosen anging. Und dass er nie verheiratet war und keine Kinder hatte.«

Julian schaute in die traurigen Augen.

»Er war wohl verlobt. Aber die Hochzeit ist abgesagt worden.«

Julian wandte sich von dem Gemälde ab. »Gibt es denn keinerlei Aufzeichnungen von ihm? Über die Rosen vielleicht?«

Der Vater nickte. »Ich meine, ich hätte mal ein Tagebuch gesehen. Eines der wenigen Dinge, die nicht verloren gegangen sind auf der Flucht. Was da drinsteht, weiß ich natürlich nicht.« Sie setzten sich wieder in die Clubsessel, wo sie die Wärme des Kamins empfing.

Julian streichelte über das alte Leder des Sessels. »Kannst du es mir mitgeben?« Der Gin musste in seiner Blutbahn angekommen sein, denn er fühlte sich müde, zufrieden und schwer. Er war nicht sicher, ob er aus diesem Sessel wieder würde aufstehen wollen, und streckte seine Füße dem Kamin entgegen.

»Ich muss es erst finden. Es sollte in einer der Kisten auf dem Dachboden sein. Aber wenn dich das so sehr interessiert, suche ich es dir gern bei Gelegenheit heraus.«

Julians Mutter betrat den Raum, die Kochschürze hatte sie abgelegt, ihr Kostüm saß perfekt und stand ihr mit ihrer immer noch sehr schlanken Statur sehr gut. Julian bewunderte immer wieder, wie elegant und mädchenhaft seine Mutter wirkte. Obwohl sie genau wie Vater schon an der siebzig kratzte.

»Wenn ihr euren Gin beendet habt, können wir den Tisch decken.« Sie legten eine weiße Decke auf und verteilten die Teller und das Silberbesteck. Als Kind hatte Julian nie darüber nachgedacht, aber jetzt fand er es schön, dass seine Eltern so viel Wert auf gute Sitten und gute Gespräche bei Tisch legten. Sie nahmen sich die Zeit, einmal am Tag innezuhalten und wirklich miteinander zu reden. Vielleicht war das das Geheimnis ihrer langen Ehe; vielleicht war es aber auch nur eine wehmütige Reminiszenz an vergangene Zeiten.

»Setzt euch«, sagte die Mutter, als der Tisch gedeckt war und das Sträußchen Rosen, das Julian ihr mitgebracht hatte, seinen Platz in einer Wedgewood-Vase in der Mitte der Tafel gefunden hatte. »Ich hole die Suppe, und dann will ich ganz genau wissen, Julian, ob du inzwischen etwas von Olivia gehört hast. Wir haben sie nämlich vor einigen Tagen im Clubhaus beim Golfen getroffen, und sie hat sich sehr interessiert nach dir erkundigt. Sah übrigens blendend aus.«

Julian stöhnte. Jetzt wusste er wieder, warum er in letzter Zeit auf das gute Essen und die heimelige Atmosphäre bei seinen Eltern verzichtet hatte. Hoffentlich schaffte er es, das Gespräch auf andere Themen zu lenken. Aber immerhin, er hatte erfahren, was er wissen wollte: Theodor hatte Aufzeichnungen hinterlassen, und er würde sie bekommen. Hoffentlich war es nicht nur ein Tagebuch, sondern auch eine Dokumentation seiner Arbeit im Rosengarten. Ein Archiv all seiner Rosen. Damit könnte man dann wirklich etwas anfangen. Vorausgesetzt natürlich, man besaß den Rosengarten. Oder man bekam wenigstens Zutritt zu ihm. Er musste dringend nach Bantekow. Wer weiß, was die neue Besitzerin mit dem Rosengarten anstellte. Nicht, dass sie ihn am Ende dem Boden gleichmachte. Hoffentlich wusste sie zu schätzen, was sie da gekauft hatte.

»Mein Junge, nun guck nicht so verbittert, ich erwähne Olivia ja schon nicht mehr. Löffle lieber deine Consommé, und erzähl mir, was in der Parkverwaltung los ist. Als ich neulich mit Margret durch den Hyde Park geschlendert bin, haben wir eine große Lieferung Magnolien am Wegesrand auf einem Lastwagen stehen sehen. Wird denn am Serpentine-See etwas neu gestaltet?« Sie schaute ihn interessiert an.

»Splendid, love«, sagte der Vater und schob seine bereits leere Schüssel von sich, und Julian erzählte vom Hyde Park.

17

Sie würde also Anzeigen schalten. Das war eine gute Idee von Gertrud gewesen, dachte Sandra, als sie am nächsten Morgen an einem der runden Metalltischchen in Gertruds Gästegarten in der Sonne saß und in ihr Croissant biss. Sie blickte zu den noch grünen Äpfeln an den knorrigen Obstbäumen hinauf. Unter den Mirabellenbäumen ein Stück weiter graste angepflockt Mina, die Ziege, die Gertrud zum Rasenmähen und Käsemachen hielt.

Gleich heute Nachmittag würde sie das mit den Anzeigen erledigen. Erst einmal wollten sie und Ulli aber zum Rosenhaus und die alten Kommoden und Vertikos saubermachen, die Piet und seine Leute in einem Raum im ersten Stock untergebracht hatten. Nun wollten sie die Möbel aus dem Haus haben, um auch diesen Raum in Angriff nehmen zu können. Sandra freute sich, dass einige der alten Stücke noch erhalten waren.

»Guten Morgen, Mina.« Ulrike trat aus dem Haus und winkte der Ziege, die als Antwort nur mit den Ohren wackelte, um eine Fliege loszuwerden. Sie setzte sich zu Sandra. »Ich werde ihr nachher eine Streicheleinheit zukommen lassen. Vielleicht gibt es dann noch mehr von dem köstlichen Ziegenkäse, den Gertrud fabriziert.« Sie griff nach der Kaffeekanne und goss sich ein. »Heute also Hauseinsatz?«

Sandra nickte. »Bin gespannt, ob diese Kommoden wirklich noch zu gebrauchen sind oder ob wir uns doch von der einen oder anderen wegen Holzwurm oder Schimmel trennen müssen.«

Ulrike rümpfte die Nase. »Willst du nicht lieber neue Möbel kaufen? Ich kann dir ein paar hervorragende Designershops im Internet empfehlen.«

Sandra zog nur die Augenbrauen hoch.

»Schon gut. Schauen wir uns die Möbel mal an.« Ulrike ließ ihre Sonnenbrille von den Haaren auf die Nase herab und trank ihren Kaffee.

Kurz darauf standen sie im Garten des Rosenhauses zwischen verstaubten Schränken, Kommoden und Truhen. »... vier, fünf, sechs«, zählte Sandra und wandte sich an Piet. »Die anderen musstet ihr wohl doch wegschmeißen?«

Der nickte. »Bei näherem Hingucken waren sie zu heruntergekommen, kriegt man nicht mehr flott.« Er haute auf die Deckplatte einer Bauerntruhe. »Aber die sechs hier müssten noch zu retten sein. Das Vertiko war übrigens irre schwer, weil wir es nicht aufgekriegt haben, um es auszuräumen. Wollten nicht das alte Schloss beschädigen, müssen Sie selbst entscheiden, ob Sie das machen. Wer weiß, was darin lauert.« Er rollte mit den Augen, tippte sich an die Schirmmütze und verschwand im Haus.

»Machen wir uns an die Arbeit.« Sandra krempelte die Ärmel ihres Holzfällerhemdes hoch, fuhr in die gelben Putzhandschuhe und staubte als Erstes mit einem Handfeger alle Möbel ab. Ulrike wischte mit einem feuchten Tuch hinter Sandra her. Möbelstück um Möbelstück befreiten sie von Spinnweben und Staub. »Sie könnten alle ein wenig Holzpflege vertragen«, sagte Ulrike.

»Einige sollte ich von einem Restaurator aufarbeiten lassen.« Sandra trat an eine Kommode heran, die vermutlich aus dem Biedermeier stammte. Der Schellack des Kirschholzes war an vielen Stellen abgeplatzt.

»Was ist denn nun mit dem Vertiko?« Ulrike wischte an dessen rechtem Türflügel herum, der offenbar aus Nussbaumholz bestand und einige Kratzer aufwies. Sie versuchte, mit den Fingerkuppen die Tür aufzuziehen. »Keine Chance. Wir müssen es aufbrechen.«

Sandra stand unschlüssig davor. »Meinst du? Es aufbrechen? Es ist doch so schön. Soll ich es nicht einfach als Schmuckstück irgendwo hinstellen? Ich könnte eine Vase obendrauf drapieren oder ein Gemälde mit einem schönen Rahmen, dann hat es eine Funktion, auch wenn ich nichts hineintun kann.«

»Und was ist, wenn der Inhalt dir irgendwann entgegenkrabbelt? Du weißt doch nicht, was darin ist. Vielleicht hat jemand seine alte Tante verschwinden lassen.«

Sandra lachte. »Das würden wir wohl riechen, meinst du nicht?«

»Papperlapapp. Wo ist ein Schraubenzieher? Wir brechen die Tür auf. Wenn du darauf bestehst, hole ich dir ein anderes Vertiko vom Flohmarkt, falls es dabei kaputtgeht.« Sie lief ins Haus, um von Piet einen Schraubenzieher und einen Hammer zu besorgen.

Sie hatte wohl recht, musste Sandra zugeben. Besser, man wusste, was man zu Hause lagerte. Sie nahm Ulrike den Hammer und den Schraubenzieher ab, als sie aus dem Haus kam. »Bereit?« Sie setzte den Schraubenzieher ins Schlüsselloch.

»Immer bereit! Hieß es nicht so damals?«

»Mann, komm mir jetzt nicht mit solchen Kamellen. Was haben wir ein Glück gehabt, dass wir solch einen Zirkus im Westen nicht mitm...«

»Schlag schon zu, wenn du fertig bist mit deiner Geschichtsbetrachtung.«

Sandra ließ den Schraubenzieher und den Hammer sinken. »Ich traue mich nicht.«

»Gib her!« Ulrike nahm ihr das Werkzeug aus der Hand und hieb ordentlich drauf. Die Tür sprang auf.

18

Ulli stieß einen Pfiff aus, ihr Oberkörper verschwand hinter der Tür.

»Was ist das?« Sandra drängte die Freundin zur Seite und schaute in den Schrank. Sie sah einen Papierstapel, in Pappordnern fein säuberlich aufgetürmt. Muffiger Geruch schlug ihr entgegen. »Was ist das bloß?« Sie nahm einen der Ordner in die Hand.

Ulli hatte ebenfalls einen herausgezogen und blätterte. Wieder stieß sie einen Pfiff aus.

Sandra beugte sich näher zu ihr: »Was ist es?« Sie versuchte, etwas zu entziffern, aber die altmodische Schrift war zu verschnörkelt und schlecht zu lesen.

Ulrike schien schon weiter zu sein: »Wenn mich nicht alles täuscht, dann ist das …«

»Hallo, die Damen.« Sie fuhren herum und sahen Rasmus den Garten betreten, an seiner Seite einen schwarzen Labrador. »Darf ich vorstellen: Das ist Unna, die liebste Hündin von ganz Bantekow.« Er tätschelte Unnas Nacken, sie setzte sich brav neben ihr Herrchen. »Und läuft alles?«

»Vielen Dank, Rasmus. Piet und seine Männer sind spitze.«

»Selbstverständlich.« Rasmus gab Unna ein Leckerli. »Aber falls doch mal was ist – ihr wisst ja, wo ihr mich findet.« Er wandte sich zum Gehen, Unna stürmte auf die Straße. »Bis die Tage, meine Damen. Viel Erfolg!« Er winkte ihnen zu und lief mit der Hündin die Dorfstraße hinunter Richtung Wald.

»Ein netter Typ.« Ulrike schaute ihm hinterher. »Und irgendwie attraktiv. Findest du nicht, dass er was hat mit seinem Pferdeschwanz und dieser ganzen Holzfällerart?«

Sandra zog nur die Augenbrauen hoch und sah auf den Ordner, den Ulrike immer noch in der Hand hielt. »Was sind das nur für Unterlagen?« Sie blätterte ihren Pappordner auf. Ihr Blick fiel auf die botanische Zeichnung einer Rosenpflanze, mit zartem Federstrich detailgenau abgebildet und koloriert. Darunter stand in alter geschwungener Handschrift, die Sandra nur mit Mühe lesen konnte:

Madame Toujours. Damaszenerrose in Zartrosé. Erstzüchtung: 1889. Blütezeit: Mai/Juni. Duft: intensiv, erinnert an Orange und Erde. Standplatz: B 03. Verkaufserfolg im Jahr 1895: Platz 14/288.

Sandra starrte auf Schrift und Zeichnung. War es etwa das, was sie vermutete?

Sie blickte zu Ulrike hinüber, die ebenfalls von ihrer Akte aufsah und lächelte. Sandra trat an das Vertiko heran, zog eine weitere Akte heraus und klappte sie auf. Die Zeichnung einer gelbkolorierten Rose, der Blätterform nach zu schließen eine *Noisette*, strahlte ihr entgegen. Darunter stand:

Manoli. Noisette-Rose in Zitronengelb. Erstzüchtung: 1891. Duft: leichte Note von Vanille. Blütezeit: August. Standplatz: C 17. Verkaufserfolg 1895: Platz 29/288.

Sandra ließ die Akte sinken. Konnte das sein? War das möglich? »Haben wir etwa Theodor von Bantekows Rosenarchiv entdeckt?«

Ulli nickte langsam. »Sieht ganz so aus.«

»All seine Züchtungen und sogar die Verkaufsplatzierungen?«

Ulli klappte ihre Akte zu und nahm eine neue. »In der Tat. Aber sieh mal hier«, sie zeigte auf ihre Akte und dann auf weitere im Vertiko. »Bei manchen ist arg viel Grünspan dran. Die wirst du nicht mehr entziffern können, fürchte ich.«

Sandra nahm eine neue Pappakte vom Stapel. Unter einer leuchtend orangerot- und gelbkolorierten Rose stand:

Annika. Zweifarbige Kapuzinerrose, orangegelb. Erstzüchtung: 1892. Blütezeit: Mai und August. Duft: zurückhaltend, leichte Note von Moschus. Standplatz: F 14. Verkaufserfolg 1895: Platz 90/288.

Eine Freudenträne lief Sandra über die Wange. Was für ein Fund. Sie setzte sich im Schneidersitz auf den Rasen vor das Vertiko. In der nächsten Akte fand sie eine weißkolorierte Wildrose. Ulrike hatte zwar recht, die Seiten waren zum Teil sehr vergilbt oder gar verschimmelt. Aber dennoch – mit Hilfe dieser Unterlagen ließe sich die Geschichte der Rosenzucht Theodor Bantekows genau nachvollziehen.

»Was meint er denn immer mit Standplatz?«, fragte Ulrike.

Der Standplatz. Das konnte doch nur …? Sandra erhob sich, die Akte in der Hand. Hatte er alle Pflanzen durchnummeriert in ihren Reihen? Sie lief los, Ulrike kam ihr hinterher. Um die Hausecke herum in den Rosengarten. Oder hatte er Blöcke gebildet? Sie blickte über die Rosenbüsche und das Gestrüpp hinweg, ließ die Akte fallen und kniete sich neben die erste Reihe. Ungeduldig riss sie Unkraut aus und legte den Reihenanfang frei. Als sie keinen Hinweis fand, krabbelte sie weiter zur zweiten Reihe, dann zur dritten. Nichts. Beschriftungen waren nicht zu entdecken. Gut, es war schließlich fast einhundertfünfzig Jahre her, dass Theodor von Bantekow sein System angelegt hatte. Schilder gingen in so einer langen Zeit verloren. Sandra stand auf und klopfte sich Erde und Grashalme von den Knien.

Aber er hatte die Rosen genau beschrieben. Wenn sie zur vollen Blütezeit seine Beschreibungen und die Zeichnungen mit den Rosen in den Reihen verglich, würde sie hinter sein System kommen. Und wäre in der Lage, jede einzelne Rose zu identifizieren und zu benennen. Welch ein Schatz lag hier vor ihr und welch ein Gewinn für die gesamte Rosenwelt. Sie wischte sich über die Augen, nahm die fallengelassene Akte wieder an sich, glättete sie und klappte sie zu. Sie würde verstehen, welche Sorten hier wuchsen, und würde ausgestorben geglaubte Rosen wiederentdecken können. Und: Sie würde sie vermehren können und sie so erhalten.

Ulli legte ihren Arm um ihre Schulter. »War doch kein so großer Fehler, dass du dieses Anwesen hier gekauft hast, scheint mir.« Sie lächelte. »Jetzt bekommt dieser Rosenhaufen für mich auf einmal irgendwie Sinn.« Sie machte eine weite Bewegung vom Haus bis zu den Buchen am Bach. »Umso wichtiger, dass hier bald ein Rosenprofi ans Werk geht.« Sie kniete sich neben einen Rosenstamm in der zweiten Reihe, von dem nur noch ein Strunk in die Luft ragte. »Hast du in dieser Richtung schon Fortschritte gemacht?«

»Ich werde nachher eine Anzeige schalten«, sagte Sandra und ließ ihren Blick über die Rosen streifen. Dann glitt sie auf den Rasen, streckte Arme und Beine von sich, starrte in den blauen Himmel und sah die Wolken vorbeiziehen. Das

Rosenarchiv wäre eine große Hilfe, dennoch brauchte sie dringend die Unterstützung eines Fachmanns, sie, die Botanikerin, die ganze zwei Jahre ihres Lebens in ihrem Job gearbeitet hatte – im Labor wohlgemerkt, nicht etwa in der Praxis im Freien. Und das vor mehr als zwanzig Jahren.

Piets Gesicht schob sich vor den blauen Himmel und die Wolken. »Wir wollen im Obergeschoss bald anfangen mit Streichen und müssen die Farben bestellen. Ob Sie kurz mitkommen könnten, um einen letzten Blick auf die Farbkarten zu werfen?«

Sandra stand auf und folgte Piet ins Haus.

19

»Bantekower Wochenblatt, Torsten Lehmann am Apparat, was kann ich für Sie tun?«

Eine junge, dynamische Stimme drang an Sandras Ohr.

Sie sank noch ein Stückchen tiefer in das warme Badewasser hinein, das nach Ullis Chanel-Badeschaum roch. »Ich möchte eine Annonce aufgeben. Es geht um eine Beratertätigkeit.« Soeben war sie von der Baustelle ins Gasthaus zurückgekehrt und gönnte sich ein Bad, um ihren verspannten Rücken aufzulockern und den Muskelkater in den Armen zu lindern. Körperliche Arbeit war sie einfach nicht gewohnt. Dieses stundenlange Schrubben und Bücken, das Heben der Schränke, Kommoden und Truhen. Immerhin hatten sie einige sehr schöne Teile entdeckt, die sie würden aufarbeiten können. Und sie hatten das Rosenarchiv von Theodor von Bantekow gefunden.

»Schießen Sie los«, sagte Torsten Lehmann.

Sandra fuhr mit der freien Hand durch den Schaum. »Suche erfahrenen Rosenfachmann, der auf Honorarbasis bei Pflege und Wiederaufbau eines alten Rosengartens hilft. Ab sofort. Arbeitsort: Bantekow.« Sie pustete sich ein wenig Schaum von der Schulter.

Lehmann schwieg.

»Haben Sie das?«, fragte Sandra und drehte den Wasserhahn auf. Mehr warmes Wasser umströmte sie, sie spürte, wie ihr Rücken sich entspannte. »Was wird die Anzeige kosten?«

»Sind Sie etwa die Hamburgerin, die das Bantekower

Gärtnerhaus gekauft hat?«, fragte Lehmann statt einer Antwort.

»Allerdings.« Sandra drehte den Wasserhahn aus.

»Und Sie richten den alten Rosengarten wieder her.«

»Das habe ich vor. Aber allein schaffe ich das nicht.« Sie nahm Ullis Cavalli-Shampoo, betrachtete den Leopardenprint und schnippte die Tube mit dem Daumen auf. Hm, ziemlich süßer Duft – aber war da nicht ein Hauch von einer Rosennote zu erkennen? Sie würde es gleich nach dem Telefonat zum Haarewaschen benutzen. »Haben Sie alles notiert? Was kostet mich die Anzeige, und wann erscheint sie?« Sie streckte einen Fuß aus dem Schaum und betrachtete ihre blassen Nägel. Früher, als Tobias noch lebte, hatte sie sie regelmäßig lackiert. Sie tauchte den Fuß wieder unter. »Oder wissen Sie zufällig jemanden aus der Gegend, der sich auskennt?«

»Leider nicht.« Lehmanns Computertastatur klapperte. »Die Annonce ist übermorgen im Blatt, Sie haben Glück, dass wir morgen drucken. Ich finde es übrigens toll, dass Sie sich um die alten Rosen kümmern wollen. Wäre es Ihnen recht, wenn ich die Tage mal vorbeikomme und eine kleine Geschichte über Sie und das Gärtnerhaus mache?«

»Sie sind wohl Anzeigenabteilung und Redaktion in einem?« Sie nahm Ulrikes Peelinghandschuh und schrubbte die Knie. Seit wann wurden Knie eigentlich grau, sobald man sie nicht täglich mit Bodylotion bedachte? Das Alter war wirklich ein Spielverderber.

»So sieht's aus. Wären Sie einverstanden? Die Leser wird das interessieren. Mich persönlich auch.«

»Das ist doch nun wirklich nichts Besonderes, dass jemand ein altes Haus …« Die Knie waren jetzt rot – immerhin nicht mehr grau. Sandra legte den Peelinghandschuh weg. Ulli hatte sicherlich eine reichhaltige Lotion dabei, die sie hinterher auftragen könnte.

»Glauben Sie mir, das ist was Besonderes. Um dieses Anwesen hat sich jahrzehntelang niemand gekümmert. Alle im Dorf rätseln, was damit passieren soll. Damit und mit dem alten Gutshaus, das so wunderschön ist und traurig vor sich hin gammelt. Wir wundern uns, dass die ehemalige Gutsfamilie, die Bantekows, nicht das geringste Interesse zeigt. Viele der alten Herrenhäuser an der Küste werden inzwischen nämlich von den Nachkommen der ursprünglichen Bewohner wiederhergerichtet. Deshalb freuen wir uns, dass sich wenigstens am Gärtnerhaus was tut.«

Der Chanel-Schaum löste sich zusehends auf, Sandra wollte jetzt in Ruhe baden und nicht ewig mit dem Reporter reden. »Schicken Sie mir die Rechnung für die Anzeige zu?«, fragte sie, um das Gespräch zu beenden, und schielte nach dem Cavalli-Shampoo.

»Nein«, sagte er, und sie hörte, wie sein Computer im Hintergrund *Bing!* machte; offenbar hatte er eine Mail bekommen. »Ich werde sie Ihnen in den nächsten Tagen vorbeibringen. Und eine kleine Geschichte über Sie schreiben. Und jetzt noch schönes Baden.« Er legte auf.

Sandra legte das Handy weg. Soll er doch was schreiben, dachte sie. Hauptsache, die Anzeige geht schnell ins Blatt und es meldet sich jemand. Jemand, der wirklich Ahnung hat von Rosen. Der die Bedeutung eines solchen Naturschatzes versteht und mir helfen kann.

Sie holte Luft, schloss die Augen und rutschte mit dem Kopf unter Wasser.

20

»Gentlemen, heute geht's ans Eingemachte.« Julian hatte acht Gärtner im Queen Mary's Garden versammelt, die er nun ernst anschaute. »Bitte gehen Sie sorgfältig vor, und prüfen Sie jede einzelne Rose auf Schädlinge und Krankheiten. Jetzt beginnt die Rosensaison, und was wir uns gar nicht leisten können, sind enttäuschte Besucher aus der ganzen Welt, die im Internet posten, welche Krankheiten unsere Rosen haben.« Er blickte über die Blütenpracht, die sich bereits zu entfalten begonnen hatte, und das Rondell in der Mitte. Er wusste, dass seine Arbeiter nichts finden würden, die Rosen waren in bester Verfassung. Schließlich bekamen sie die optimale Pflege. »Und bitte gehen Sie auch noch einmal mit der Schere durch, dass wirklich alle wilden Triebe verschwunden sind.«

Die Männer verteilten sich, Julian nahm sich ebenfalls eine Beetrose vor, eine seiner Lieblingssorten, die *Bernsteinrose* von Tantau, 1987 gezüchtet. Er liebte ihre ungewöhnliche bernsteingelbe, volle Blüte und den starken Duft. Ein paar wilde Triebe fand er, er machte sich an die Arbeit, dabei schweiften seine Gedanken zu der Anzeige, die er gestern online im *Bantekower Wochenblatt* entdeckt hatte.

Nur ganz kurz war der Text gewesen, aber es bestand kein Zweifel: Die Annonce musste von der Frau sein, die das Gärtnerhaus und den Rosengarten gekauft hatte.

Er hatte sie wieder und wieder gelesen. Diese Frau schien es also ernst zu meinen mit den Rosen. Und sie hatte offensichtlich bemerkt, dass nur ein Experte helfen konnte. Was das wohl für eine Person war? Auf jeden Fall schien sie Zeit und Geld zu haben.

Egal, wie sie war, sie hatte richtig gehandelt, die Anzeige zu schalten. Denn den richtigen Kandidaten für den Job würde sie bekommen: ihn.

Er wandte sich der nächsten Rose zu, einer *Maxi Vita* von Kordes, 2000 gezüchtet, die schon ihre orangerosafarbene Pracht mit dem besonderen goldorangefarbenen Blütenboden präsentierte. Kordes 2000, Tantau 1987. Wie schön wäre es, wenn irgendwann einmal Rosen von seiner Hand und mit seinem Namen auf den Markt kämen. Aber eine Rosenschule zu gründen war nicht so einfach. Er kappte einen wilden Trieb und lenkte seine Gedanken zurück auf die Anzeige.

Sollte er wirklich nach Bantekow gehen? Er blickte über die Rosen und sah seine Leute arbeiten. Sollte er diesen Traumjob bei der Verwaltung der weltberühmten Londoner Parks ruhen lassen? Denn nur das würde er tun: Er würde ein Sabbatical nehmen, wie es fast alle seiner Kollegen in der Führungsriege schon getan hatten. Die meisten waren um die vierzig gewesen, weshalb er sie aufgezogen hatte, ob sie die Midlife-Crisis hätten – was bei vielen wohl tatsächlich der Fall war. Und nun hatte er mit fast fünfzig etwa auch eine Midlife-Crisis?

Blödsinn, dachte er, kappte einen abgeknickten Zweig und legte ihn zur Seite. Er würde ihn mit nach Hause nehmen für die Vase. Auch nach all den Jahren brachte er es nicht übers Herz, solche Zweige einfach wegzuwerfen.

Sollte er es also wagen? Es war genau die Chance, auf die er gewartet hatte. Seine Chance, die Bantekower Rosen zu retten.

21

Sandra nahm die Sprühflasche mit dem Blattlausmittel und benetzte die arme Damaszenerrose in Reihe eins ganz links. Vielleicht half es ja ein wenig, dachte sie und seufzte, als sie auf ihr Sammelsurium von Flaschen, Eimern und Beuteln schaute, das sie aus dem Gartencenter mitgebracht hatte.

Die Frau an der Theke vor dem Giftschrank hatte sich geduldig ihre Probleme angehört und dann nach und nach den Cocktail vor ihr aufgebaut. Aber Sandra hatte an ihrem Gesicht gesehen, dass sie selbst nicht sehr überzeugt von ihren Produkten war, und an ihrem Bauchgefühl hatte sie gespürt, dass dies auf Dauer sicher nicht der richtige Weg war, den Rosen zu helfen. Trotzdem hatte sie die ganze Palette mitgenommen. Wer wusste schließlich, ob sich überhaupt ein Rosenexperte auf ihre Anzeige melden würde? Sie musste es wenigstens versuchen.

Immerhin hatte sie inzwischen alle Reihen ihres Rosengartens von Unkraut befreit; ihr Rücken und ihre Knie zeugten davon. Und gestern hatte sie eine Jauche angerührt, die sie noch von ihrer Oma kannte: drei Regentonnen voll Brennnesselsud mit Kaffeesatz. Die mussten ein paar Tage stehen und gären, um ihre Wirkung zu entfalten. Bis dahin würde sie schon einmal die Chemiekeule schwingen. Viel hilft viel, dachte sie.

Die benetzte Damaszenerrose brach zumindest nicht sofort zusammen. Sie wandte sich der nächsten Blattlauspatientin zu, einer tiefroten Beetrose in Reihe zwei, deren genaue Bezeichnung sie nicht kannte.

Sie sollte sich wirklich Theodors Rosenarchiv gründlich vornehmen, um zu entschlüsseln, wie sein Standortsystem funktionierte. Dann hätte sie wenigstens den Namen der jeweiligen Rose und ihre Klasse, was bei der Behandlung hilfreich sein könnte. Sie kam aus der gebückten Haltung hoch und schaute über die Rosenreihen mit den zum Teil doch sehr kümmerlichen Patienten. Zweier hatte sie sich nun angenommen, bei 298 musste sie noch die Diagnose stellen. Wie sollte sie das nur schaffen? Sie spürte, wie ihr die Tränen in die Augen stiegen, und wischte sie ärgerlich weg.

»Frau Bellmann?« Die Postbotin, mit der Sandra gleich am ersten Tag einen kleinen Schnack gehalten hatte, kam um die Ecke des Hauses auf sie zu, in der Hand einen großen Umschlag. »Gut, dass Sie hier sind. Dann drücke ich Ihnen das gleich in die Hand. Sie sollten einen Briefkasten aufhängen draußen am Zaun, so krumm und schief er auch ist. Ich kenne Sie jetzt zwar und trage Ihnen die Post gern rein, aber wenn ich mal im Urlaub bin und mein Kollege einspringt, wird er das vielleicht nicht tun.«

»Da haben Sie recht. Das mache ich. Vielen Dank!« Sandra nahm den Briefumschlag entgegen und winkte der Postbotin nach, als sie schnellen Schrittes davonging.

Sandra riss den Umschlag auf. Aus England? Was war denn das? Sie zog die Bögen heraus.

Nach den ersten Zeilen setzte sie sich im Schneidersitz auf den Rasen und vertiefte sich in die Lektüre. Konnte das wahr sein?

22

»Das ist doch völlig verrückt.« Caroline packte die grünen Hunter-Gummistiefel wieder aus, die Julian soeben in den vollgestopften Koffer gesteckt hatte. Sie standen mitten im Wohnzimmer seines Apartments in Notting Hill, aus dem Olivia vor ein paar Monaten ausgezogen war und das er seitdem nur noch als riesig und leer empfand, obwohl es wirklich nicht groß war mit seinen zwei Räumen.

»Es ist meine Chance, unser Erbe zu erhalten.« Julian nahm seiner Schwester die Stiefel aus der Hand, legte sie in den Koffer zurück und klappte ihn zu.

»Du spinnst«, sagte Caroline und tippte sich mit dem Zeigefinger an die Stirn.

»Onkel Julian, kann ich eines von den Toffees haben?« Becky stand am Couchtisch und hielt eine Süßigkeitenpackung hoch.

»Natürlich, Becky, nimm dir, was du willst.« Er drehte am Zahlenschloss, so dass Caroline den Koffer nicht mehr aufbekommen würde.

»Du kannst doch nicht deinen Job aufgeben und alles hinter dir lassen.« Caroline verschränkte die Arme vor der Brust.

»Das tue ich auch gar nicht. Ich nehme lediglich ein Sabbatical, wie übrigens viele Kollegen in der Firma. Und was ich in der Zeit anstelle, ist ja wohl meine Sache.« Er ging hinüber zur Chippendalekommode und kramte in der obersten Schublade nach seinem Reisepass.

»Verdammt, Onkel Julian«, schimpfte Becky. »Die doofe Packung geht nicht auf.«

»Nicht fluchen, Becky, wie oft soll ich dir das noch sagen?«, rief Caroline.

Julian nahm die Packung und riss die Folie ab. Becky setzte sich mit den Toffees auf die Armlehne des Chesterfieldsessels am Fenster, blickte hinaus und aß eines nach dem anderen.

Julian seufzte. Wie viele Abende hatte er dort auf dem Sessel verbracht, hatte hinuntergeschaut auf die belebte Straße zur blauen Markise des indischen Tante-Emma-Ladens, der rund um die Uhr erleuchtet war, und zu den Tischen des *Red Lion* an der Ecke, an denen die Leute ihr Feierabendbier tranken und am Sonntag ihren Sunday Roast aßen, dessen Bratenduft bis zu ihm nach oben in den zweiten Stock wehte. Hatte den winzigen Gemeinschaftsgarten gegenüber zwischen den Brandmauern zweier Häuser bewundert, in dem die Anwohner liebevoll ihre drei Salate und zwei Kürbisse hegten.

Olivia hatte das nie verstanden, wie er die Ruhe genoss und den Frieden eines Abends im Sessel. Sie hatte ständig ausgehen wollen, war Mitglied in etlichen Clubs. Jede Woche hatte sie Einladungen zu mindestens einem Empfang, einer Vernissage oder einer Party gehabt. Ab und zu war Julian mitgegangen. Aber meistens war sie allein losgezogen. Irgendwann dann nicht mehr ganz allein, dachte er bitter.

»Ich kann ja verstehen, dass die Scheidung von Olivia dich aus der Bahn geworfen hat. Aber dass du nun komplett durchdrehst ...«, sagte Caroline und ging zu Becky, um sich ein Toffee zu stibitzen.

»Das sind meine, Mum!« Becky zog die Packung weg.

»Das sind Onkel Julians.«

»Olivia hat damit gar nichts zu tun.« Julian suchte ein paar Unterlagen am Schreibtisch zusammen. Bestimmt würde diese Frau Bellmann seine Zertifikate im Original sehen wollen. In Kopie geschickt hatte er ihr bereits alles in seiner Bewerbung, woraufhin sie ihn sehr freundlich eingeladen hatte.

»Hast du noch mehr Toffees, Onkel Julian? Die sind alle.« Becky zupfte ihn an der Hose und schaute ihn mit großen Augen an.

Er kniete sich hin und schloss sie in die Arme. Er würde sie vermissen, seine kleine Nichte. Genau so seine Schwester, auch wenn sie manchmal nervte. Er würde seinen Job vermissen. London.

Aber er musste es tun. Er musste Theodors Rosen retten. Und diese Frau von seinem Grund und Boden vertreiben.

23

»Lass mich mal probieren.« Ulrike schob Sandra von der Kuchenform weg und tauchte ihren Finger in den weichen Teig.

Sandra schlug ihre Hand weg. »Der wird erst gegessen, wenn er fertig ist.« Sie zog Gertruds Ofenklappe auf und schob den Gitterrost in die mittlere Schiene. Die Hitze stieg ihr ins Gesicht. Vorsichtig balancierte sie die Kuchenform auf den Rost und schloss die Klappe. Ihr Blick ging auf die Armbanduhr. »In knapp dreißig Minuten sehen wir uns wieder. Bin gespannt, ob das funktioniert.«

»Hier steht's jedenfalls so.« Ulrike blätterte in dem Kochbuch mit den Rosen vorn darauf. »Was es alles für Rezepte gibt: mit Rosenwasser und Rosenblättern und Rosenöl.«

Sandra nahm die Schürze ab und legte sie auf die hochpolierte Arbeitsplatte der Pensionsküche. Wie schön, dass Gertrud ihnen bei diesem Regenwetter erlaubt hatte, eins von den Rezepten aus dem Kochbuch auszuprobieren, das sie in dem Buchladen in Heringsdorf entdeckt hatten. Sie waren mit der Buchhändlerin ins Gespräch gekommen, die selbst einen großen Garten hatte und eine Leidenschaft für Rosen. Sie hatte gefragt, ob sie einmal vorbeikommen könne, um den Rosengarten zu sehen. Sandra hatte sie eingeladen – aber erst zum Ende des Sommers. Denn so lange würde es auf jeden Fall dauern, die Rosen so zu beschneiden und zu behandeln, dass sie vorzeigbar waren. Bis dahin hätte sie hoffentlich auch Unterstützung von diesem englischen Rosenexperten, der sich als Einziger auf ihre Anzeige gemeldet hatte. Er hatte eine lange Liste an Stationen im englischen Gartenbau vorzuweisen. Sogar beim Rosengott David Austin wollte er gelernt haben. Sandra schüttelte beim Gedanken daran ungläubig den Kopf. Und so einer wollte bei ihr in Bantekow – in der ostdeutschen Provinz – einen alten Rosengarten in Ordnung bringen? Es erschien ihr immer noch wie ein Wunder.

Sie hatten die Büchertüte in den Käfer gestellt und waren, vermummt in Regenjacken und Gummistiefel, durch Wind und Regen über die Planken der Seebrücke gelaufen, die wogende Ostsee unter sich, Schaumkronen bis an den Horizont. Trotz des Sturms war der Regen weich und angenehm, er schien die Haut zu streicheln. »Wie eine Spa-Behandlung«, hatte ihr Ulli zugerufen. Sandra musste an Tine denken und an ihre Mail vor ein paar Tagen; seitdem hatte sie nichts mehr von ihrer Tochter gehört. War Tine tatsächlich so dagegen, dass Sandra etwas Neues wagte? Hatte sie Angst um ihre Mutter? Oder war es nicht eher die eigene Angst, das Vertraute – den Ort ihrer Kindheit – für immer hinter sich zu lassen? Wahrscheinlich empfand Tine es als eine Art Rausschmiss aus dem Vogelnest, das Drängen der Vogelmutter an ihr Junges, zu fliegen.

Für sie selbst war es ja auch ein Sprung aus dem behüteten Nest. Sie musste ebenso wie Tine über den Rand schauen – und fliegen. Allein. Sie musste fliegen, um zu leben. Sie hatte alles richtig gemacht mit dem Kauf des Hauses, so marode es auch war – das war ihr klargeworden, als sie dort gestanden hatte im Sturm und Regen, die nasse Holzbrüstung der Seebrücke unter den Händen. Sie hatte den Kopf gehoben und den Möwen beim Kampf gegen den Wind zugeschaut, wie sie auf der Stelle standen in der Luft und mit den Flügeln schlugen, um voranzukommen. Sie musste sein wie eine dieser Möwen. Und irgendwann würde der Sturm nachlassen.

»So schön dieser Regen auch ist, jetzt reicht's«, hatte Ulrike gesagt und sie in den Arm genommen. »Lass uns zurückfahren nach Bantekow. Vielleicht können wir eins von den Rosenrezepten gleich bei Gertrud in der Küche ausprobieren?«

Und so standen sie nun hier und backten. Sandra blickte durch das Ofenfenster zum Biskuitteig, der schon ein wenig hochgekommen war. Die Quarkcreme mit dem Rosenwasser hatte sie bereits angerührt, ganz zum Schluss würden sie die kandierten Rosenblätter darüberstreuen, die sie in dem kleinen Delikatessengeschäft gefunden hatten.

»Und er kommt wirklich schon heute Nachmittag?«, fragte Ulli, setzte sich auf die Arbeitsfläche und nahm das Kochbuch noch einmal zur Hand. Sie klappte es auf und blätterte.

Sandra nickte.

»Hoffentlich ist das nicht so ein wortkarges, hutzeliges englisches Männchen, von dem man den ganzen Tag nur die grüne Schürze und den Sonnenhut sieht, während er an deinen Rosen herumschneidet.«

»Ist mir ziemlich wursch t, wie der aussieht und was der sagt oder nicht. Hauptsache, er rettet mir den Garten.« Sandra hob den Deckel der Schachtel mit den kandierten Rosenblättern.

»Wenn er das mal tut …« Ulrike klappte das Kochbuch geräuschvoll wieder zu.

»Wieso sollte er nicht?« Rot und rosafarben waren die Blütenblätter, die Zuckerkristalle glänzten. Sandra nahm eines heraus und kostete.

»Ein angeblich ausgewiesener Rosenexperte verirrt sich

hierher in deinen Provinzgarten? Da stimmt doch was nicht.«

Süß und rosig, ein Genuss. »Was soll denn nicht stimmen? Er hat eben die Besonderheit dieses Gartens sofort erfasst, als ich sie ihm in meinem Exposé geschildert habe.« Dass Ulrike auch immer auf die wunden Stellen tippen musste. Natürlich kam auch ihr seltsam vor, dass so ein Profi ausgerechnet in einem Privatgarten in Bantekow arbeiten wollte. War er einfach ein komischer Kauz? Sie nahm noch ein kandiertes Rosenblatt. Na und? Es war schließlich der Garten, um den es ging, die Rosen. »Sieh nicht immer alles so schwarz.« Sie kniff der Freundin liebevoll in die Seite. »Vielleicht ist es ja auch eine Art Hugh Grant, der einfach mal Ruhe tanken will von dem Stress bei der Pflege der Londoner Parks.«

»Ich sag ja nur, wir müssen Vorsicht walten lassen. Diese Welt wimmelt vor Verrückten.«

»Sind wir nicht alle ein wenig ver…«

»Kuchen schon fertig? Kann ich meinen Gästen schon etwas anbieten?« Gertrud betrat die Küche und gähnte. »Mein Mittagsschläfchen war hervorragend, aber ich habe den Eindruck, es wird immer kürzer, je älter ich werde.« Sie streckte sich und nahm ihre Arbeitsschürze vom Haken. »Das Kaffeegeschäft beginnt gleich. Eine Reisegesellschaft hat sich angemeldet.« Sie tunkte den Finger in die Quarkcreme und kostete. »Vielversprechend.«

Sandra lachte. »Schön, dass du blindlings auf meine Backkünste vertraust.«

»Wer zwanzig Jahre lang Kindergeburtstage und Abendessen veranstaltet hat, der kann mit Sicherheit auch backen.« Sie blickte in die Schachtel mit den Zucker-Rosenblättern. »Fein, fein. Kommt das obendrauf?«

Sandra nickte. »Aber diese Rosentorte ist neu in meinem Repertoire.«

»Neues ist oft das Beste.«

Ulrike hatte weiter im Kochbuch geschmökert und zeigte nun auf eine Seite. »Hört euch das an: Rumpsteak mit Rosen-Kräuterbutter. Und: Rucolasalat mit Rosenblättern und Birnen.« Sie schluckte. »Gertrud, wann kommt das auf deine Karte?«

Die alte Frau lachte. »Ich bleib beim Schnitzel. Aber auf die Rosentorte freue ich mich. Und meine Gäste sicher auch.« Sie schaute durch das kleine Bullauge in der Verbindungstür zum Gastraum. »Es geht los.« Mahnend hob sie den Finger. »Und dass ihr meine Küche so hinterlasst, wie ihr sie vorgefunden habt.« Sie fasste Ulrike am Knie. »Runter von meiner Arbeitsplatte, mien Deern.«

Ulli lachte, sprang herunter und wienerte mit dem Ärmel über die Stelle, auf der sie gesessen hatte.

Gertrud schwang die Bullaugentür auf und verließ lachend die Küche.

»Hol ihn schon raus.« Ulrike überreichte Sandra einen Kochhandschuh, die kniete sich vor den Ofen und hob die heiße Kuchenform vorsichtig heraus.

»Das wird wie aus Tausendundeiner Nacht.« Ulrike schloss genussvoll die Augen.

Sie arbeiteten schweigend, beträufelten die Teigschichten vorsichtig mit Rosenlikör, verstrichen die Creme und ummantelten das Werk mit Fondant.

»Jetzt noch die kandierten Rosenblätter.« Sandra streute sie darüber und drückte sie zurecht. »Voilà, da ist meine erste Rosentorte.« Stolz trat sie einen Schritt zurück und betrachtete ihr Werk. Ulrike umarmte sie stumm.

Die Tür vom Gastraum flog auf, Gertrud kam herein und

sah den Kuchen. »Schnell anschneiden, sofort servieren.«
Sie nahm die Kuchenteller aus dem Regal. »Der erste Gast
hat schon bestellt, als ich das noch als Tagesangebot an die
Tafel geschrieben habe.« Sie ließ sich von Sandra ein Stück
auf den Teller hieven und schob ihr dann den Teller zu.
»Das erste Stück darfst du rausbringen.« Sie wies durch das
Bullauge. »Dort an der Tür, der Mann mit dem Rücken zu
uns und der Barbourjacke über der Stuhllehne.« Sie schob
Sandra Richtung Gastraum. »Na los. Scheint ein Engländer
zu sein, dem Akzent nach zu urteilen.«

»Ein Engländer?«, riefen Sandra und Ulrike gleichzeitig.

»Und los!« Gertrud öffnete die Bullaugentür und schob
Sandra mit dem Kuchenteller in der Hand hinaus.

24

War er es wirklich? Sandra balancierte den Teller um die Stühle herum und musste neben einem Tisch warten, weil ein älteres Ehepaar sich umständlich aus seinen gleichfarbigen Jacken pellte. Sie blickte auf den Hinterkopf, sah die braunen, kurzen Haare, den muskulösen, aber schmalen Rücken mit der Haltung eines Läufers. Und richtig, unter dem Stuhl sah sie Turnschuhe, Laufschuhe, wenn sie das richtig erkannte. Wie alt mochte er sein? Vielleicht Mitte vierzig? In seiner Bewerbung hatte achtundvierzig gestanden. Also konnte er es tatsächlich sein.

»Bitte, meine Dame.« Der alte Mann hatte sich endlich mit seiner Frau gesetzt, der Weg war frei. Sandra räusperte sich und trat an den Tisch heran.

Der Engländer blickte zu ihr auf. Das war auf jeden Fall kein hutzeliges Männchen, stellte sie fest. Grünblaue Augen hatte er, ein feingeschnittenes Gesicht, ein paar Lachfalten um die Augen, ein paar strengere Falten um den Mund. »Bitte schön, die Rosentorte. Lassen Sie es sich schmecken.« Sie stellte den Teller vor ihm auf den Tisch.

»Vielen Dank.« Er lächelte nicht, sondern schaute ein wenig zerstreut auf den Kuchen, dann auf die Uhr, dann auf Sandra, dann wieder auf den Kuchen und zeigte darauf. »Sehr schöne Idee, einen Rosenkuchen zu backen. Ist die von Ihnen?« Er nahm die Gabel, stach in die Spitze des Stückes und kostete.

Sandra nickte und wartete gespannt.

»Excellent.« Seine Augen lächelten, während er kaute.

»Damit würden Sie in jedem Londoner Hotel landen können.«

»Sie sind aus London?«

Er nickte. »Heute angereist. Ich werde hier arbeiten.«

Sandra streckte ihm die Hand hin. »Herzlich willkommen, Herr Baker.«

Seine Stirn runzelte sich, er legte die Kuchengabel weg und blickte erstaunt zu ihr auf. »Baker?« Er nahm ihre Hand und drückte sie.

»Sind Sie etwa nicht Julian Baker, der Rosenexperte, der im Rosengarten von Bantekow für Ordnung sorgen will?«

»Wie? Äh, natürlich. Das ist mein Name.« Er stand auf, hielt weiter ihre Hand und schüttelte sie noch einmal. »Julian Baker. Und ich bin schon Dorfgespräch, bevor ich angekommen bin? Die Besitzerin des Gärtnerhauses scheint demnach nicht die Diskreteste zu sein.«

Sandra entzog ihm ihre Hand. »Im Gegenteil. Sie ist sehr diskret. Nur sie und ihre beste Freundin wissen von Ihnen.«

»Und Sie sind die beste Freundin?«

»Nein.«

Er schwieg und schaute sie nur an. Dann setzte er sich wieder. »Ach so ist das. Wenn Sie gestatten, würde ich gern in Ruhe meinen Kuchen essen, bevor ich zu Ihnen hinüberkomme ins Gärtnerhaus, damit wir alles besprechen können.« Er schob sich noch eine Gabel in den Mund. »Übrigens: Ganz perfekt ist der Kuchen nicht. Es fehlt ein wenig Ingwer.«

»Ingwer.« Sandra stemmte die Hände in die Hüften.

»Ingwer.« Er nickte. »Gibt geschmacklich einen wichtigen Kontrapunkt und macht ihn urban.« Er kaute.

»Urbaner Kuchen?« Sandra schüttelte den Kopf.

»Wenn Sie jemals diesem Provinzcafé entfliehen wollen

und Ihr Dasein als Kellnerin und Bäckerin nicht hier fristen wollen, sondern in einer spannenden Großstadt, dann empfehle ich Ingwer.«

»Kellnerin und Bäckerin.« Sandra schaute ihm beim Kauen zu. Hatte er vergessen, dass sie mit dem Rosengarten etwas mehr zu tun hatte, als zu kellnern und zu backen? Dachte er vielleicht, sie würde hier arbeiten – und er sollte allein den Rosengarten übernehmen?

Er nickte. »Neulich war ich in einem Café in Shoreditch, zurzeit der angesagteste Stadtteil Londons, falls Ihnen das nichts sagt.«

Sandra schwieg.

»Dort gab es auch Rosenkuchen, aber der war nicht annähernd so gut wie Ihrer. Ich sage Ihnen, Sie könnten reich werden in London mit einem eigenen German Café mit Rosenkuchen. Das heißt, wenn Sie ein wenig Ingwer hinzufügen, natürlich.«

»Natürlich.« Sandra nahm die Hände von den Hüften und wandte sich zum Gehen. »Wenn Sie fertig sind mit Ihren Lebens- und Backtipps und den provinziellen Kuchen aufgegessen haben, dann kommen Sie doch bitte hinüber in den Rosengarten.« Sie zeigte durch das kleine Fenster hinaus auf die Dorfstraße. »Sehen Sie, der Regen hat aufgehört, dort hinten kommt schon wieder die Sonne durch. Wir können sofort eine Gartenbegehung machen, wenn es Ihnen recht ist.«

»Ist recht. Bis gleich.« Er drehte sich zum Kuchenteller und ihr den Rücken zu.

Sandra schüttelte im Weggehen den Kopf. Das konnte ja heiter werden. Ulrike hatte recht gehabt. Ein merkwürdiger Typ. Aber warum hatte er ihr London so angepriesen? Er wusste doch aber aus ihrer Mail, dass sie das Anwesen gerade erst gekauft hatte, und musste ihren Zeilen entnommen haben, wie sehr sie das Fleckchen Erde liebte. Seltsam, dachte sie, als sie die Tür zur Küche aufstieß und sie Ulrike dabei fast gegen den Kopf rammte, die das Geschehen durch das Bullauge verfolgt hatte.

»Und?« Ulrike schaute sie gespannt an.

Sandra zuckte die Schultern. »Ein Kauz, ein englischer.«

25

Dreißig Minuten später verließ Julian den Dorfgasthof und lief über das nasse Kopfsteinpflaster an der Feldsteinkirche vorbei. Er hatte bei Gertrud ein Zimmer genommen, sich kurz frisch gemacht und die Hunter-Gummistiefel angezogen. Er blickte zum stämmigen Glockenturm hinauf.

Wie viele Gottesdienste, Taufen, Hochzeiten, Beerdigungen hatte seine Familie dort gefeiert. Er nahm sich vor, die Kirche in den nächsten Tagen zu besuchen und die Kirchenbücher einzusehen, sobald er dazu kam. Die Familie hatte das Gut Bantekow im Jahre 1799 übernommen, das wusste er. Seitdem war das Leben der Familie von Bantekow auf diesen wenigen Quadratmetern abgelaufen. Ein paar Söhne waren zum Studium in die großen Städte gegangen, aber die meisten waren zurückgekehrt und hatten das Gut verwaltet und die Geschicke der Familie gelenkt. So wie Ende des 19. Jahrhunderts die Brüder Johannes und Theodor. Johannes, der zuverlässige Großgrundverwalter, und Theodor, der Rosenfanatiker. Sie hatten Bantekow von einem soliden Gutshof in eine international renommierte Rosenschule verwandelt. Hatten den Menschen aus der Umgebung Arbeit gegeben und ein Waisenhaus gebaut und die Kirche unterstützt. Sie und ihre Nachkommen – vielmehr die von Johannes, denn Theodor war ja kinderlos geblieben – waren beliebt gewesen und geschätzt. Bis zuletzt. Bis sie hatten fliehen müssen. Weil Ferdinand von Bantekow, der letzte Gutsherr und Sohn von Johannes, im Widerstand gegen die Nationalsozialisten engagiert und verraten worden war.

Zum Glück hatte jemand die Familie warnen können, bevor er verhaftet werden sollte. Sie nahmen mit, was in den Horch passte, fuhren sofort ab und schafften es, rechtzeitig zur Fähre in Calais zu gelangen. Sie setzten über nach Dover, wo sie ein neues Leben begannen. In dem das Gut Bantekow und der Rosengarten vergessen werden mussten, so schwer es auch fiel.

Julian straffte sich, als er sah, dass er das Gärtnerhaus fast erreicht hatte. Wie schön das alte Reetdach trotz des Mooses und der beschädigten Stellen war. Und erst der verschiedenfarbige Backstein der Fassade. Es war gut, dass sich nun jemand dieses alten Gebäudes und des Rosengartens annahm. Und es war gut, dass er es sein würde, der es vollenden würde. Nicht diese dahergelaufene Hamburgerin, die, wie sie offen eingestanden hatte, keine Ahnung von den Rosen hatte. Was hatte sie gleich noch geschrieben?

Bevor ich nach Bantekow kam, habe ich mich jahrzehntelang meiner Familie gewidmet.

Er stieß das Tor in dem baufälligen Zaun auf, der dringend erneuert werden musste, und erblickte sofort den gelbblühenden Kletterstrauch an der Hausecke. Eine *Rosa banksiae variatio lutea*. So selten und wunderschön. Er streichelte die schmalen Blütenblätter und zupfte ein braunes Blatt ab.

»Sie fangen bereits an, wie schön«, sagte auf einmal diese Sandra hinter ihm. »Meine Schützlinge warten schon auf Sie. Kommen Sie. Ich zeig sie Ihnen.« Sie ging voran, ihr blonder Pferdeschwanz wippte, die Weste und die Gummistiefel standen ihr gut, musste er zugeben, genau wie die Perlmuttohrringe und das antik wirkende goldene Armband, das ihm schon im Gasthof aufgefallen war. Überhaupt war sie eine attraktive Frau mit ihrem ebenmäßigen Gesicht, der schlanken Figur und dieser mädchenhaften Art, sich zu bewegen. Aber was tat sie hier? Er drängte an ihr vorbei, ging als Erster um die Ecke – und blieb stehen, als er ihn erblickte: den Rosengarten. Reihen um Reihen voller prachtvoller Pflanzen, begrenzt durch die großen Buchen zum Park des Gutshauses. Ein wunderschönes Fleckchen Erde. Schon lief er in die erste Reihe hinein und besah sich Strauch um Strauch. Er meinte noch, die Stimme dieser Sandra zu vernehmen, aber war schon so vertieft, dass er nichts mehr hörte.

26

»Du kannst dir das nicht vorstellen, Caroline. Der Garten ist einzigartig. Fast alle Rosen sind noch da, wie Theodor sie gepflanzt hat. So wie ich es von Vaters und meinem Besuch nach der Wende in Erinnerung habe. Obwohl ich damals nur diesen kurzen Blick daraufwerfen konnte, bevor wir vom Grundstück gejagt wurden.« Er befreite sich aus der Telefonschnur, die der Pensionsapparat auf seinem Zimmer noch besaß und in die er sich beim Herumtigern verheddert hatte. »Allerdings sind einige Pflanzen in einem erbärmlichen Zustand. Ich habe hier viel zu tun, sehr viel.«

Caroline am anderen Ende der Leitung schwieg.

»Hast du gehört? Der Garten ist ein Juwel.«

»Und wie ist sie?« Er hörte bei ihr den Timer des Ofens piepen. Was Caroline wohl für einen Kuchen gebacken hatte?

»Warte mal kurz, ich muss den Apple Pie rausholen. Wir gehen heute Abend zum Schulbasar.« Er hörte, wie sie das Telefon auf dem Küchentresen ablegte. »Und wie ist sie nun?«, wiederholte sie kurz darauf ihre Frage. »Verdammt, riecht der Kuchen gut, was bin ich nur für eine gute Bäckerin!«

Er lachte. »Und du wunderst dich, wo deine Kinder die schlechten Wörter herhaben?«

»Ach, shut up, und sag mir endlich, wie sie ist.«

Er zuckte die Schultern und setzte sich aufs Bett. »Sie hat keine Ahnung, was sie da gekauft hat.«

»Aber sie liebt es?« Er hörte, wie sie die Kaffeemaschine bestückte.

»Sieht so aus. Wobei sie es natürlich nie so lieben kann wie ich, der ich eine so tiefe Verbindung zu dem Ort habe.«

»Tiefe Verbindung?« Caroline schnaubte, die Kaffeemaschine röhrte los. »Wie oft warst du gleich dort in den letzten achtundvierzig Jahren? Ganze zwei Mal, dieses Mal eingerechnet?«

»Es geht um die emotionale Bindung, Schwesterchen.«

»Und die kann sie noch nicht aufgebaut haben, meinst du?«

Er antwortete nicht und stand auf. »Kuchenbasar also? Na dann viel Erfolg und gute Einnahmen.«

»Versprich mir bitte eins: Sei nett zu dieser Sandra, hörst du?«

Er ging nicht darauf ein. »Ich muss jetzt los, Ausrüstung kaufen. Stell dir vor, sie hat zwar jede Menge Gift im Garten, aber zum Arbeiten nichts außer einer winzigen Schere, einer kitschigen Schürze und einem Paar alberner Plastikhandschuhe.«

»Versprich mir, sie fair zu behandeln, Julian. Sie hat das Haus und den Garten rechtmäßig erworben. Da kannst du nichts machen.« Er hörte, wie sie die Kaffeetasse auf dem Küchentresen abstellte. »Ich muss jetzt los.« Sie legte auf.

»Mach's gut, Schwesterchen«, sagte er zur tutenden Leitung.

Dass ich sie fair behandeln werde, kann ich leider nicht versprechen, dachte er und nahm den Mietwagenschlüssel vom Nachttisch, um zu dem Gärtnereibetrieb auf dem Festland zu fahren, den er sich im Internet herausgesucht hatte. Er freute sich auf die Fahrt, denn die Ostseelandschaft war wirklich ein Traum. Schon auf der Hinfahrt hatte er mehrmals am Straßenrand angehalten, um über die Felder zu schauen, dann über den Bodden. Das viele Grün, das platte

Wasser am Bodden, die Wolken und der Wind. Es war ihm vorgekommen, als ob er zum ersten Mal seit langem frei atmen konnte. Und er war noch nicht mal direkt am Meer gewesen. Er nahm sich vor, auf der Rückfahrt von der Gärtnerei einen Abstecher in eines der Seebäder zu machen. Von seinem Besuch mit seinem Vater konnte er sich dunkel an die Gründerzeitarchitektur und die Seebrücken erinnern. Aber er wusste, dass sie ganz anders und viel schöner waren als die englischen Seebäder mit ihren Rummelplatzseebrücken, auf denen man vor Karussellmusik und Spielbudengeklimper sein eigenes Wort nicht verstand. Außerdem wusste er, dass sich hier auf Usedom seit der Wende viel getan hatte und die alten Bäder beinahe wieder in der Pracht der Kaiserzeit erstrahlten. So wie Theodor sie einst gekannt hatte, als er seinen Betrieb aufbaute, dachte er. Seinen Betrieb, den er, Julian, nun wiederbeleben würde. Er nickte zu sich selbst.

Auch wenn das bedeutet, dass er wahrscheinlich einige Tricks würde anwenden müssen.

27

Höflich war dieser Engländer nicht gerade. Er hatte sie einfach nicht mehr beachtet, hatte nicht auf ihre Fragen geantwortet und war Reihe für Reihe durch die Rosen gegangen. Schließlich hatte sie es aufgegeben, ihm hinterherzulaufen, und hatte ihn allein gelassen. Offensichtlich machte er eine Bestandsaufnahme. Sollte er doch. Wenn er danach wusste, was zu tun war, war ja alles gut.

Nach gut einer Stunde hatte er alle Reihen abgeschritten und war zu ihr ans Haus gekommen. »Viel zu tun«, hatte er gesagt. »Wertvolle Pflanzen dabei. Und viele davon sind sehr krank. Das ist wirklich viel Arbeit.« Er wiegte den Kopf.

»Deshalb sind Sie ja da. Dafür werden Sie bezahlt«, hatte Sandra spitz geantwortet. Woraufhin er nur knapp gesagt hatte, er fahre nun ins Gartencenter, die notwendige Ausrüstung kaufen. Erklärungen und einen präzisen Plan fürs Vorgehen werde er ihr morgen um acht Uhr dreißig präsentieren.

Kopfschüttelnd sah sie ihm hinterher, als er den Garten verließ. Sollte er nur machen. Sie hatte schließlich noch anderes zu tun. Zum Beispiel den Fortschritt der Bauarbeiten im Haus zu begutachten. Piet und seine Männer waren heute auf einer anderen Baustelle, weshalb sie ganz in Ruhe durch alle Räume gehen und sich umschauen konnte. Die Männer hatten schon gute Arbeit geleistet: Oben standen die Leitern bereit zum Streichen. Unten war der Putz von den Backsteinwänden geklopft, die alten Bohlen, die noch intakt waren, abgeschliffen, die Stützbalken ebenso. Es roch nach Holz und Lack und Mörtel.

Die alten Fenster konnten zum Glück aufgearbeitet werden, was Piets Männer in den meisten Räumen bereits erledigt hatten. Sandra ließ ihre Fingerkuppen über den neuen weißen Lack an einem der Fenster im großen Hauptraum im Erdgeschoss gleiten. Es lohnte sich, Arbeit, Mühe und Liebe in dieses schöne Refugium zu stecken.

Sie trat hinüber zu dem Vertiko, das Piets Männer in einer Ecke untergestellt hatten, bis es beim endgültigen Einzug einen neuen Platz finden würde. Das Vertiko mit Theodors Rosenarchiv.

Julian hatte sie nichts davon erzählt. Ging ihn schließlich nichts an, dachte sie und öffnete die Tür. Sie war mit ihrer Sichtung seit dem Tag, als sie das Archiv entdeckt hatten, noch nicht weitergekommen. Immer war etwas anderes zu tun gewesen. Aber heute, wo Piet mit seiner Mannschaft auf der anderen Baustelle war und dieser Engländer noch nicht mit der Arbeit im Garten beginnen wollte, hatte sie ein paar Stunden Zeit, um sich in Ruhe vertraut zu machen mit ihrem Rosenschatz.

Sie nahm einen Stapel Akten heraus und setzte sich an den Holztisch mit den vielen Kerben, der früher offenbar als Esstisch gedient hatte – und es bald wieder tun würde, wenn sie ihn erst einmal abgeschliffen hatte.

Sie blätterte die Akten nacheinander durch, sah die wunderschönen Zeichnungen und las die zum Teil poetischen Namen: *Sonnenglut, Abendhauch, Sternenstaub* – Theodor war wohl ein Romantiker gewesen. Bis sie beim Aufschlagen der nächsten Akte erstarrte.

Diese Rose, eine in hellem Orange blühende Wildrose, trug den Namen einer Frau. Und genau diesen Namen hatte

Sandra schon oft in ihrem Leben gehört. Denn um ihn rankte sich in ihrer Familiengeschichte eine traurige Legende: *Johanna Eva Faber.*

Ungläubig starrte sie auf die Zeilen.

Wildrose in Zartorange. Blütezeit Juni/Juli. Erstzüchtung: 1890. Duft: leichter Vanille- und Mandelton. Verkaufserfolg 1895: 11/288. Standplatz B 15.

Johanna Eva Faber? Sie sprang auf. War das möglich? War damit tatsächlich *die* Johanna Eva Faber gemeint?

Standplatz B 15.

Sandra riss die Akte vom Tisch und rannte in den Garten. Wenn sie doch nur Theodors System schon entschlüsselt hätte. Dann könnte sie sehen, ob diese Rose noch da war. Sie schaute über das Meer von Rosen, rannte versuchsweise in den beiden ersten Reihen herum, waren das A und B? Sie schaute an beiden Seiten nach dem möglichen fünfzehnten Platz. Aber – nein, keine Chance, nirgendwo blühte ihr etwas so zartorange entgegen wie auf der Zeichnung.

Ein paarmal lief sie noch hin und her und versuchte es am unteren Ende der Reihen nahe der Buchen. Doch auch dort fand sie keinen Hinweis auf die zartorangefarbene *Johanna Eva Faber.* Schließlich klappte sie die Akte zu und lief zurück ins Haus. Ob tatsächlich ihre Johanna Eva Faber gemeint war, die Urgroßtante, die auf Usedom gelebt und auf einem Gut als Köchin und Dienstmädchen gearbeitet hatte? War das etwa auf Gut Bantekow gewesen?

Sie blickte noch einmal ungläubig auf die Akte. Bei fast jedem Weihnachtsfest oder zu Geburtstagen hatte ihre Oma von dieser Johanna erzählt. Denn schon als junge Frau nach ein paar Dienstjahren war sie in ein Kloster gegangen. Oder war es ein Damenstift gewesen? Jedenfalls war sie damit die einzige Nonne oder zumindest Klosterbewohnerin der

Familie. Und angeblich war ihr Eintritt in das Stift unter tragischen Umständen geschehen. Die allerdings drei Generationen später niemand mehr genau kannte.

Hatte Theodor von Bantekow eine seiner Rosenschöpfungen ausgerechnet nach dieser Johanna Eva Faber benannt? So viele Frauen mit diesem Namen würde es wohl zu dieser Zeit nicht gegeben haben auf der Insel. Und die Zeit – 1890 – passte haargenau zur Lebenszeit von Johanna. Was hatte ihre Großmutter immer erzählt? Johanna starb in jenem Kloster am Rande der Mecklenburgischen Seenplatte nicht sehr weit von Usedom irgendwann in den dreißiger Jahren. Sie schaute noch einmal in die Rosenakte. *Erstzüchtung der Johanna Eva Faber 1890.*

Das passte.

Sie setzte sich an den Tisch und starrte auf die zarte Zeichnung der orangefarbenen Blüte. Wie konnte sie nur mehr herausfinden über diese Rose? Und über Johanna?

Sandra fuhr zusammen, als es an der Haustür klopfte. Ulli? Nein, die hätte erstens niemals geklopft, und zweitens war sie in Ahlbeck im Grandhotel und gönnte sich eine Spa-Behandlung.

»Ja?«, sagte sie und klappte vorsichtshalber die Akte zu.

28

Unnas Schnauze schob sich durch die Tür, gefolgt von ihrem wedelnden Hinterteil. Sie sprang auf Sandra zu, drückte sich an ihre Beine und ließ sich lächelnd streicheln.

»Hey.« Rasmus trat ein. »Wow.« Er schaute sich um. »Das sieht schon um einiges besser aus. Lässt sich doch was retten hier.« Er klopfte mit der flachen Hand an den abgeschmirgelten Stützbalken. »Dein Haus wird wunderschön, Sandra.« Er lächelte und schaute auf den Aktenberg. »Verstaubte Lektüre an so einem sonnigen Tag? Komm, lass den Kram liegen, und geh eine Runde mit mir und Unna spazieren. Ich zeige dir das alte Gutshaus. Dort blüht gerade ein wunderschöner Fliederbaum. Und ich kenne einen Weg hinein ins Haus, wenn du mal einen Blick daraufwerfen willst, wie die Herrschaften damals residiert haben.« Er pfiff, und Unna war sofort an seiner Seite. »Es ist solch ein Jammer, dass sich niemand, noch nicht einmal die Familie Bantekow, für das alte Gemäuer zu interessieren scheint. Wer weiß, vielleicht haben die kein Geld. Aber nicht mehr lange, und der alte Kasten fällt zusammen.« Er öffnete die Tür und blickte Sandra herausfordernd an. »Was ist, kommst du mit?«

»Du willst mit mir in das alte Gutshaus einbrechen?« Sandra sah ihn erstaunt an.

»Einbrechen, einbrechen. Dort ist niemand, wir stören keinen, wir nehmen nichts mit. Ist nur ein bisschen Sightseeing auf Bantekower Art. Viel mehr ist ja hier nicht zu sehen.« Er lächelte.

»So was haben wir früher als Teenager gemacht in der Kleinstadt, wo ich herkomme. Dort gab es ein paar leerstehende Häuser, durch die sind wir nachts gern gekrochen und haben Partys gefeiert.« Sie stand auf und schob die Akten zusammen.

Rasmus lachte. »Meine Kumpels in Berlin machen das immer noch – und nicht nur für eine Party –, bis die Polizei kommt und sie rauskehrt, weil der Kasten saniert und in Luxuswohnungen umgebaut wird.«

Sandra schaute ihn erstaunt an. »Du warst mal Hausbesetzer?«

»Wie das klingt. Wir haben nur den Raum genutzt, der sowieso da war. Und haben vieles instand gesetzt. Du hättest mal unsere WG-Küche damals sehen sollen, die war echt was Besonderes.«

»Du warst Hausbesetzer.« Sandra schüttelte den Kopf und nahm ihre Jacke von der Stuhllehne. »Und nun Bantekow? Ist das nicht ein zu großer Kontrast?«

»Kontraste sind gut. Die Menschen brauchen sie, um klar zu sehen.« Rasmus öffnete die Tür und ließ Unna hinaus. »Und außerdem kommt in fast jedem Leben ein Punkt, da muss man sich selbst retten, bevor jede Rettung zu spät kommt. Denn jemand anders rettet einen bestimmt nicht«, sagte er leise und folgte Unna.

Sandra nickte stumm, legte die Akte der Johanna Eva Faber mit allen anderen Pappordnern wieder zurück in das Vertiko und lehnte die Türen an. Sie wich einem Loch im Dielenboden aus, dann schloss sie die Haustür ihres neuen, kleinen Reiches hinter sich. In dieses kleine reetgedeckte Reich hatte sie sich gerettet.

Hoffentlich für immer, dachte sie.

Unna stürmte durch das Gras an den Rosen vorbei, sprang mit einem Satz über den kleinen Bach und landete im Park des Gutshauses. Rasmus und Sandra folgten über die kurze gewölbte Steinbrücke am Ende von Sandras Grundstück, die mit Moos, Gras und Sträuchern bewachsen war und die Sandra noch nicht richtig wahrgenommen hatte, weil sie hinter der Pracht der Rosen kaum auffiel. Sie verfolgte mit den Augen eine Libelle, die sich auf einem Schilfkolben niederließ, und blickte auf die glattgeschliffenen Steine hinab, über die das klare Wasser rann. Eine Forelle stand gegen den Strom, und wie immer waren die Frösche in ihren Verstecken zu hören. Sandra mochte ihr Quaken, es beruhigte sie irgendwie. Und es erinnerte sie an den Urlaub mit Tobias und den Kindern, den sie einmal an der Mecklenburgischen Seenplatte verbracht hatten. Mit Schwimmen, Radfahren und Kanufahren. Das waren schöne Ferien gewesen, dachte sie. Tine war damals dreizehn gewesen, Tom sechzehn. Sie hatten auf der Terrasse des kleinen Bootshauses, das sie gemietet hatten, in der Sonne gesessen, Schokocroissants gegessen und gedacht, dass sie noch viele gemeinsame Jahre vor sich hätten.

Sandra bemerkte, wie sich ein Schleier über ihre Augen legte. Energisch schritt sie weiter.

Der Park empfing sie kühl unter dem dichten Blätterdach von Eichen und Buchen, Sandra roch Moos und feuchte Erde, und sie folgten dem Trampelpfad, der kaum noch zu erkennen war und zu seinen Glanzzeiten wohl einmal ein gepflegter Weg gewesen sein mochte. Verwilderte Rhododendronbüsche zeugten rechts und links von ehemaliger Pracht. Ein mit Entengrütze bewachsener Tümpel hatte früher womöglich als Schwimmteich gedient. Rasmus pfiff nach Unna, die sofort angaloppiert kam. »Brave Unna«, sagte Rasmus und tätschelte ihr Fell. Sie schmiegte sich an seine Beine, bevor sie sofort wieder weglief – auf das Gutshaus zu, das nun in den Blick kam. Sandra blieb auf dem Rondell davor stehen.

Dunkelgrauer DDR-Putz zwängte das zweistöckige Gebäude ein, an einigen Stellen war er abgebröckelt, als ob das Haus sich seiner entledigen wollte, und gab die ehemalige gelbe Fassadenfarbe preis. Dem stolzen Portal mit den zwei dorischen Säulen und der geschwungenen Freitreppe konnte selbst der graue Putz die Anmut nicht nehmen, die Balken, die die Eingangstür verrammelten, wirkten jedoch wie ein Knebel. Trotzdem konnte Sandra sich ohne Probleme vorstellen, wie hier die Herrschaften in Reitkleidung die Treppe hinauf- und hinuntergeeilt waren, wie die Autos vorgerollt und die Gäste in Charlestonkleidern und Frack und Zylinder zum Dinner erschienen waren. Sie sah Brautpaare winken und den Brautstrauß werfen, Ärzte mit ihren Koffern die Treppe hinaufeilen und Bestatter Bahren heraustragen. Sie sah es vor sich, obwohl diese Fenster so stumpf und dreckstarrend auf sie herunterblickten, manche von ihnen mit Holzlatten vernagelt. Haken in der Fassade deuteten darauf hin, dass es wohl einmal Fensterläden gegeben haben musste.

Sandra blickte zum Dach hinauf, es trug ein grünes Netz wie eine Duschhaube, das wohl verhindern sollte, dass Ziegel herunterstürzten. Die umstehenden alten Bäume hatten sich an vielen Stellen eng an die Hauswand geschmiegt, und mancher Ast drohte, eine Fensterscheibe zu durchbrechen.

Sie umrundete einen Springbrunnen in der Mitte des Rondells. Kleine Birken wuchsen in seiner Schale. Sandra hätte sie am liebsten sofort herausgerissen.

»Traurig, was?« Rasmus dachte offenbar dasselbe wie sie. Er nahm Unna an die Leine. »Da drinnen gibt es Löcher im Boden und Scherben.« Er trat auf die Freitreppe zu, ging dann aber nicht hinauf, sondern zwängte sich zwischen ihr und einem lilablühenden Rhododendronbusch hindurch. Sandra folgte ihm und erkannte eine halbhohe Eisentür, offenbar zum Kohlen- oder Kartoffelkeller.

Rasmus kniete sich hin und öffnete sie an einem gusseisernen Griff. »Bitte schön, die Dame. Nicht gerade eine marmorne Empfangshalle samt Diener mit Sektchen auf dem Tablett erwartet dich, dafür gut erhaltene Eisenstufen in den Keller. Brauchst keine Angst zu haben durchzubrechen. Die sind sicher.« Er verschwand rücklings in der Luke, hob Unna herunter und reichte Sandra dann die Hand, die sie jedoch nicht brauchte. Hier unten roch es nach Kohle und Schimmel, Sandra bekam eine Gänsehaut vor Kälte. Im Schein einer Taschenlampe, die Rasmus aus seiner Cargohose zauberte, ließen sie den Keller hinter sich und stiegen über eine feuchte Steintreppe, an deren Ende eine niedrige Tür halb offen stand, hinauf in die Vergangenheit der Bantekows.

29

Auf der Rückfahrt vom Gartenbaubetrieb hielt Julian kurz am Bodden an, um den Surfern zuzusehen. Es war ein windiger Tag, und die bunten Segel durchschnitten die Bucht. Kreuz und quer flitzten die Surfer über die Schaumkronen, sprangen über Wellen, legten sich in ihren schwarzen Anzügen beinahe flach auf die Wasseroberfläche.

Julian hatte in seiner Jugend auch mal gesurft. Damals im Internat in Schottland. Während seine Mitschüler Tennis oder Golf spielten, hatte er auf dem See gleich hinter dem Schulgebäude mit seinem Brett die Sommernachmittage verbracht. Und er hatte geträumt, dass er nicht in Schottland wäre, sondern an der Côte d'Azur. Dorthin war er dann später mit Olivia in den Urlaub gefahren, jedes Jahr im Juli. Bis ihm die Bars, die Sonnenbrillen und die Champagnerflöten auf die Nerven gegangen waren. Ihm schon, Olivia nie.

Er wandte den Blick von den Surfern auf dem Bodden ab und blickte auf sein Handy, wo er eine SMS von Caroline sah.

Dad hat angerufen, Tagebuch von Theodor ist auf dem Postweg zu Dir. Kuss, Caro

Na bitte, dachte Julian und startete den Motor seines Mietwagens. Er wendete und holperte über den kleinen Feldweg weg vom Bodden, bog auf die Bundesstraße und beschleunigte. Das Tagebuch von Theodor würde ihm mehr über die Glanzzeit des Gutes Bantekow verraten.

30

»Bitte eintreten«, sagte Rasmus, als sie von der Steintreppe aus auf welliges Linoleum stiegen. Sandra sah eine Spüle mit freiliegenden Rohren, einen DDR-Herd, einen Schrank aus Sperrholz und einen Tisch aus den fünfziger Jahren mit dazu passenden Stühlen in verwaschenen Farben. Es roch nach diesem unverwechselbaren Putzmittel. Von der Decke hing eine Glühbirne.

Rasmus lächelte. »Das war hier die Küche der LPG-Verwaltung. Hier werden die Genossen den einen oder anderen Muckefuck getrunken haben. Für diesen Tisch und die Stühle würde so mancher Großstädter bei eBay bestimmt ein paar hundert Euro zahlen.« Er schlug auf die Tischplatte. »Deprimierend.« Er lief weiter.

»Was ist deprimierend?«, fragte Sandra und klopfte Unna ermunternd auf das Hinterteil, damit sie weiterlief. »Wie es hier aussieht oder dass jemand für diesen Schrott viel Geld ausgeben würde?«

Rasmus lachte. »Beides«, sagte er und öffnete eine der Flügeltüren, die von der Küche abgingen.

»Himmel«, sagte Sandra und betrat den großen Mittelraum der Beletage. Sie blickte zum Stuck hinauf, der sich an der gesamten Decke entlangschnörkelte, in der Mitte eine wunderschöne Rosette. Wo einmal ein Kronleuchter gehangen haben musste, hatten die Genossen zwei Industriestrahler in den Stuck gerammt. Das zerkratzte Fischgrätparkett knarzte unter Sandras Schritten, als sie zu einem der Schreibtische ging, der mit seinen Ablagekörben und Stiften in Plastikbechern so aussah, als ob der Mitarbeiter der LPG jeden Moment wieder zur Arbeit erscheinen würde. Sie nahm einen Briefbeschwerer aus Glas in die Hand, in dessen Inneren eine Muschel eingeschlossen war. Vielleicht hatte hier einmal die Chefsekretärin gesessen und Diktate über Produktionsziele, Milchlieferungen und Fleischpreise entgegengenommen und dabei von einem Tag am Strand geträumt.

»Hier unten sieht man nicht mehr viel vom ehemaligen Glanz«, sagte Rasmus in ihre Gedanken hinein. »Lass uns nach oben gehen. Dort hat die LPG einige Räume nicht genutzt und alles, was störte, hineingestellt.« Er streichelte Unna. »Da ist das Erbe der Bantekows noch ein wenig sichtbarer.« Er stieg die geschwungene Treppe in der Eingangshalle hinauf. Auf den schönen Marmorstufen hatte man wie in der Küche Linoleum verlegt. Sandra schüttelte den Kopf und folgte Rasmus und Unna durch den langen, dunklen Flur mit seinen vielen Flügeltüren. Die letzte am Ende öffnete Rasmus.

Sandra trat ein und stieß gegen ein Biedermeiersofa, das unter der Last einer Kirschholzkommode und einer Stehlampe mit Brokatschirm zusammenzubrechen schien; die mit hellblauem Satin bezogene Sitzfläche war eingedrückt und an mehreren Stellen gerissen. Sandra musste sich beherrschen, das arme Ding nicht sofort zu befreien. Sie umrundete das Sofa und entdeckte dahinter ein Sammelsurium vergangener Zeiten, alles achtlos abgestellt. Die kleine Welt einer Familie, zusammengepfercht in diesem letzten Raum, den man dem Alten gelassen hatte, als das Neue übernommen hatte.

An der Fenstertür zum Balkon hingen noch grüngoldene Brokatvorhänge, die verstaubt waren, aber ansonsten aussahen, als hätte sie der Hausherr heute früh im Morgenmantel mit einer Tasse Kaffee in der Hand zur Seite gezogen, um in seinen Park zu schauen, ob der Flieder schon blühte. Gleich daneben stand ein Grammophon mit Messing-Lautsprecher und abgebrochenem Nadelarm auf einem Gründerzeit-Kleiderschrank, ein unordentlicher Stapel Schallplatten drohte hinunterzufallen. Ein umgedrehter Holzschlitten, dessen Kufen verrostet waren, beherbergte klobig anmutende Tennisschläger, eine Reitkappe samt Gerte, Reiterstiefel und einen Tropenhelm. Sandra fuhr mit dem Finger über den Staub auf dem Glas einer Standuhr aus Nussholz, deren Zeiger auf zwanzig vor drei verharrten, direkt neben dem Himmelbett mit Brokatbaldachin im gleichen Muster wie die Vorhänge. Das Bett in seiner Monstrosität war offenbar der Grund gewesen, warum ausgerechnet dieser Raum als Abstellkammer gewählt worden war. Auf der Tagesdecke, die ebenfalls aus dem Brokatstoff war, versammelten sich ledergebundene Bücher, Porzellanvasen, Schirmständer, ein Fleischklopfer, Küchenschüsseln aus Emaille und Geschirr.

»Ein Wunder, dass dies alles noch erhalten ist«, sagte Sandra und nahm eines der Bücher in die Hand und fuhr mit dem Finger über die ins Leder geprägten Buchstaben. *Lessing, Gesammelte Werke.*

Rasmus zuckte die Schultern. »Ich nehme an, die Leute aus dem Ort hatten irgendwie noch einen Funken Respekt vor der Familie und waren ihr dankbar. Und die russischen Soldaten, die hier durchzogen, konnten mit dem sperrigen Zeug und den deutschen Büchern eh nichts anfangen.« Er zog Unna von dem Satinsofa weg, an dem sie mit ihrer feuchten Nase eifrig herumschnüffelte. »Zum Glück kamen sie nicht auf die Idee, das Haus anzuzünden.«

»Ein trauriger Anblick.« Sandra warf einen letzten Blick auf die Brokatvorhänge und verließ den Raum, während die alten Dielen knarrten. Da schuf eine Familie über Generationen ein solches Gut, bewirtschaftete erfolgreich und mit großen Mühen ein Stück Land, kümmerte sich um Wald und Feld, ernährte sich und die Umgebung damit – und dann kam ein Krieg, und alles ging von heute auf morgen verloren.

»Wie kann ich dich aufmuntern?«, fragte Rasmus, als sie den Flur hinuntergingen. »Wie wäre es mit einem Abendessen bei Gertrud?«

Sandra blieb stehen. »Du willst mich zum Essen einladen? Bei Gertrud?«

»Nicht bei Gertrud?« Er lächelte. »Wir können auch gern bei mir zu Hause …«

»Stopp, Rasmus, stopp.« Sandra fasste ihn am Arm. »Ich freue mich, dass du mit mir essen gehen möchtest, ich nehme das als Kompliment.«

»So war es auch gemeint.« Er drehte sich zu ihr und schaute ihr lächelnd in die Augen.

Sie ließ seinen Arm los und trat einen Schritt zurück. »Aber bitte versteh mich: Alles ist neu. Das Haus. Bantekow. Der Rosengarten.« Sie drehte sich um und lief zur Treppe. Ich fange doch eben erst an, mich neu zu erfinden, dachte sie und sah Tobias vor sich. Tränen stiegen ihr in die Augen, ihre Schritte wurden schneller. Sie hörte wieder die schrille Stimme von Frau Schmitz am Telefon, es war das erste Mal gewesen, dass sie Tobis sonst so ausgeglichene Sekretärin hatte schreien hören. Am Tag vorher, einem Sonntag, waren Tobi und Sandra noch wie jedes Wochenende um die Alster spaziert, hatten an Bodos Bootssteg Kuchen gegessen, in der Sonne gedöst und vom nächsten Urlaub geträumt. Und Tobi war doch regelmäßig zum Durchchecken beim Arzt gewesen, hatte nicht geraucht und einigermaßen gesund gegessen. Und dann dieser Montag. Herzinfarkt mit siebenundvierzig Jahren. Das Leben war einfach nicht fair.

Sandra kletterte durch das Kohlenloch wieder ins Tageslicht. Tränen rollten ihr über die Wangen. Sie hatte geglaubt, dass sie mit der Verarbeitung seines Todes schon weiter gekommen sei. Aber nun spürte sie wieder den bleiernen Schmerz, die Unbegreiflichkeit. So schnell sie konnte, lief sie den Parkweg entlang und überquerte die Brücke – bloß zurück in den Rosengarten.

31

Ihr Sonnenhut spendete Schatten an diesem wolkenlosen Morgen, als Sandra um Punkt acht Uhr dreißig den Rosengarten betrat. Julian war schon da und öffnete nach einem »Good Morning« einen Karton mit Dingen, die er im Gartencenter gekauft hatte. Sandra streifte ihre rot-weiß gepunkteten Plastikhandschuhe über und schaute ihm gespannt zu. Ein leichter Nordwind brachte Frische mit sich, und Sandra meinte, sogar das Salz des Meeres schmecken zu können.

Gestern Abend, nach dem Ausflug mit Rasmus in die Vergangenheit Bantekows mit seinem abrupten Ende, hatte sie sich direkt in ihr Bett im Pensionszimmer zurückgezogen. Ulrike fand sie dort, als sie frisch erholt und duftend aus Ahlbeck vom Spa zurückkam. Sie hatte sofort erkannt, in welchem Zustand Sandra war, hatte sie verdonnert, sich etwas Schickes anzuziehen, und so lange neben ihr gestanden, bis sie sich im Bad neu geschminkt hatte. Dann war sie mit ihr im Käfer nach Heringsdorf gefahren. Nach einem ausgiebigen Strandspaziergang, bei dem der salzige Wind ihren Kopf freigepustet und der Blick über das Wasser ihre Nerven beruhigt hatte, hatte Ulli sie in den Palmen-Wintergarten im Maritim-Hotel entführt und ihr einen Apfelstrudel mit Vanilleeis und einen Latte macchiato bestellt. Die orangeleuchtende Abendsonne, der süße Geschmack auf der Zunge und die Wärme vom Kamin, der auch zu dieser Jahreszeit fröhlich knisterte, hatten Sandra so weit wiederhergestellt, dass sie in dieser Nacht ruhig hatte schlafen können.

Nun schob sie ihren Sonnenhut aus dem Gesicht, damit sie besser erkennen konnte, was ihr neuer englischer Mitarbeiter hervorzauberte.

»Dies ist eine Schere.« Julian hielt sie ihr entgegen.

»Tatsächlich?« Sie zog die Augenbrauen hoch. So viel anders als ihre sah die nicht aus, fand sie.

Er ließ sich nicht beirren. »Und keine Gurke, wie Sie sie besitzen, sondern eine Bypassschere.« Er gab sie ihr in die Hand. »Die schmalen, hochgradig geschliffenen Klingen gleiten perfekt aneinander vorbei, sehen Sie?« Er führte es vor. »Dadurch kann man nah am Stamm arbeiten, ohne die Triebe zu verletzen.«

Sandra musste zugeben, dass sie gut im Handteller lag, die Klingen schienen wirklich besonders scharf und gut zu führen zu sein. Julian nahm eine zweite Bypassschere aus dem Karton. »Damit fangen wir an. Und für die dickeren Äste brauchen wir diese hier.« Er zog eine riesige Schere mit armlangen Holzgriffen und Klingen hervor, deren Form an den Schnabel eines Papageis erinnerte. »Eine Ambossschere.« Er legte sie auf den Rasen. Sandra kniete sich daneben, zog die Handschuhe aus und ließ den Finger über das Holz gleiten. So was hatte sie tatsächlich noch nie besessen. Sie war gespannt, wie sich damit arbeiten ließ.

»Gut, dass Sie diese albernen Handschuhe ausziehen, die können Sie gleich wegschmeißen«, sagte Julian und zog ein neues Paar aus dem Karton. Dunkelgrün, mit verstärkten Gummipartien an den Fingern und am Handteller. »Nehmen Sie diese hier, oder wollen Sie sich die zarten Finger zerstechen?« Er warf sie ihr hin.

»Bisher bin ich mit meinen ganz gut zurechtgekommen.«

»Bei Ihren überzüchteten Balkonröschen vielleicht.« Er schnaubte. »Aber hier dürften Sie, wenn Sie richtig arbeiten wollen, nicht mit dem Pflastern hinterherkommen.« Er zog ein zweites Paar für sich aus der Kiste. »Außerdem können sich auch kleine Stiche entzünden.«

»Sind Sie ein Gärtner oder eine Mimose?«

»Zufällig hatte ich in London einen Kollegen, der sich an einer unschuldig vanilleweißblühenden *Rosa hemisphaerica* eine gar nicht harmlose Blutvergiftung ...«

»Schon gut.« Sandra streifte die hässlichen Dinger über und nahm die Bypassschere. »Also los. Wo fangen wir an?« Sie stand auf und wandte sich den Rosen zu. Wieder durchfuhr sie dieser Schauer der Freude: In Pink, Zartorange, Cremeweiß, Karminrot, Pfirsichfarben leuchteten ihr die Rosen entgegen, über das ganze Grundstück vom Haus bis zu dem kleinen Bach. Ihre Rosen. Sie konnte es noch immer nicht ganz fassen. Was für eine Freude würde es sein, diesen schönen Geschöpfen jedes Jahr bei ihrem Wachstum, bei der Blüte, beim Verblühen zuzusehen. Welcher Spaß, ihnen durch Schnitt und Düngen und Bewässern und Abdecken zu voller Lebenskraft zu verhelfen. Wenn sie doch nur Theodor von Bantekows Archivsystem entschlüsseln könnte. Dann wüsste sie auf einen Schlag so viel mehr. Sie schaute zu Julian, der sich seine Handschuhe überstreifte und die Schere nahm. Ob sie ihn einweihen sollte? Vielleicht konnte er ihr helfen, das System zu entschlüsseln. Aber sollte sie ihm tatsächlich diesen historischen Fund offenbaren? Schließlich kannte sie ihn kaum. Nein, beschloss sie. Irgendwie war er ihr noch zu fremd, um mit ihm eine solche Freude zu teilen. Und schließlich: In Schuss bringen konnten sie den Rosengarten auch so, ganz ohne Theodors System zu kennen und die Namen der Rosen zu wissen. Und darauf kam es ja erst einmal an. »Wie ist der Plan, Meister? Womit fangen wir an?«

»Wir werden zunächst die Grundlage schaffen für alle weiteren Arbeiten.« Julian setzte seine Bypassschere an einer karminrotblühenden Stammrose an. »Die Grundlage ist der Schnitt. Um diese Jahreszeit können wir keinen Radikalschnitt mehr machen, so wie wir es im Frühjahr tun. Aber wir sollten auf jeden Fall überall die wilden Triebe entfernen, um den Pflanzen Kraft zu geben.« Er schaute Sandra streng an. »Wilde Triebe? Ist ein Begriff, den Sie kennen? Sieben Blätter pro Trieb statt fünf?«

Sie verschränkte die Arme. »Wollen Sie mich beleidigen?«

Er zuckte die Schultern. »Man weiß ja nie. Jedenfalls haben wir anschließend noch eine Menge zu tun, was die Schädlingsbekämpfung angeht. Aber nach meiner Bestandsaufnahme gestern kann ich Ihnen Hoffnung machen: Mit harter Arbeit schaffe ich es wahrscheinlich, die meisten der noch lebenden Pflanzen zu retten. Das heißt, wenn ich mich hier frei entfalten kann.« Er hob die Nase in die Luft und verzog sie. »Was stinkt denn hier so? Riechen Sie das auch?«

Sandra zeigte mit der Schere in Richtung der drei Regentonnen. »Das ist die Jauche, die ich angesetzt habe. Müsste in zwei Tagen fertig sein zum Angießen.«

Julian lief zu den Tonnen hinüber und schielte vorsichtig über den Rand. Sandra trat zu ihm hin. »Brennnessel und Kaffeesatz. Unschlagbares Rezept von meiner Oma. Bei ihr waren nie Schädlinge im Garten, und die Pflanzen sind alle gewachsen wie verrückt.«

Julian zog den Kopf zurück und drehte sich weg. »Das wollen Sie den Rosen doch nicht im Ernst antun?«

»Und ob!« Sie verschränkte die Arme. Jetzt erst recht. Schließlich war es ihr Garten, nicht seiner.

Er zog die Augenbrauen hoch. »Sie könnten sich auch im

Kreis drehen und dreimal schwarzer Kater rufen, vielleicht sind die Rosen dann auch geheilt und gestärkt.«

»Ich bin sehr gespannt, was Sie für Medizin aus Ihrem Zauberkasten holen. Was halten Sie übrigens davon, Ihre Honorierung nach einem Incentive-System zu gestalten? Nur bei Erfolg gibt es Geld, Rose pro Rose.« Sie streifte sich die Handschuhe wieder über und stapfte zu ihrer Schere und dem Strauch zurück, mit dem sie anfangen wollte. War denn das die Möglichkeit? Wie konnte er es wagen, Omas jahrhundertelang erprobtes Hausrezept in Frage zu stellen und sich hier aufzuführen wie ein Platzhirsch?

Julian ließ sich nicht beirren, sondern trat zu ihr heran und beobachtete, wie sie schnitt. »So ist es gut. Die wilden Triebe ab, und falls Sie Totholz sehen, weg damit. Immer bis zum untersten Punkt schneiden. Und wenn Sie an einer Pflanze gearbeitet haben, die offensichtlich von einem Pilz befallen ist – Schere desinfizieren. Alles klar?« Er drehte Sandra den Rücken zu und lief zur nächsten Reihe Rosen, wo er an einem Hochstamm mit leuchtend rosa, sich zum Rand aufhellenden Blüten abrupt stoppte.

»Alles klar?«, äffte sie ihn leise nach und hörte ein Glucksen aus seiner Richtung. Erstaunt blickte sie auf: »Vielleicht sollte ich Sie mal lieber fragen, ob bei Ihnen alles in Ordnung ist?«

»Entschuldigung, wenn meine Freudenlaute Sie erschrecken. Es ist nur so, dass ich gerade eine *Jacques Cartier* entdeckt habe«, sagte er und sog den Duft ein. »Sie wurde 1868 vom französischen Züchter Moreau-Robert geschaffen. Sehr robust, winterhart und widerstandsfähig gegen Krankheiten. Sehen Sie«, er drehte eines ihrer Blätter. »Sie ist kerngesund, diese Schönheit. Lediglich ein paar wilde Triebe hat sie.« Er schnitt einen ab und sprach aufgeregt weiter. »Jacques Cartier war übrigens ein französischer See-fahrer, den König Franz I. losgeschickt hatte, um einen neuen Seeweg nach China zu finden. Er fuhr um die halbe Welt. Der höchste Berg von Québec in Kanada heißt auch nach ihm.«

»Wie schön für ihn«, sagte Sandra, hielt jedoch in ihrer Arbeit inne. Dies ist also der Standplatz einer *Jacques Cartier*, dachte sie. Wenn Julian mit seiner Bestimmung recht hatte – und daran zweifelte sie nicht –, fände sie vielleicht die entsprechende Beschreibung in Theodors Archiv. Wo-möglich könnte sie damit schon das System entschlüsseln. Und hoffentlich bald die *Johanna Eva Faber* entdecken, auf die sie so gespannt war. Sie sah ein Schwarzweiß-Foto aus der Zeit der Jahrhundertwende im Familienalbum vor sich, das ihre Oma ihr einmal gezeigt hatte. Eine zurückhaltend und traurig blickende ältere Frau in ihrem langen Gewand inmitten von Tomatenstauden. Vermutlich im Klostergar-ten. In welchem Kloster war sie noch gleich gewesen? Der Name begann mit D, das wusste Sandra. D und dann o …? Sie musste das googeln. So viele Klöster würde es ja in der Nähe nicht geben.

»Machen Sie weiter, oder wollen Sie den ganzen Tag träu-men?«, fragte Julian und setzte kopfschüttelnd die Schere an einem toten Ast an der nächsten Rose an. »Vom In-die-Luft-Gucken werden die Rosen sich nicht erholen.«

»Nur vom Schneiden aber auch nicht. Was gedenken Sie denn gegen die Schädlinge und Krankheiten zu tun? Wenn Sie schon nicht von der Wirkung meiner Jauche überzeugt sind.«

»Das erkläre ich Ihnen, wenn es so weit ist.« Er drehte ihr den Rücken zu und vertiefte sich in die Arbeit.

Schweigend arbeiteten sie, bis die Mittagssonne fast senkrecht am Himmel stand. Jeder schaffte beinahe zwei Reihen. Blieben noch etliche, dachte Sandra erschöpft und fuhr sich mit dem Handrücken über die schweißnasse Stirn. Ihr wurde immer klarer, was sie sich da vorgenommen hatte. Diese Rosen wären eine echte Lebensaufgabe. Immerhin hatte sie festgestellt, dass sie bei der Arbeit gut abschalten konnte und ihre Gedanken entspannt durch die Sommerluft flirrten, während ihre Hände fleißig waren. So war ihr an einer rosafarbenen Buschrose plötzlich eingefallen, wie das Kloster hieß, in dem ihre Ahnin einst ihr Dasein gefristet hatte: Dobbertin. Es war das Kloster Dobbertin am Rande der Mecklenburgischen Seenplatte gewesen. Sie war sich ganz sicher. Gleich heute Abend würde sie im Internet schauen, ob es das Kloster noch gab und wie es heute genutzt wurde. Und dann müsste sie natürlich hinfahren, um zu schauen, wie die alte …

»Guten Tag.«

Sandra blickte auf und sah einen jungen Mann mit Basecap und Notizblock in der Hand um die Hausecke biegen und auf sie zukommen.

»Torsten Lehmann, *Bantekower Wochenblatt*. Wir hatten telefoniert.« Er lüftete kurz die Basecap. »Wie läuft's so, Frau Bellmann? Gut eingelebt in Bantekow?« Er klappte den Notizblock auf und nahm einen Bleistift hinter dem Ohr hervor. »Und Hilfe haben Sie auch schon, wie ich sehe. Dann war die Anzeige bei uns also erfolgreich? Sehr schön. Ich sage ja immer: Print bringt's nach wie vor. Tolle Rosen haben Sie. Als Kinder sind wir oft über den Zaun in diesen Garten geklettert und haben für unsere Mütter welche geklaut …«

Sie wandte sich der nächsten Rose zu und schnitt. »Was

kann ich für Sie tun, Herr Lehmann? Wir sind hier mitten in der Arbeit und ...«

»Sehe ich.« Er hob die Kamera, die ihm um den Hals hing. »Bin auch gleich wieder weg. Hatte doch angekündigt, dass ich die Tage mal für ein Interview vorbeikomme.«

Sie warf die wilden Triebe in den grünen Sammelsack. »Ein Anruf vorher wäre schön gewesen, denn wir ...«

»Natürlich, entschuldigen Sie bitte, es ist nur so, dass ich dringend einen Artikel mit guter Optik für das Blatt brauche. Heute Abend ist Andruck, und uns ist unser Sommerinterview mit dem Bürgermeister weggebrochen, was eigentlich der Aufmacher sein sollte.«

»Uns?« Sie schob den grünen Sammelsack weiter. »Besteht Ihre Redaktion neuerdings noch aus weiteren Mitarbeitern?« Sie schnitt an der nächsten Rose weiter.

»Wenn Sie Redakteur, Redaktionsleiter, Fotograf, Fotochef und Layouter in einem sind, kann es passieren, dass Sie eine multiple Persönlichkeit entwickeln. Also, wenn Sie es genau haben wollen: Uns allen ist diese Bürgermeister-Geschichte mit dem großen Foto des Ortes weggebrochen.«

Sandra hielt beim Schneiden inne und sah ihn sprachlos an. Ein bisschen unheimlich war das schon auf dem Dorf. Ob hier noch mehr solche Verrückte herumrannten?

»Mund zumachen, bitte. Das kommt nicht gut auf dem Foto.« Er nahm die Kappe vom Objektiv ab. »Haben Sie unseren Bürgermeister denn schon kennengelernt? Netter Kerl, aber in seiner Haut möchte ich jetzt nicht stecken.« Er schob Sandra ein wenig näher an den Rosenstamm heran, an dem sie gerade arbeitete. »Würden Sie?« Er nahm die Kamera vor die Augen. »Bitte recht freundlich.« Er drückte ab, Sandra war zu verdutzt, um sich zu wehren.

»Weitermachen.« Torsten Lehmann wandte sich zum Gehen. »Ich setze das Foto auf den Titel als Ankündigung für ein großes Interview mit Ihnen und Ihrem Rosenexperten nächste Woche, alles klar?« Er winkte Julian über die Rosenstämme hinweg zu. »Komme bald noch mal vorbei, dann können wir in Ruhe reden. Bin schon gespannt, was Sie mit dem Anwesen vorhaben. Wie alle Bantekower, wette ich. Und ich drücke Ihnen die Daumen, dass das nicht alles für die Katz ist.«

»Wie meinen Sie das?« Sandra ließ ihre Schere sinken und runzelte die Stirn.

»Was?« Er setzte die Plastikkappe wieder auf das Fotoobjektiv. »Bin in Eile, muss das schnell in die Druckerei schicken. Bis nächste Woche! Dann alles in Ruhe.« Er eilte aus dem Garten. »Wiedersehen!« Weg war er in seinem röhrenden Golf.

»Was war denn das?«, rief Julian zwischen den Rosen hervor.

Sandra zuckte die Schultern. »Ich brauche jetzt ein Mittagessen.«

»Sehr gute Idee.« Julian legte die Schere auf den Boden. »Um zwei wieder hier?« Er lief an ihr vorbei.

Sandra schüttelte den Kopf, als sie den Motor seines Mietwagens starten hörte. Um eine freundliche Verabschiedung scherte er sich nicht gerade. Ein schlichtes Tschüss hätte es auch getan. Aber immerhin war es ihr so lieber, als wenn er sie gefragt hätte, ob sie zusammen Mittag essen wollten. Lieber würde sie verhungern.

Sie hängte ihren Sonnenhut über den Wasserhahn am Haus und lief zu Gertrud hinüber, um sich ein Schnitzel zu gönnen. Was konnte nur mit dem Bürgermeister los sein, überlegte sie, als sie an der Feldsteinkirche vorbeikam, deren Glocke soeben zwölfmal schlug. Wieso wollte Torsten Lehmann nicht in seiner Haut stecken? Und wieso sollte ihre Arbeit im Rosengarten vergebliche Liebesmüh sein?

Sie beugte sich zu der Katze der Kittelschürzen-Nachbarin hinunter, die quer über das Kopfsteinpflaster auf sie zugelaufen kam und um ihre Beine streifte. Sandra kraulte das weiche Fell, worauf die Katze leise schnurrte.

Vielleicht wusste Gertrud mehr.

32

Ulli saß mit ihrem Laptop in Gertruds Gaststube, als Sandra eintrat. »Mann, die haben sie wohl nicht mehr alle, die Kerle von meiner alten Firma«, sagte sie, ohne vom Bildschirm aufzublicken. »Wenn die denken, dass sie mit so einer lumpigen sechsstelligen Abfindung davonkommen, haben sie sich getäuscht.« Ihre Finger klapperten in Maschinengewehrgeschwindigkeit über die Tastatur. »Maile gleich an meinen Anwalt. Der beste in Hamburg. Der wird ihnen schon verklickern, was angemessen ist.«

Sandra ließ sich auf den Holzstuhl ihr gegenüber plumpsen. Sie spürte ihren Rücken, ihre Oberschenkel, sogar die Fingermuskeln ihrer rechten Hand. Ihr gesamter Körper schien zu drohen, demnächst einen heftigen Muskelkater zu entwickeln.

»Apfelschorle und Schnitzel?« Gertrud trat an den Tisch und strich Sandra über die Schultern.

Sie nickte. »Bitte.«

»Für mich den Salat mit Hähnchenbrust und einen Grauburgunder, Gertrud, danke.« Ulli klappte den Laptop mit Schwung zu. »Und?« Sie sah Sandra gespannt an, als Gertrud durch die Bullaugentür in der Küche verschwunden war. »Dein Garten wächst und gedeiht und die Rosenschätzchen erholen sich?«

Sandra seufzte. »Da hab ich mir ganz schön was vorgenommen.« Sie knetete ihre schmerzende Schulter.

»Und wie macht sich Mister England?«

Sandra winkte nur stumm ab.

Ulrike lachte. »Aha, dacht ich's mir. Aber solange er deine Rosen rettet …«

»Eben.« Sandra hob die Arme in die Luft und streckte sich.

»Und was war das für ein junger Typ im Golf, der eben vorgefahren und gleich wieder weitergebraust ist? War das ein Tourist, der nach dem Weg gefragt hat?«

»Leider nicht. Das war der Reporter vom *Bantekower Wochenblatt*. Und er hat ganz komisches Zeug erzählt.«

»Danke schön.« Ulrike nahm das Weinglas von Gertrud entgegen und sah Sandra fragend an.

Die ergriff dankend ihre Apfelschorle und wandte sich an Gertrud. »Weißt du, ob hier irgendwas los ist im Ort? Ist der Bürgermeister krank?«

»Karlsen?« Sie lachte. »Der ist gesund wie ein Pferd. Gerade gestern Abend war er zum Essen hier. Mit ein paar Holländern, glaube ich. Sie haben sich zumindest auf Holländisch unterhalten. Karlsen kann das gut, weil er ursprünglich aus Ostfriesland stammt.«

»Mit Holländern? Worum es ging, hast du nicht zufällig mitbekommen?«

»Ich belausche doch nicht meine Gäste.« Gertrud lächelte und drehte ihr Tablett. »Es ging um ein Bauprojekt in astronomischer Millionenhöhe. Ein Hotelkomplex mit Bungalows und vielen Sportangeboten, einem Abenteuerparcours und sogar einem künstlichen See zum Rudern und Schwimmen, wenn ich das richtig verstanden habe.« Sie wedelte eine Fliege von der Wagenradlampe. »Holländisch ist dem Platt sehr ähnlich.« Sie wandte sich in Richtung Küche. »Schnitzel und Salat kommen gleich, die Damen.«

Sandra und Ulrike schauten sich an. »Ein Ferienkomplex?«

»In Bantekow?« Ulrike schüttelte den Kopf. »Das kann doch wohl nicht sein. In diesem Kaff?« Sie schaute durch das Fenster auf die Dorfstraße, über die soeben ein Traktor rumpelte.

»Vielleicht war das ein Abwerbungsgespräch für diesen Karlsen. Vielleicht geht er weg von hier und soll irgendwo einen Freizeitpark aufbauen.«

»Schnitzel.« Gertrud stellte den dampfenden Teller vor Sandra. Der Duft der Bratkartoffeln stieg ihr in die Nase.

»Grünzeug.« Gertrud schob Ulli den Salat hinüber.

»Und das soll hier in Bantekow gebaut werden?«, fragte die sofort.

Gertrud zuckte die Schultern. »Ich konnte ja schlecht Platz nehmen, um das Gespräch zu verfolgen. Aber wie es scheint, ist unserem Herrn Bürgermeister da endlich mal was gelungen.«

»Wo sollte denn hier was gebaut werden? Die alten Häuser stehen doch noch alle entlang der Dorfstraße, Baulücken gibt es nicht.« Sandra zog das Schnitzel zu sich heran und klopfte vorfreudig mit der Gabel auf die krosse Panade.

»Aber Wälder und unbebaute Felder rund um Bantekow gibt es reichlich«, sagte Gertrud.

Ulrike hustete. »Und natürlich das alte Gutshaus«, sagte sie leise.

Sandras Blick schnellte hoch.

Ulli nickte langsam. »Das alte Gutshaus. Das wäre allerdings ein wunderschönes Haupthaus für einen solchen Hotelkomplex.«

»Haupthaus?«, fragte Sandra.

Ulrike nickte. »Drumherum entsteht der Freizeitpark mit Hunderten Familienbungalows.«

Sandra schluckte. »Drumherum?«

»So macht man das gewöhnlich in diesen Ferienresorts. Ich habe mal einen englischen Konzern beraten, der diese Dinger in aller Welt baut. Die machen einen Mordsumsatz damit. Familien lieben sie, weil sie praktisch und sicher sind. Mich würden da allerdings keine zehn Pferde reinkriegen. Aber ich bin schließlich auch nicht Mama Mirácoli.« Sie strich ein nicht vorhandenes Staubkörnchen von ihrer Prada-Bluse. »Das ist ein echter Wachstumsmarkt, Liebes.« Sie nahm Sandras Hand. »Ich kann mir gut vorstellen, dass sich so ein Konzern für einen Standort wie Bantekow ein Bein ausreißt. Ein romantisches Centerpiece in Form des alten Gutshauses, die Insellage, das nahe gelegene Meer, die gute Erreichbarkeit. Sogar einen kleinen Flugplatz habt ihr hier, nicht wahr?« Sie schaute Gertrud an.

Die knetete Sandra die Schultern. »Nun malt mal nicht schwarz. Vielleicht hat der Bürgermeister nur irgendeine Wiese oder einen Wald verkauft. Es muss ja nicht direkt das Gut Bantekow sein.« Sie gab Sandra einen Kuss auf den Kopf. »Esst in Ruhe, und stärkt euch. Ich rufe den Karlsen einfach mal an und versuche, ihn auszuhorchen, einverstanden?«

»Tu das, bitte.« Ulrike nickte und begann ihren Salat zu essen.

Sandra schob das dampfende Schnitzel von sich. Ihr war der Appetit vergangen.

33

»Rufst du bitte unseren Vater an? Er will dir etwas zu dem Tagebuch sagen.« Carolines Stimme in London klang gehetzt. »Müssen gleich los, Becky hat ihre Tanzvorführung in der Royal Albert Hall.«

»In der Royal Albert Hall?« Julian setzte sich auf die geblümte Tagesdecke seines Pensionsbettes. Er hatte an einem Imbiss an der Fernstraße etwas gegessen und nun noch eine Stunde Zeit, bis er Sandra wieder im Rosengarten treffen würde.

»Ist die Sommeraufführung aller Ballettschulen Londons. Sechshundert Mädchen in Tutus.«

»Und sechshundert stolze Mütter.« Julian lächelte.

»Allerdings.« Er hörte, wie Caroline mit dem Autoschlüssel hantierte. »Komm, Becky. Wie? Ja, der geflochtene Zopf ist perfekt. Mum und Dad kommen auch dorthin. Also ruf besser erst heute Abend an – und lass dir alles berichten.« Sie summte die Schwanenseemelodie.

Julian stöhnte.

»Tu nicht so, als ob du nicht genauso aufgeregt mitgekommen wärst, wenn du hier wärst.« Sie lachte. »Ich kenne dich doch. Du wärst am Ende mit einem Strauß Rosen auf die Bühne gesprungen, um sie Becky zu überreichen, als wäre sie eine Primaballerina.«

»Du hast ja recht. Sag ihr, wie stolz ich auf sie bin.« Er schluckte, als er sich vorstellte, wie Becky auf der riesigen Bühne im Scheinwerferlicht stehen und sich verbeugen würde, bevor der Samtvorhang fiel und alle gemeinsam nach Hause fahren würden. Ob es wirklich eine so gute Idee von ihm gewesen war, nach Bantekow zu gehen? Was, wenn es ihm nicht gelänge, den Garten zu bekommen?

»Tschüss, mein lieber Bruder. Wir müssen los. Der Verkehr ist wie immer die Hölle.« Caroline legte auf.

Julian blickte aus dem Zimmerfenster auf die Feldsteinkirche. Er musste endlich einen Plan entwickeln, um diese Sandra von hier zu vertreiben. Er sah auf die Armbanduhr. Noch fünfzig Minuten Mittagspause. Vielleicht würde er eine kleine Runde joggen. Dabei kamen ihm oft die besten Gedanken. Und heute Abend würde er seinen Vater anrufen.

Er schlüpfte in seine Turnschuhe und zog die Schnur der Trainingshose fest. Er würde durch den Park des Gutshauses laufen. Bisher hatte er die sonnigen Feldwege am Ortsrand bevorzugt, auf denen man Tempo machen konnte. Aber vielleicht gab es im Park noch die ein oder andere Pflanze zu entdecken, die seiner Hilfe bedurfte. Vielleicht würde auch das Gutshaus samt Park irgendwann einmal aus seinem Dornröschenschlaf erwachen dürfen.

Er warf die Zimmertür hinter sich zu und rannte die Treppe hinunter.

Er trabte locker los, sprintete dann das Stück bis zum Gärtnerhaus, durchmaß den Garten vorbei an den Rosen – die ersten Reihen, die sie bearbeitet hatten, sahen schon ganz ansehnlich aus, dachte er zufrieden und joggte über die Brücke hinein in den Park. Die hohen Bäume ließen nur vereinzelte Sonnenstrahlen durch das dichte Laubdach. Er passierte einen Tümpel, aus dem es hundertfach quakte. Als auf dem Schotterweg das Gutshaus in den Blick kam, stoppte er abrupt, sprang zur Seite und verbarg sich hinter einem der großen Rhododendronbüsche. Vorsichtig lugte er durch die Zweige.

Vor dem Gutshaus parkten eine schwarze Limousine und der Lieferwagen einer Handwerkerfirma. Drei Männer in Anzügen und einer im Blaumann stiegen gerade die Freitreppe empor zum Eingangsportal. Der Mann im Blaumann hebelte mit einer Brechstange die angenagelten Holzlatten auf und ließ die redenden und lachenden Männer in das Gutshaus eintreten. Die Tür blieb hinter ihnen offen stehen.

Was hatten sie vor? Im Schatten der Buchen schlich Julian näher heran und hörte ihre Stimmen hohl und leise in entfernten Räumen. Geduckt rannte er zu der Limousine hinüber. Sie war nicht verschlossen, er öffnete den Verschlag und schaute hinein. Ein Prospekt im DIN-A4-Format lag auf dem Leder der Rückbank, er zog ihn heran und sah Ferienbungalows, davor ein lachendes Paar mit zwei Kindern, die über eine Wiese tollten, und eine naiv gemalte Sonne darüber. *FerienOasen – Familienglück zum Auftanken* prangte quer darüber. Julian blätterte das Heft auf und sah Wasserrutschen, Tretboote, Grillplätze, Volleyballfelder und Bollerwagen. Schnell legte er den Prospekt wieder auf den Sitz, schloss leise die Autotür und verschwand im Rhododendrongebüsch.

Das durfte doch wohl nicht wahr sein!

34

Kopfschüttelnd kam Gertrud an den Tisch zurück. »Der gute Karlsen ist nicht erreichbar.« Sie schaute missbilligend auf Sandras unberührten Schnitzelteller, räumte ihn aber ohne Kommentar auf das Tablett. »Lässt sich verleugnen oder ist wirklich bei einem Termin. Ich bleib dran für euch, Ladys.« Sie zeigte auf Ulrikes leeres Weißweinglas. »Noch einen?«

Ulli schüttelte den Kopf. »Ich will Sandra und dem Engländer jetzt beim Schneiden helfen. Nicht, dass ich die Rosenpracht zerstöre, weil ich schief gucke.«

Sandra stand auf. »Ja bitte, Gertrud, bleib dran. Ich versuche es über Lehmann, vielleicht erzählt er mir mehr.« Sie hakte sich bei Ulrike ein. »Es wird sich schon alles klären. Vielleicht hast du recht, Gertrud, und der Ferienpark – falls überhaupt einer geplant ist – entsteht hinten am Wald Richtung Benz.«

Gertrud nickte. »Auf ungelegten Eiern brauchen wir nicht zu glucken. Apropos, meine Liebe«, sie kniff Sandra in die Seite, »ich mache dir heute Abend ein extragroßes Bauernfrühstück, nachdem du mein Schnitzel nicht angerührt hast. Du brauchst doch Kraft für deine Gartenarbeit.«

Sandra lachte. »Du bist wie eine Mutter zu mir.«

Gertrud schüttelte den Kopf. »Wie eine Glucke.« Sie lächelte. »Na gut, doch wie eine Mutter. Ich vermisse meine eigenen Kinder eben manchmal, seit sie in den Westen gegangen sind.« Sie schob den Schnitzelteller auf dem Tablett herum. »Mein Großer lebt bei Stuttgart, wisst ihr, und arbeitet bei Daimler.« Sie versuchte zu schwäbeln, was ihr überhaupt nicht gelang. »Und meine Kleine ist in Kiel mit einem Lotsen vom Nord-Ostsee-Kanal verheiratet.« Sie wischte mit der Hand über den blanken Tisch, obwohl keine Krümel zu sehen waren.

»Immerhin ist sie dem Meer treu geblieben.« Sandra lächelte. Gertrud nickte traurig. »Aber mal eben zum Kaffeetrinken hinfahren – dafür ist es zu weit. Wir sehen uns nur ein paarmal im Jahr. Für eine alte Frau wie mich ist das sehr wenig Familienanschluss. Obwohl ich Eigenständigkeit gewohnt bin, seit mein Dietrich tot ist.« Sie stapelte Ulrikes leergeputzten Salatteller auf das Tablett. »Eigenständigkeit und Einsamkeit«, kam es leise hinterher.

Sandra nahm ihre Hand. »Es wird nicht einfacher, egal wie lange es her ist, stimmt's?«

Gertrud schaute sie aus müden Augen an. »Nein. Es wird niemals einfacher. Es sei denn, man hat das Glück, sich neu zu verlieben – und sich diese Liebe auch zu erlauben.« Sie wischte sich über die Augen. »Das ist das Schwierige. Vor allem das.« Sie zog ihre Hand aus Sandras. »Du bist noch jung. Mach was draus. Das Leben kann sehr lang erscheinen, wenn man es nicht lebt, sondern nur verstreichen lässt.« Sie lief mit dem Tablett zur Bullaugentür und verschwand.

Ulli drängte Sandra zur Tür. »Wir lassen nichts verstreichen. Wir bauen dir jetzt eine neue Existenz auf, meine Liebe. Ich freue mich schon auf den Duft deiner Rosen. Vielleicht sollte ich ein wenig Kaffeepulver mitnehmen, um die Nase zu neutralisieren.«

Es würde also nie besser werden, dachte Sandra und wich einer schwarzen Limousine aus, die über die Dorfstraße bretterte, als sei es die Autobahn. Der Verlust des Partners, mit dem man eigentlich sein Leben verbringen wollte, würde immer schmerzen. Aber immerhin, dachte sie, hatte sie ihre Rosen. Die würden ihr bleiben. Für immer.

Oder etwa nicht? Was hatte Torsten Lehmann nur gemeint mit seiner seltsamen Andeutung?

»Wo steckt denn dein englischer Kauz?« Ulrike öffnete das Gartentor und schaute über die Rosen hinweg. »Ich dachte, Engländer seien immer pünktlich.«

Sandra zog die Handschuhe an und nahm die Schere auf. »Er wird schon kommen. Lass uns anfangen.« Sie roch an der pinkfarbenen Strauchrose, die sie vor sich hatte, beobachtete eine Biene, die fleißig ihre Arbeit tat, und vertiefte sich in ihre. Morgen würde sie Lehmann in der Redaktion besuchen, beschloss sie. Er würde ihr verraten, was er wusste. Und alles würde halb so schlimm sein wie vermutet.

35

»Es ist eine Katastrophe, Dad! Du machst dir kein Bild davon.« Mit großen Schritten lief Julian, das Handy am Ohr, über die Promenade von Ahlbeck. Er sah die Seebrücke mit ihren spitzen grünen Türmchen und dem alten weißen Holz, das rote Dach glänzte in der Spätnachmittagssonne. Der Himmel zeigte ein paar Schleierwolken, Möwen segelten von Luftschicht zu Luftschicht. Ihr Kreischen durchdrang das Stimmengewirr der gutgelaunten Urlauber um Julian herum, die mit Eistüten in der Hand oder Hunden an der Leine den Strandtag mit einem Verdauungsspaziergang ausklingen ließen.

Er hatte das Bedürfnis gehabt, das Meer zu sehen, um sich ein wenig zu beruhigen. Aber es hatte nicht funktioniert. Er war noch genauso aufgewühlt wie vorhin, als er Hals über Kopf aus dem Park gerannt war. Seitdem war er in der Gegend herumgefahren – unfähig, wieder im Rosengarten zu erscheinen und weiterzuarbeiten, als wäre nichts geschehen. Denn mit Sandra wollte er um keinen Preis über seine Entdeckung sprechen. Was hätte er ihr sagen sollen? Da kam ihm ein ganz anderer Gedanke – verbarg sich in dieser Entwicklung womöglich die Chance, Sandra aus dem Gärtnerhaus zu vergraulen? Ohne am Ende das Anwesen an diesen schrecklichen Großkonzern zu verlieren, versteht sich.

»Weißt du, wie weit die Verhandlungen fortgeschritten sind?« Sein Vater legte die professionelle Ruhe des Anwalts an den Tag.

Julian hörte gar nicht zu. »Sie werden unser Gut ein für alle Mal verschandeln.«

»Julian, begreif es doch. Es ist schon lange nicht mehr unser Gut.«

»Trotzdem will ich keinen Ferienpark hier sehen. Es würde mir das Herz brechen.«

Der Vater seufzte. »Buchstabiere mir mal diesen Firmennamen. Ich versuche von hier aus, etwas in Erfahrung zu bringen.«

Julian buchstabierte, während er über einen Strandaufgang stürmte. Er riss sich die Turnschuhe und Socken von den Füßen, um in dem weichen Sand schneller laufen zu können. Er umrundete einen Strandkorb, vor dem zwei kleine Jungen kreischend vor Vergnügen eine Matschburg bauten und mit ihren grünen Schippen in die Pampe hauten, dass es spritzte.

Er erreichte das Wasser. Beim Blick auf den Horizont atmete er tief ein. »Du wolltest mich ja eigentlich wegen des Tagebuchs von Theodor sprechen.«

Er bückte sich nach einem Stein und warf ihn in die Ostsee. Die Kreise des Aufschlags wurden sofort von einer Welle überrollt.

»In der Tat. Die Handschrift ist gut leserlich, da hast du Glück. Ich habe es postlagernd nach Ahlbeck geschickt, so wie du es mir gesagt hattest.«

Julian nahm einen neuen Stein auf und warf ihn ins Wasser. »Und was wolltest du mir dazu noch sagen?«

Der Vater schwieg.

»Was, Dad?« Er stellte sich in den feuchten Sand und ließ die Füße von einer Welle umspülen.

»Möglicherweise stößt du in diesem Tagebuch auf eine pikante Familienangelegenheit. Ich möchte, dass du die für dich behältst. Nur falls bei irgendeiner Gelegenheit die Sprache darauf kommen sollte.«

Jetzt war es Julian, der schwieg. Er hörte, wie sein Vater trank, um diese Uhrzeit musste es sein Gin sein, dachte er.

»Da soll einer sagen, was er will: Walisischer Gin ist doch der beste. Was trinkst du da drüben, mein Junge? Klaren Korn?«

»Schnaps interessiert mich zurzeit nicht im Geringsten, Dad. Wie kannst du nur so ungerührt bleiben, wenn unser Familienerbe ein für alle Mal zerstört wird?«

»Becky ist wie eine Primaballerina über die Bühne der Royal Albert Hall geschwebt. Zu schade, dass du das verpasst hast.« Er trank wieder, seine Stimmlage wechselte von besonnen zu schneidend. »Und zu schade, dass du uns keine Enkel geschenkt hast. Wo dir doch offenbar so viel an deiner Familie liegt.«

»Auf Wiederhören, Dad. Gruß an Mum.« Julian steckte das Handy in die hintere Jeanstasche und stapfte durch den tiefen Sand.

Wie könnte er herausbekommen, wie weit die Verhandlungen schon gediehen waren? Und wie sollte er diese Katastrophe nur abwenden?

36

»Herr Lehmann, ich grüße Sie. Ich würde gern mit dem Chefredakteur reden.« Sandra betrat das kleine Redaktionsbüro in der Fußgängerzone von Ahlbeck, das in einem ehemaligen Ladengeschäft untergebracht war. Über dem Schaufenster waren auf dem grauen Putz noch das verblasste Bild eines riesigen Knopfes und der Schriftzug *Knopf-Schmidt* zu sehen. Das Türglöckchen bimmelte, als sie die Tür hinter sich zuzog.

Torsten Lehmann saß hinter seinem Schreibtisch, ein Headset am Ohr, und tippte auf der Tastatur. »Das geht leider nicht. Der Chefredakteur ist nicht im Dienst. Wie Sie sehen, ist gerade der Anzeigenchef am Werk.« Er deutete lächelnd auf den Stuhl gegenüber und nahm das Headset ab. »Wo drückt denn der Gartenschuh, Frau Bellmann?«

Sandra setzte sich und kam gleich zur Sache. »Was hat es auf sich mit den Gerüchten um einen geplanten Ferienpark in Bantekow?« Sie beugte sich vor. »Und wieso sind meine Rosen dadurch in Gefahr, wie Sie gestern angedeutet haben?«

Lehmann sprang auf. »Kaffee?« Er ging zu einer uralten Kaffeemaschine, aus der es duftete. »Die Sekretärin unter uns hat gerade einen gekocht.« Er goss zwei Tassen voll und kam zurück zum Schreibtisch. »Sind Sie hart im Nehmen?« Er sah sie ernst an. »Volle Breitseite oder Schonprogramm?«

Sie richtete sich auf ihrem Stuhl auf. »Ich brauche keine Schonung, danke.«

»Okay.« Lehmann zog seine Schublade auf und nahm einen Prospekt heraus, den er ihr hinüberschob.

Sie sah ein lachendes Paar und zwei Kinder vor Bungalows im strahlenden Sonnenschein.

»Sie kriegen neue Nachbarn. Der Gemeinderat wird dem Projekt nächste Woche zustimmen. Viele Leute in dieser Gegend brauchen Arbeit. Baustart ist im nächsten Frühjahr. Direkt an Ihrer Grundstücksgrenze. Es geht um den gesamten Park Bantekow, das Gutshaus soll als Restauranttrakt und Rezeption dienen, die Bungalows entstehen auf den Feldern von Bauer Neuer bis an den Wald bei Benz heran. Bei voller Auslastung sollen dort tausenddreihundertfünfzig Gäste unterkommen. Und das Spaßbad nicht zu vergessen. Der Sprungturm und die Wasserrutsche werden wohl ein wenig Schatten auf Ihre Rosen werfen.« Er zog die Augenbrauen hoch. »Sie haben doch nichts gegen Arschbomben? Ein wenig Chlorwasserbenetzung der Rosenblätter ist kein Problem, nicht wahr?«

Sandra starrte auf den Prospekt. Torsten Lehmann schlug einen Notizblock auf, nahm einen Stift und schaute sie auffordernd an. »Ihr Statement dazu für die nächste Ausgabe? Ich glaube, das beschauliche Begrüßungs-Interview können wir uns wohl sparen angesichts dieser Entwicklung.«

Sandra sah ihn schweigend an.

»Nun?« Lehmann trommelte mit seinem Stift. »Der Anzeigenchef drängelt, wissen Sie. Es heiraten und sterben doch erstaunlich verlässlich jede Woche ein paar Usedomer, und einige andere wollen ihre Waren an den Mann bringen oder ihre Ferienzimmer vermieten. Also?«

Sandra blätterte stumm in dem Prospekt. Das durfte doch wohl alles nicht wahr sein. »Und Sie sind sicher, was den geplanten Standort betrifft? Der Park von Bantekow und das Gutshaus gehören vermutlich in dieses Konzept hinein?«

»Bis an Ihren Bach und den Rosengarten heran.« Er nickte.

»Ich habe die Pläne bei Bürgermeister Karlsen im Büro gesehen. Darf es aber erst bringen, wenn alles in trockenen Tüchern ist. Karlsen hat Angst, dass ihm sonst noch irgendwelche Umweltschützer oder andere Querulanten das Projekt zerstören. Er ist doch so froh, den Leuten endlich Arbeit verschaffen zu können.« Lehmann schlürfte seinen Kaffee. »Erhöht seine Wiederwahlchancen drastisch. Wo Karlsen sich doch gerade diese schicke Villa am Strand bei Zinnowitz gekauft hat.«

Sandra legte den Prospekt weg, stand auf und lief zur Tür. Sie brauchte Luft. Die Glocke bimmelte, als sie die Tür öffnete.

»Rennen Sie nicht weg, Frau Bellmann. Was sagen Sie dazu?«, rief er ihr hinterher.

Sie antwortete nicht, sondern verließ das Büro und schlingerte die Straße hinunter Richtung Promenade, wo sie sich auf eine Bank fallen ließ und vor sich hin starrte.

Womit hatte sie das verdient? Sie war doch gerade auf einem guten Weg gewesen, ihr Leben in den Griff zu bekommen und ihm eine neue, wunderbare Richtung zu geben. Wieso um alles in der Welt prallte sie nun gegen diese Mauer?

37

»Du hast was vor? Das ist nicht dein Ernst.« Ulli lachte laut auf, als Sandra ihr beim Abendbrot in Gertruds Gaststube von ihrem Plan erzählte.

»Und ob das mein Ernst ist.« Sandra schnitt eine saure Gurke längs durch und legte die Hälfte auf ihr Schwarzbrot, das sie dick mit Schmalz bestrichen hatte. »Das war doch deine Idee neulich.«

»Aber es war doch nicht ganz ernst gemeint.« Ulrike griff nach ihrer Hand. »Schatz, die werden dich auspfeifen und rausschmeißen.«

Sandra befreite sich und biss ins Brot. »Aber erst einmal müssen sie mich anhören. Gemeinderat Müller von den Grünen hat mich persönlich eingeladen und auf die Rednerliste gesetzt. Netter Kerl, hatte sofort Zeit für mich, als ich gesagt habe, worum es geht.« Sie nahm eine Scheibe von dem köstlichen Landschinken und belegte ein zweites Brot.

Ulrike trank einen Schluck Radler und stocherte in ihrem Radieschen-Kohlrabi-Erdbeer-Salat, einer Kreation, die Gertrud auf besonderen Wunsch von Ulli zubereitet hatte. »Aber es hängen so viele Arbeitsplätze an dem Ferienpark-Projekt. Du glaubst doch nicht, dass du irgendeine Chance hast, zu verhindern, dass die dafür stimmen.«

Sandra griff zu ihrem Radler. »Nichts ist verloren, bis es verloren ist.«

»Und du meinst, dieser Kerl ist wirklich der Richtige dafür?« Ulrike sortierte den Kohlrabi aus.

»Ich kenne keinen anderen Rosenexperten«, sagte Sandra und biss genüsslich ins Schinkenbrot.

»Und du meinst, ihr zwei werdet es miteinander aushalten? Keine Verletzten, keine Toten?« Ulli pickte die Erdbeeren auf.

»Wollen wir es hoffen. Was für ihn spricht, ist die Hingabe an die Rosen. Ich habe seinen Blick gesehen. Er liebt den Garten wirklich. Er wird ihn nicht sterben sehen wollen.« Sie biss von neuem ins Brot. »Er wird mitmachen. Da bin ich mir sicher.«

»Aber ob das gut für deine Gesundheit, speziell für deine Nerven ist, weiß ich nicht.« Ulli schob den Salat von sich und nahm Sandra das Schinkenbrot einfach aus der Hand.

»Hey!« Sandra lachte. »Was machst du?«

»Was Richtiges essen.« Ulli kaute den Schinken.

Sandra grinste und machte sich ein neues Brot. »Jedenfalls scheint mein Plan die einzige Chance zu sein, die wir haben. Die müssen wir nutzen.«

»Wann willst du ihn fragen?« Ulrike war mit dem Brot im Mund schwer zu verstehen.

»Gleich morgen bei der Arbeit im Rosengarten. Denk an mich.«

Ulrike hob kauend den Daumen und zog sich die Butter und noch eine Schnitte heran. »Bin stolz auf dich, meine Große! Das wird was, wirst sehen«, sagte sie, als sie runtergeschluckt und mit Radler nachgespült hatte.

38

Irgendwie guckte sie so komisch, fand Julian, als er am nächsten Morgen den Rosengarten betrat. Ob sie es erfahren hatte? Er sah sie genauer an. Nein, dann würde sie sicher trauriger wirken, nicht so forsch.

Was war los? »Guten Morgen, Sandra. Wie geht es Ihnen?«, fragte er vorsichtig.

Sie zog die Augenbrauen hoch. »So freundlich heute, Herr Rosenexperte?«

»Eine neutrale Erkundigung wird doch wohl erlaubt sein.«

»Natürlich. Also, wenn Sie es wissen wollen: Mir geht es den Umständen entsprechend gut.«

»Was für …«, weiter kam Julian nicht.

»Frau Bellmann«, unterbrach ihn Piet, der aus dem Haus kam und einen Mann im Schlepptau hatte. »Das ist Herr Meier, der Dachdeckermeister. Er ist fertig mit seiner anderen Baustelle und könnte morgen hier bei Ihnen mit dem Reet beginnen.«

Meier gab Sandra die Hand. »Habe schon mal eine Leiter angestellt und mir oben alles angeschaut. Sie haben Glück. Wir müssen nicht alles runternehmen, sondern nur ein paar oberflächliche Stellen erneuern. Die Substanz darunter ist in Ordnung.«

Sandra freute sich und bedankte sich bei Meier. Die Männer verschwanden wieder.

»Was für Umstände?«, fragte Julian. Hatte sie es also doch gehört?

»Was steht denn heute an, nachdem wir nun alle Rosen beschnitten haben?« Sie sah ihn gespannt an. »Welchen Parasiten rücken wir jetzt auf den Leib?«

Sie wollte also das Thema wechseln? Na gut. Er würde mitmachen. Wenn sie es noch nicht wusste, dann hatte er sowieso keine Idee, wie er es ihr schonend beibringen konnte. Eine weinende, hyperventilierende Frau zwischen den Rosen konnte er nicht gebrauchen. Also lieber erst einmal die Krankheitsbekämpfung, vielleicht ergab sich noch eine Gelegenheit, das Thema anzusprechen. »Als Erstes geht es dem Echten Mehltau an den Kragen«, sagte er und öffnete seine Kiste. »Dies hier ist ein sehr wirksames und von mir seit Jahren erfolgreich eingesetztes Gegenmittel.« Er hielt ihr eine der zwei Flaschen hin.

Sie nahm sie und studierte das Etikett.

»Damit behandeln wir alle Pflanzen, die von Echtem Mehltau befallen sind. Es gibt auch noch den Falschen, wie Sie vielleicht wissen. Soll ich Ihnen den Unterschied kurz zeigen?«

»Ja, bitte«, sagte Sandra und folgte ihm in die dritte Reihe.

»Sehen Sie hier, das ist der Echte Mehltau.« Er kniete vor einer Buschrose mit rosafarbenen Blüten. »Auf den Knospen, Blättern und Triebspitzen hat sich dieser weißliche, mehlige Belag gebildet. Wir haben die Rose durch unseren Schnitt schon ausgelichtet, das ist wichtig. Und nun bekommt sie damit eine Sprühkur.« Er zeigte auf die Flasche in Sandras Hand.

Sie gab sie ihm. »Das klingt wie beim Friseur.«

»Es ist auch ähnlich wohltuend, denn wir helfen ihr damit sehr.« Er sprühte die Blätter und Knospen sorgfältig ein. »So machen wir das bei allen Pflanzen, die so aussehen.«

Sie standen auf. »In Ordnung. Und was ist bei denen mit dem Falschen Mehltau?«

Er wandte sich suchend um und entdeckte zwei Rosen weiter ein Exemplar, das befallen war. »Sehen Sie, der Falsche Mehltau bildet auf der Unterseite der Blätter einen weißlich grauen Pilzrasen, produziert aber zusätzlich auf der Blattoberseite rötlich violette Flecken. Wenn das noch stärker wird, welken die Blätter und fallen ab.«

»Und auch dafür haben Sie ein Gegenmittel?« Sie schaute ihn lächelnd an.

»Natürlich«, sagte er. Wenn ich doch nur ein Gegenmittel gegen den Ferienpark hätte, dachte er. Aber dem war mit ein bisschen Gift nicht beizukommen. Sie gingen zurück zu seiner Einkaufskiste, und er suchte nach einer weiteren Sprühflasche.

»Gibt es eigentlich auch natürliche Mittel, die man gegen diese Krankheiten einsetzen kann?«, fragte Sandra.

Er hatte die Flasche gefunden. »Wollen Sie, dass die Pflanzen gesund werden und dass es schnell geht?« Er sah ihr Kopfnicken. »Dann machen wir das auf meine Art.« Er kam aus der Hocke hoch. Er musste es ihr sagen, dachte er bei sich. Sie war so arglos. Sie rangen so mühevoll um das Wohl ihrer Pflanzen, und schon bald sollte der Bau dieses Ferienparks beginnen.

»Ach, Julian, bevor wir weitermachen, würde ich gern noch etwas besprechen mit Ihnen«, sagte Sandra plötzlich, und ihre Stimme zitterte leicht.

Er blieb stehen. »Ja?«

»Ich weiß nicht, ob Sie es schon mitbekommen haben, aber hier soll…«

Er ging auf sie zu. »Der Ferienpark? Sie wissen es? Was kann man dagegen tun? Haben Sie eine Idee?«

Sie ließ die Sprühflasche sinken. »Bei Ihnen ist es auch schon angekommen?«

»Haben Sie nun eine Idee oder nicht?« Er sah sie gespannt an.

Sie zögerte. Dann sagte sie: »Julian, ich spiele mit dem Gedanken, aus diesem Rosengarten etwas Größeres zu machen. Dieser Ort ist so etwas Besonderes, und ich möchte, dass er seiner Tradition treu bleiben kann. Und zwar«, sie hielt inne, »möchte ich mit dem Grundstock dieser vielen alten Rosen eine Rosenschule gründen.«

Er ließ seine Sprühflasche fallen. »Sie wollen – was?«

»Ich möchte neu züchten, aber vor allem die alten, vergessenen Rosensorten vermehren, somit bewahren und wieder in den Handel bringen. Damit sie nicht irgendwann einfach weg sind. Ausgestorben, verschwunden und keiner mehr ihre Pracht erleben kann.«

Er starrte sie an. »In den Handel bringen?« Hörte er richtig?

Sie nickte. »Sicher. Wenn nämlich demnächst die roseninteressierten Touristen aus aller Welt kommen, um diesen Garten zu besichtigen, werden sie gern die eine oder andere Rose mit nach Hause nehmen und in ihrem eigenen Garten einsetzen als Souvenir von Usedom. Da bin ich mir sicher.«

»Touristen aus aller Welt?« War sie jetzt völlig durchgedreht?

Sie wandte sich einer Mehltaurose zu und fing an zu sprühen. »Später, wenn wir neben der Rosenschule den Schaugarten und den Rosenshop betreiben. Der Online-Handel wird aber vermutlich das wichtigste Standbein, meinen Sie nicht?«

Er kratzte sich am Kopf. »Sie sind verrückt, das wissen Sie, oder?«

»Lieber verrückt als vertrieben – von diesem Stück Land, diesem Rosengarten, diesem wunderhübschen Häuschen, das ich gerade beginne in mein Herz zu schließen.«

Er schwieg. Empfand sie wirklich so?

»Dieser Garten gibt mir so viel Freude am Leben zurück. Endlich sehe ich wieder eine Perspektive für die Zukunft. Und die Rosen lenken mich ab von all den Dingen der Vergangenheit, die ich nicht mehr ändern kann«, sagte sie leise und fing an, die nächste Rose mit dem Mehltaumittel zu benetzen. »Und wie stehen Sie dazu?«, ließ sie lauter folgen. »Sind Sie dabei?«

Sie wollte eine Rosenschule gründen. Mit Theodors alten Rosen. Kam damit etwa ausgerechnet von ihr das Angebot, auf das er sein Leben lang gewartet hatte? Die Möglichkeit, selbst Rosen zu züchten? Würde es irgendwann eine »Bantekow 2025« geben? Nach ihm benannt? Er blickte über den Garten hinweg zu den Buchen am Park.

»Ich habe vor, diese Geschäftsidee in der Gemeindeversammlung vorzutragen«, sagte Sandra, »auf der über den Ferienpark entschieden werden soll. Vielleicht können wir das Monster auf diese Weise noch besiegen. Denn immerhin würden wir mit der Rosenschule Arbeitsplätze in Bantekow schaffen – und zwar langfristig und nachhaltig. Nur wir beide allein werden das Projekt auf Dauer nicht stemmen können.« Sie schaute ihn gespannt an, während sie zur nächsten Mehltaupatientin ging. »Und da wir keine Billigtouristen anziehen werden, sondern Leute mit Geld, die gern in guten Hotels und Restaurants einkehren, werden Gastronomen durch uns die Chance bekommen, hier in Bantekow einiges neu zu eröffnen, denke ich.« Sie hielt inne. »Nun sagen Sie doch endlich mal was.«

Er sah es vor sich: Wie sie züchten würden, wie sie die

alten Sorten vermehren würden, wie sie Erfolg haben würden. Ja, das hätten sie mit diesem Plan, da war er sich sicher. Bei dem tollen Bestand, den es hier gab. Aber ausgerechnet mit ihr? Mit der Frau, die ihm das Haus und den Garten vor der Nase weggeschnappt hatte? Er wollte ihr den Garten doch wieder abnehmen. Wie konnte er sich da auf so ein Projekt einlassen?

Andererseits sollte er es vielleicht tun, zumindest erst einmal auf der Gemeindeversammlung mit dabei sein, damit dieser unsägliche Ferienpark abgewendet werden könnte. Es schien wirklich die einzige Chance zu sein, ihn vom Tisch zu kriegen. Das war erst einmal das Wichtigste. Er schüttelte sich. »Ich mach's«, rief er.

Sandra lächelte. »Wunderbar. Das freut mich!« Sie reichte ihm die Hand. »Auf eine gute Zusammenarbeit.«

Er nickte und hob seine Sprühflasche wieder auf. Erst mal auf der Gemeindeversammlung für Aufsehen sorgen, daran war wohl nichts Falsches. Und wenn sie dann irgendwann tatsächlich diese Rosenschule gründen sollten – vielleicht ergab sich gerade dabei eine günstige Gelegenheit, um Sandra aus dem Geschäft zu drängen und den Rosengarten allein zu übernehmen. Ja, vielleicht war das sogar die bessere Gelegenheit, in Bantekow alles wieder ins Lot zu bringen.

»Eine brillante Idee, Sandra, das muss ich sagen. Wenn wir nur eine genaue Übersicht hätten über den Rosenbestand, wie wir ihn hier vorfinden. Viele Sorten kenne ich, aber einige sind so alt, dass ich sie auch nicht ohne weiteres bestimmen kann. Diese hier zum Beispiel.« Er zeigte auf eine weißblühende Zentifolie und trat an sie heran. »Auch Mehltau.« Er seufzte und begann sie einzusprühen. »Wenn wir nur ein Bestandsverzeichnis hätten, dann könnten wir die alten, beliebten Sorten schneller identifizieren und gezielt vermehren. Und schon bald würden uns Käufer aus aller Welt mit Bestellungen bombardieren. Das garantiere ich Ihnen.«

Sandra schwieg kurz. Dann sagte sie zögernd: »Wir haben eine solche Übersicht. Ich habe das Archiv von Theodor von Bantekow gefunden.«

»Sie haben – was?« Er schrie fast.

»Das Archiv vom alten Theodor. Ich habe es ge…«

»Wo ist es? Zeigen Sie es mir! Ich will es sehen!« Er warf die Flasche in die Kiste. War denn das die Möglichkeit? Sie hatte Theodors Archiv entdeckt. Und hatte es ihm bisher verschwiegen. Mit diesem Archiv konnten sie die Könige der Rosenwelt werden. Sie hatte es ihm verschwiegen. Na warte, dachte er. Zeig mir das Archiv, ich mache bei der Rosenschule mit. Aber am Ende werde ich dich ausbooten.

»Worauf warten Sie? Wo ist das Archiv?«

39

»Na bitte, geht doch!« Sandra nahm einen Schluck Kaffee und blickte zufrieden ins *Bantekower Wochenblatt*, als sie am nächsten Morgen mit Ulli zum Frühstück auf Gertruds Obstwiese saßen. Mina graste und hatte sie mit einem freundlichen Meckern begrüßt, die Äpfel an den Bäumen schienen schon ein wenig röter geworden zu sein. Ein leichter Wind machte die Wärme des Hochsommertages angenehm. »Lehmann hat es genau so reingesetzt, wie ich es mit ihm besprochen hatte. Hör zu:

Sensationsfund im Bantekower Rosengarten bietet neue Perspektiven für die Region

Einen außergewöhnlichen Fund hat die neue Eigentümerin des Gärtnerhauses von Bantekow, Sandra Bellmann, gemacht. Vor wenigen Wochen übernahm die Hamburgerin das Anwesen. Nun entdeckte sie beim Umbau das historische Rosenarchiv des weltberühmten Rosenzüchters Theodor von Bantekow, der hier von 1888 bis 1923 wirkte und ein einzigartiges Rosenerbe schuf. Rund dreihundert detaillierte Skizzen und Beschreibungen geben Einblick in die Kulturleistung Theodor von Bantekows, der in seinem Heimatort Rosensorten aus aller Welt versammelte und selbst außerordentliche Kreationen züchtete. Eine Leistung, die über viele Jahrzehnte in Vergessenheit geraten war, obwohl nur noch selten kultivierte Rosenarten wie die Rosea moschata x gallica, eine Damaszenerrose, im wunderschönen Bantekower Rosengarten zu finden sind.

Bei der Gemeinderatssitzung am heutigen Dienstag wird
Frau Bellmann gemeinsam mit dem englischen Rosenexperten
Julian Baker detailliert über die Funde im Garten informieren.
Außerdem wird sie darlegen, inwiefern sich durch ihren Fund
neue infrastrukturelle Optionen für die ganze Region ergeben.
Denn mit ihren Plänen, den Rosengarten neu zu beleben, ent-
stehen die Grundlagen für so nachhaltigen wie hochpreisigen
Tourismus in Bantekow, durch den zahlreiche sichere Arbeits-
plätze geschaffen werden könnten.

Die Gemeinderatssitzung findet heute Abend um 19 Uhr im
Gemeindesaal von Bantekow statt.

Sandra legte die Zeitung weg und biss in ihr Croissant. »Gut, was?«

»Hoffentlich gut genug«, sagte Ulli leise und rückte ihre Sonnenbrille zurecht.

»Wie meinst du das?«

Ulli legte ihr Messer beiseite. »Der Ferienpark schafft deutlich mehr Arbeitsplätze als die Rosenschule.«

»Aber er verschandelt den Ort.«

»Das dürfte vielen egal sein, wenn sie dafür wieder Arbeit haben.«

Sandra warf ihr Croissant auf den Teller. »Bist du nun auf meiner Seite oder nicht?«

»Natürlich bin ich auf deiner Seite, Dummerchen.« Ulli nahm das Messer wieder auf und schmierte eine dicke Schicht Butter auf ihr Brötchen. »Aber ich sage dir: Das wird ein harter Kampf auf der Gemeindeversammlung. Denk nicht, dass die Leute auf deine Idee gewartet haben.«

»Das tue ich nicht. Aber wenn man genauer darüber nachdenkt, wird man darauf kommen, dass meine Idee für den Ort und die Insel viel nachhaltiger ist.«

Ulrike zuckte die Schultern. »Nachhaltigkeit ist ein Modewort der Bildungsbürger und Städter, meine Liebe. Die meisten hier wollen einfach einen Job.«

»Wir werden ja sehen«, sagte Sandra wütend und schlug das *Bantekower Wochenblatt* auf, um hochinteressiert die Familienanzeigen und das Wetter zu lesen, während Mina meckerte und die Glocken der Feldsteinkirche neunmal schlugen.

40

Am Nachmittag, nach arbeitsreichen Stunden mit dem Engländer im Rosengarten, saß Sandra auf ihrem Bett im Pensionszimmer vor dem Laptop bei ihrem wöchentlichen Skype-Date mit Tine. Gerade hatte sie ihr von den Plänen mit der Rosenschule erzählt. Und die Reaktion ihrer Tochter war erschreckend.

»Mama, drehst du jetzt völlig durch?« Tine blickte sie aus dem Computer heraus mit großen Augen an, um die dunkle Schatten lagen.

Sandra versuchte ein Lachen. »Ich drehe nicht durch. Ich habe nur erkannt, was mir wichtig ist. Und das sind das Haus und vor allem der Rosengarten inzwischen für mich. Dafür kämpfe ich.« Sie lächelte, als sie vor ihrem geistigen Auge einen eleganten Reisebus auf dem Kopfsteinpflaster vor dem Gärtnerhaus halten sah, die Türen glitten auf und eine Kolonne blasser Japanerinnen mit Sonnenhüten trippelte in den Rosengarten. Sie würde ihnen zur Erfrischung mit Rosenwasser aromatisierten Tee anbieten. Man könnte sogar neben dem Rosenverkauf einen wunderschön kitschig und englisch anmutenden Souvenirshop aufbauen: mit Rosen-Teetassen, Seidenschals mit Rosenmotiven, Parfums und Raumdüften, Rosenbonbons und natürlich Marzipan. Ein kleines Königreich für die Königin der Blumen – hier in Bantekow. Ein Paradies für Frauen aus aller Welt.

Sie riss sich aus den Träumen und sah ihre Tochter auf dem Bildschirm genauer an. Ihre Haut wirkte fahl, die Haare waren zu einem nachlässigen Dutt zusammengeknotet. Im Hintergrund sah Sandra ein ungemachtes Bett mit einem Poster vom Hamburger Hafen darüber, direkt daneben einen mit Büchern vollgepackten Schreibtisch, und über dem Stuhl davor hingen Jeans und T-Shirts. Und das bei ihrer sonst so ordentlichen Tochter? »Geht's dir gut, Tine?«

»Lenk nicht vom Thema ab, Mama.« Tine schaute sie böse an und zog neben der Kamera eine Cornflakespackung hervor, schüttete sich eine Portion in eine Schale und goss Milch drauf. »Ich habe es gerade mal verdaut, dass du unsere Familienwohnung verkaufst, um dort in der Provinz zu leben. Und jetzt willst du dich mit einem Großkonzern anlegen und ein eigenes Unternehmen gründen. Gemeinsam mit einem Fremden.« Sie begann zu löffeln. »Sorry, ich muss gleich zu meinem ersten Kurs. Nur schnell frühstücken.«

Sandra seufzte. »Erstens ist Julian kein Fremder mehr, zudem ist er der beste Rosenexperte, den ich bekommen kann. Das ist gewiss. Mit ihm würde die Rosenschule funktionieren. Wenn wir sie überhaupt jemals starten.«

»Was denn nun? Ich denke, das steht fest?« Tine setzte die Schale an und trank den Rest der Milch.

Sandra schüttelte den Kopf. »Erst mal geht es nur darum, die Gemeindeversammlung vom Beschluss des Ferienparks abzuhalten.« Sie schaute auf die Armbanduhr. »Und ich muss auch gleich los.« Gemeinderat Müller hatte sie, Ulli und Julian eingeladen, gemeinsam dort zu erscheinen. Sie würden sich bei ihm zu Hause treffen und dann zur Versammlung fahren.

»Mama, ich weiß wirklich nicht, was ich dazu sagen soll.« Tine kratzte die allerletzten Cornflakes aus der Schüssel.

»Dann lass es. Und gewöhn dich besser dran, dass ich jetzt Entscheidungen für mich allein treffe, nachdem ich jahrelang immer um euch gekreist bin.« Oje, hatte sie das wirklich gerade gesagt?

Tine blieb der Mund offen stehen, der Löffel schwebte in der Luft.

»Mund zu, Kind, und weitermachen. Du lebst jetzt dein Leben in Boston – und ich versuche, mir hier ein neues aufzubauen.« Sandra blickte durch den Bildschirm über den Ozean zu ihrer Tochter. Ihre Tine. Sie musste daran denken, wie sie in der Hamburger Küche immer so gern zusammen Kuchen gebacken hatten. Anfangs hatte Tine noch vom Hochstuhl aus mitgemacht, in ihre kleine Kinderschürze mit dem Entchen vorn drauf gewickelt, den Mund innerhalb kürzester Zeit mit Teig verschmiert und, spätestens wenn der Kuchen in den Ofen wanderte, ein Ich-hab-solche-Bauchschmerzen auf den Lippen. Später hatte sie dann selbst die Regie am Ofen übernommen und Sandra auf die Küchenbank zum Zuschauen verbannt, während sie biologisch korrekte Zutaten, die vorher zu horrenden Preisen in Biomärkten erstanden werden mussten, zusammenmixte und exotisch anmutende Backwerke produzierte, die stets die Highlights auf den Kuchenbasaren der Schule wurden.

Meine Tine, dachte Sandra und schaute an ihr vorbei wieder auf die Unordnung im Zimmer hinter der Tochter. Zu Hause war Tine immer so ordentlich gewesen, fast penibel. Sie hatte sogar hinter ihrer Mutter hergeräumt, weil sie es nicht mochte, wenn einmal eine Strickjacke auf dem Sofa liegen geblieben war. Und jetzt? Cornflakes auf dem Regal, ungewaschene Klamotten auf dem Boden. »Jetzt sag ehrlich, Tine. Ist bei dir alles okay? Was machen die Kurse? Kommst du gut voran?«

Tine nickte langsam und schaute zur Seite.

Hmm. »Hast du schon nette Kommilitonen kennengelernt? Wie ist deine Zimmerkollegin? Amy aus Wisconsin, richtig?«

»Ganz okay.« Tine stand auf und kramte in einem Klamottenhaufen.

»Ich freue mich jedenfalls für dich und bin stolz auf dich, dass du dort eine solche Chance hast.«

Schweigen, während Tine einen Kapuzenpulli überstreifte.

»Tine. Was ist los?«

Tine blickte wieder in die Kamera. Sandra meinte, einen feuchten Schimmer auf ihren Augen zu sehen. »Was ist?«

Die Tochter wischte sich über die Augen und setzte sich wieder hin. »Alles bestens, Mama. Es ist nur anstrengender, als ich erwartet hatte.«

»Du schaffst das, Tine, das weiß ich. Keiner hat gesagt, dass ein Studium in Harvard ein Spaziergang ist.«

Tine lächelte, machte ihren Haarknoten auf und kämmte sich. »Das ist es nicht, in der Tat. Aber Mama, ich bin immer noch schockiert von dem, was du vorhast. Auf deine alten ...« Sie unterbrach sich.

»›Auf meine alten Tage‹, wolltest du sagen?« Sandra lachte. »Na, herzlichen Dank!«

»Entschuldige.« Tine schlang ihre Haare zu einem neuen Dutt.

»Schon gut. Mach dir keine Sorgen um deine alte Mutter. Ich komme schon klar. Kümmere du dich um dein Studium. Das ist teuer genug, also nutze die Zeit und die Möglichkeiten dort, hörst du?«

»Zu Befehl.« Nun lachte Tine doch. »Und good luck!«

Sie verabschiedeten sich, Sandra klappte den Computer

zu und stand vom Bett auf. Ihre Tine hatte wohl ein wenig Heimweh und ganz schön viel Stress, wie es schien. Aber darum konnte sie sich jetzt nicht kümmern, und solange Tine nicht mit ihr darüber reden wollte, konnte sie ohnehin nichts machen. Sie musste sich darauf konzentrieren, ihr eigenes neues Leben zu retten.

41

»Aufgeregt?« Gemeinderat Müller legte Sandra die Hand auf den Rücken und schob sie in Richtung der offenstehenden Tür des Gemeindesaals, durch die schon einige Leute strömten. Sandra fühlte die Riffel seines Cordjacketts, das offensichtlich aus den Siebzigern übrig geblieben war, und sah an seinem gemütlichen Bauch vorbei auf seine Korksandalen. Sie, Ulrike und Julian hatten soeben von Müllers Frau einen deftigen Kartoffelauflauf serviert bekommen, der sie stärken sollte für die Debatte.

Sandra spürte, wie Ulli sich bei ihr unterhakte und ihren Arm leicht drückte, und sah zu Julian hinüber, der an Müllers anderer Seite ging. Sein Blick huschte unruhig über die vielen Menschen, die den Gemeinderat und seine fremden Begleiter musterten. Sandra entdeckte Rasmus, der an der Seite an der Wand lehnte und rauchte.

Seit ihrem Abenteuerbesuch im Gutshaus hatte sie ihn nicht mehr gesehen. Jetzt nickte er ihr lächelnd zu und hob die Hand mit nach oben gerecktem Daumen. Sandra dankte ihm durch Kopfnicken. Vielleicht sollte sie doch mal mit ihm essen gehen, so wie Ulli ihr sofort geraten hatte, als sie von der Einladung gehört hatte. »So ein cooler und dabei anständiger Künstler – das ist doch ein toller Mann. Also ich würde den nicht von der ...«

»Woher weißt du denn, dass er anständig ist?«, hatte Sandra spöttisch gefragt.

»Das spüre ich.«

Sandra hatte gelacht. »So wie bei deinem letzten Exfreund, der nebenbei eine Familie unterhielt, ohne dass du es gemerkt hast?«

»Klappe.« Ulrike hatte die Tür zum kleinen Pensionsbadezimmer hinter sich zugeknallt und das Badewasser aufgedreht.

»Normalerweise kommen zu den Gemeinderatssitzungen keine Zuschauer. Aber heute sind wahrscheinlich alle gespannt, wie viele Arbeitsplätze in dem Ferienpark entstehen sollen«, sagte Gemeinderat Müller jetzt und flüsterte lächelnd: »Dank euch – keine.«

»Sie machen uns das nicht kaputt, Müller«, zischte sofort eine Frau Mitte fünfzig mit strähnigen Haaren, die offenbar gute Ohren hatte und mit einem müde aussehenden Mann Mitte zwanzig, vermutlich ihrem Sohn, an ihnen vorbeieilte. »Seit der Wende bin ich arbeitslos, hab nur ab und zu mal ein paar Ferienwohnungen geputzt. Endlich soll hier was passieren, bekommen wir mal eine Chance. Und das, Müller, werden Sie mit Ihrem Grünzeug nicht verhindern.« Sie sah ihn böse an, dann wanderte ihr Blick zu Sandra. »Sie sind wohl die Rosenfrau?«

Sandra nickte.

»Aus Hamburg?«

Sandra nickte wieder.

»Hamburg ist doch immer noch sehr schön, wie ich höre. Kein Grund, da wegzugehen. Die freuen sich bestimmt, wenn Sie bald wiederkommen.« Sie wandte sich ab, überholte sie und ging mit ihrem Sohn in den Saal.

Sandra holte tief Luft und straffte sich. Ulli drückte ihren Arm, und gemeinsam folgten sie Gemeinderat Müller und Julian in den Saal, in dem das Gemurmel deutlich leiser wurde, als sie eintraten.

42

»Wie haben sie nur so abstimmen können? Nach deiner tollen Rede.« Ulrike schüttelte den Kopf.

Sandra saß zusammengesunken auf der Eckbank am Stammtisch und starrte auf das Bauernfrühstück, mit dem Gertrud versucht hatte, sie aufzuheitern.

»Ich begreife das nicht: Du hast doch ganz deutlich gemacht, dass Bantekow wieder ein weltbekannter Rosenort werden kann. Ein Anziehungspunkt für Rosenliebhaber aus aller Herren Länder. Für Menschen mit Geld und Geschmack, die einen sanften Tourismus mit viel Kapital pro Kopf mitbringen.« Ulrike kippte einen Korn. »Anders als diese Ferienpark-Touris, die all inclusive buchen und keinen Pfennig außerhalb der Anlage lassen.«

Gertrud streichelte Sandras Hand. »Das Versprechen des Konzerns hat halt gezogen: zweihundertneunzig Arbeitsplätze auf einen Schlag.« Sie zuckte mit den Schultern. »Was soll man dagegen sagen?«

»Dass es hauptsächlich saisonale Arbeitsplätze sind. Dass sie nicht gut bezahlt sein werden.« Ulli zerrupfte einen Bierdeckel. »Die Arbeitsplätze in der Rosenschule, die Sandra aufziehen würde, wären besser bezahlt. Und auch die im Rosen-Fachshop.«

»Aber es wären eben nur rund zwanzig«, sagte Sandra leise zum Bauernfrühstück.

»Erst mal. Wer weiß, vielleicht wirst du ja ein deutscher David Austin mit deinem Betrieb und kaufst selber Bauer Neuer noch ein Feld ab, um eine richtige Rosenplantage anzulegen.« Ulrike nahm sich einen neuen Bierdeckel aus der Halterung und spielte damit herum. »Das ist alles so kurzsichtig von den Leuten. Keiner denkt an die Gastronomie und die kleinen, exklusiven Hotels, die drumherum entstehen würden, wenn Bantekow wieder Rosenstandort werden würde. Was für ein tolles, neues Aushängeschild für die Insel das wäre.«

Sandra blickte vom Bauernfrühstück auf. »Wäre. Das ist das richtige Wort. Wäre. Aber es wird nicht.«

Ulrike fegte die Pappfetzen vom Tisch. »Wo ist dein Elan? Lässt du dich etwa so schnell einschüchtern von so einer billigen Entscheidung?«

Sandra sah die Freundin direkt an. »Ulrike, komm mal wieder runter. Das war eine ordentliche Abstimmung in einer ordentlichen Versammlung. Die gilt. Punkt.«

»Punkt für den Arsch!« Ulrike sprang auf. »Wenn ich in meinem Job an solch einen Punkt gekommen bin, dann hat es gerade erst angefangen, mir Spaß zu machen. Wo ist denn dein Kampfgeist?«

»Weg. Der Kampfgeist ist weg.« Sandra sah innerlich die Reihen der Rosen vor sich. Sie hatten sie so schön beschnitten, sie hatten angefangen, sie zu heilen. Wofür? Bald würde dieser Garten die Vorhölle sein. Wer wollte da noch Rosen retten? Sie würden eingehen. Zunächst würden sie in den Dornröschenschlaf fallen, in dem sie die letzten Jahre gewesen waren. Aber diesmal würde niemand mehr kommen, um sie daraus zu wecken. Selbst wenn dieser gruselige Ferienpark irgendwann einmal verlassen sein sollte und verrotten würde. Wer würde neben so einer Ruine schon Rosen züchten wollen?

Zumal sie dann längst gestorben wären.

»Ich bin weg«, sagte Julian, der stumm danebengesessen

und in sein Bierglas gestarrt hatte, und erhob sich. »Gute Nacht.« Er verließ den Gastraum.

Ulrike nahm Sandras Hand. »Wir gehen auch, komm. Hier drinnen wird man ja trübsinnig. Wir setzen uns in deinen wunderschönen Rosengarten mit einem Glas Weißwein und denken nach. Uns wird schon was einfallen, wie wir diese kurzsichtige Entscheidung rückgängig machen können.« Sie nahm die Flasche, die Gertrud vorhin entkorkt und auf den Tisch gestellt hatte, an sich, dazu zwei Gläser, und schaute Sandra auffordernd an. »Komm.« Sie ging voraus.

Gertrud drückte Sandras Hand und nickte. »Geh nur, mien Deern. Alles ist besser, als hier Trübsal zu blasen. Vielleicht inspirieren sie euch ja, deine wunderschönen Rosen.«

43

Es war also aus und vorbei. Julian sank auf die Tagesdecke seines Pensionsbetts. Sie hatten gekämpft – und verloren. Er ließ sich langgestreckt nach hinten fallen. Die Tage des Rosengartens waren gezählt.

Er starrte an die runde Deckenlampe auf dem Holzpanel. Theodors Erbe würde nicht mehr zu retten sein. Er spürte, wie Tränen in ihm aufstiegen, aber er verbot sie sich und setzte sich auf.

Dann konnte er auch gleich abfahren. Was sollte er noch hier? Den Rosen beim Eingehen zusehen? Er hieb mit der Faust auf die Bettdecke.

Wenn es doch nur eine andere Lösung gäbe. Er sah Sandra vor sich, wie sie am Rednerpult in der Versammlung gesprochen hatte, als ginge es um ihr Leben. Er sah sie vor sich, wie sie vorhin zusammengekrümmt auf Gertruds Bank gehockt hatte. Sie liebte diese Rosen wirklich, das war ihm nun klar. Sie liebte die Rosen und das Haus, liebte Bantekow. Sie tat ihm leid. Und er merkte, dass er tiefen Respekt für sie empfand, weil sie so gekämpft hatte. Vergebens.

Sein Blick fiel auf die Plastiktüte mit dem Paket seines Vaters darin, das er heute Mittag von der Post aus Ahlbeck geholt hatte, bevor er zur Versammlung gegangen war.

Er lachte bitter. Was sollte er noch mit dem Tagebuch anfangen, jetzt, wo alles vorbei war. Doch seine Neugier war zu stark, und er lugte in die Tüte und zog das Paket heraus. Natürlich würde er es lesen, keine Frage.

Er riss das Paketpapier auf und fand ein quadratisches,

in grobes Leinen gebundenes Buch mit einigen Stockfle-
cken. Vorsichtig schlug er es auf. Das dünn gewordene Papier raschelte.

Theodor von Bantekow, 1889 stand quer auf der ersten
Seite.

Aufgeregt blätterte Julian zum ersten Eintrag.

44

Zwischen der Hauswand und der ersten Reihe des Rosengartens klappte Ulrike die beiden Holzliegestühle auf, die sie gestern aus Heringsdorf mitgebracht und zu Sandras Hausstand beigesteuert hatte – »damit wir zwischen deinen Rosen endlich mal einen Feierabend-Martini trinken können« –, ließ sich in den einen fallen und klopfte auf die blau-weißen Streifen des anderen, damit Sandra sich zu ihr setzte. Es begann gerade zu dämmern, am Abendhimmel erschien die Venus, die Vögel hörten auf zu singen. Nur die Frösche im Bach unterhielten sich weiter in Orchesterlautstärke.

Ulrike goss die beiden Gläser randvoll und prostete ihrer Freundin zu: »Kein Martini, aber Weißwein tut's auch. Im Wein liegt die Wahrheit, für uns hoffentlich auch die Weisheit. Wir werden schon eine Lösung finden.«

Sandra trank einen Schluck. Sie spürte, wie ihre Augenlider schwer wurden, nicht vom Alkohol, sondern von dem langen, aufregenden Tag. Der leider so einen schlechten Verlauf genommen hatte. »Ich fürchte, die Lösung für heute wird bald heißen: schlafen. Eine der besten Übersprungshandlungen, die wir Menschen mit den Tieren teilen.«

»Du willst dich doch nicht wie ein Käfer auf den Rücken legen und dich tot stellen. Davon wird es nicht besser.« Ulli schüttelte den Kopf. »Da kommt nur irgendwann der Riesenvogel Ferienpark und schnappt dich samt Rosengarten auch noch weg, um sein Gelände vielleicht um ein Volleyballfeld zu erweitern, auf dem dann bierbäuchige Billigtouristen schwitzen.« Sie sah Sandra eindringlich an. »Spiel jetzt bitte nicht den Käfer.«

Sandra trank einen Schluck. »Welches Tier dann?«

»Du bist doch die Botanikerin, hast du nicht im Grundstudium auch mal was mit Krabbeltierchen gemacht, bevor es an die Flora ging?«

Sandra seufzte. »Das war vor dreißig Jahren, Liebes.« Sie schaute hinauf zu den Sternen, die immer besser zu sehen waren. »Ob man die in Singapur auch so gut erkennen kann?«

Ulrike blickte nach oben. »Du meinst, ob ich die aus meinem Apartment im zweiundzwanzigsten Stock mitten in der auch nachts taghell erleuchteten City erkennen kann?« Sie trank einen Schluck. »Ich denke – nein.«

Sandra sah die Freundin erstaunt an. Über der ganzen Aufregung um die Rosen hatte sie gar nicht mitbekommen, wie Ulli still im Hintergrund ihr eigenes Leben neu ordnete. »Du hast schon was gemietet?«

Ulrike nickte. »Ein Schnäppchen«, sagte sie so leise, dass Sandra es bei dem Froschkonzert fast nicht gehört hätte. »Zweitausenddreihundert Singapur-Dollar, samt Portier und täglichem Putzservice.« Tränen traten ihr in die Augen. »Übermorgen fliege ich.«

Sandra schnellte in ihrem Liegestuhl vor. »Übermorgen schon?« Das war ja furchtbar! Wie sollte sie nur ohne Ulli … Sie sah die Tränen der Freundin und zwang sich, ruhig zu werden. Jetzt war nicht der Zeitpunkt, selbst in Panik zu verfallen. Sie nahm Ullis Hand. »Du weißt, dass du hier bei mir immer einen Ort hast, an den du zurückkehren kannst, falls die da drüben doof sind zu dir.«

Ulrike zwinkerte und richtete sich auf. »Das lasse ich nicht zu, dass noch mal jemand doof ist zu mir.« Sie rang sich ein Lächeln ab. »Mein Anwalt hat mir heute übrigens geschrieben, dass mein alter Arbeitgeber schon sehr bereut, dass er sich so benommen hat, wie er sich benommen hat. Das mit der lumpigen sechsstelligen Abfindung ist vom Tisch.«

»Endlich mal eine gute Nachricht.« Sandra streichelte Ulrikes Arm. »Aber sag mal: wirklich schon übermorgen?«

Ulli nickte.

Gemeinsam schauten sie in den nun schwarzen Himmel, an dem jetzt zahlreiche Sterne erschienen. »Und bis dahin muss uns noch eine Lösung für dein Problem einfallen. Denk nach.« Ulrike goss ihnen beiden die Gläser von neuem randvoll.

»Was meinst du, was ich die ganze Zeit tue? Aber bei diesem Lärm von den Fröschen kann man ja keinen klaren Gedanken fassen.«

»Die scheinen diesen Bach und den Tümpel im Gutshauspark als idealen Laichplatz entdeckt zu haben.« Vorsichtig trank Ulrike etwas Wein ab.

»Entdeckt ist gut. Wahrscheinlich sind die schon seit Jahrhunderten hier.«

»Du solltest mal schauen, ob du nicht was gegen sie unternehmen kannst. Außer Ohropax, meine ich. Diese lieben Tierchen verderben einem ja ...«

»Was gegen sie unternehmen?« Sandra sprang auf und schleuderte ihr Weinglas einfach weg. »Vielleicht muss ich im Gegenteil was *mit* ihnen unternehmen, nicht *gegen* sie.« Sie wedelte aufgeregt, dass Ulrike aufstehen sollte. »Komm mit!« Sie wandte sich Richtung Bach.

»Du willst im Dunkeln zu diesen glitschigen, modrigen, glupschäugigen Schreihälsen?« Sie stellte ihr Glas vorsichtig ab.

Sandra sprang auf der Stelle wie ein Kind. »Wir fangen einen, komm! Vielleicht entpuppt sich einer dieser Frösche als mein verzauberter Prinz, der mir meinen Garten und meine Idee und mein Leben rettet!« Sie rannte los. »Nun komm schon!«

45

Juni 1889. Wie alt war Theodor da gewesen? Julian überlegte. 1863 geboren, also sechsundzwanzig. Ein junger Mann am Anfang seiner Karriere. Gerade musste er vom Studium in Heidelberg zurückgekehrt sein und begonnen haben, den Garten anzulegen.

Julian legte sich seitlich auf sein Bett, stützte den Kopf in die Hand und fing an zu lesen:

18. Juni 1889

Heute Arbeit an der Blush Noisette, *wunderschönes Lilarosa, halbgefüllte große Blüten, nur leichter Duft. Habe ihr Standplatz A 19 gegeben, vormittags Sonne, nachmittags Halbschatten nahe der hohen Buche am Bach. War ein guter Kauf von Noisette in den Vereinigten Staaten. Die Korrespondenz hat auch lange genug gedauert, bis die Pflanze endlich hier war. Sie wird Mutter vieler neuer Sorten werden, die ich ins Leben befördern werde. Und die Liebhaber auf der ganzen Welt finden wird.*

Ein guter Gartentag.

Julian schaute auf. Eine wunderschöne *Blush Noisette*, Standplatz A 19. Aus dem legendären Zuchtbetrieb Noisette in Charleston, South Carolina. Er musste sie morgen unbedingt suchen und überprüfen, in welchem Zustand sie war. Wenn sie noch dort war, war das ein weiterer Sensationsfund. Ein so altes, garantiert originales Exemplar gab es selten. In Rosenkreisen würde man schon allein deswegen in Aufregung geraten. Er las weiter:

Postskriptum: Habe SIE heute wiedergesehen. Kam am Garten vorbei und hat gelächelt. So wie gestern und in der vergangenen Woche. War nicht allein. Haushälterin Voss war dabei. Wenn sie morgen ohne Begleitung zum Melken geht, werde ich sie ansprechen.

Morgen.

Der gute Theodor war wohl verliebt. Julian schüttelte den Kopf. Er hatte eigentlich gehofft, mehr über die Rosen zu erfahren, über Theodors Motive und seine Leidenschaft für die Zucht. Hoffentlich wurde das Tagebuch jetzt nicht zu einem Liebeskummerkasten. Er blätterte um.

19. Juni 1889

Habe mit ihr gesprochen. Mit der schönsten Frau von hier bis zum Ural. Wenn sie lächelt, bilden sich zauberhafte Grübchen an ihrem Mund. Ihre glasblauen Augen schauten mich an. Eine Strähne ihres blonden Haares war unter dem Kopftuch hervorgerutscht. Sie erkannte die Victor Hugo *und die* Königin von Dänemark!

Und ich weiß ihren Namen. Er ist so schön wie sie: Johanna.

Julian seufzte. Hoffentlich kam Theodor bald zur Vernunft und berichtete wieder mehr über die Rosen. Er würde doch wohl keine Affäre mit dem Küchenmädchen angefangen haben?

Julian blätterte weiter.

46

Sandra und Ulrike liefen an den Rosenreihen vorbei durch das Dunkel. Der Vollmond leuchtete ihnen den Weg. Je näher sie dem Bach und der kleinen Brücke kamen, desto lauter wurden die Frösche und desto schummriger wurde es dank der hohen Parkbäume am anderen Ufer. Sandra bog das hohe Gras auseinander und stapfte an das Bachufer. Ihre Füße in den Espadrilles wurden nass, als sie auf den Kieselsteinen am Wasser stand, aber das kümmerte sie nicht.

»Was soll denn das Theater?«, hörte sie Ulrike hinter sich schimpfen. »Du glaubst doch nicht, dass ich eines von diesen fiesen Amphibien in die Hand nehme ...«

»Musst du auch nicht, ich mache das.« Sandras Arm schnellte nach vorn, als sie vor sich ein besonders lautes Quaken hörte, aber sie bekam nur das Beinchen des Frosches zu greifen, so dass sie ihn wieder losließ, um es ihm nicht auszureißen.

»Die haben nicht auf dich gewartet, Liebes.« Ulrike sprach laut, um das Gequake zu übertönen. »Hier will keiner dein Prinz werden.«

Sandras Hand schnellte wieder vor, und diesmal erwischte sie ein Exemplar am Rumpf. Empört quakte er noch lauter und zappelte wie wild, aber Sandra hielt ihn ganz fest. »Wo ist dein Handy, mach ein Foto, schnell!« Der Frosch stieß seine langen Beine in alle Richtungen und quakte sich die Seele aus dem Leib. Seine feuchte Haut klebte an Sandras Handfläche, sie schaute ihn genau an, so gut es in der Dunkelheit ging. Er schien eine interessante Musterung zu besitzen – war es ein Rotton oder ein Rostton? –, die sich deutlich von der insgesamt dunklen Haut absetzte.

Ulli kniete im Matsch und zog ihr Handy aus der Hosentasche. »Mit Blitz? Was für ein Blödsinn! Wir können doch eh nichts darauf erkennen, so dunkel, wie das ist. Und die Farben werden verfälscht sein auf dem Foto.«

»Drück endlich den verdammten Knopf. Der junge Freund hier will weiter.« Groß war er nicht, überlegte sie. Etwa so groß wie ihre Handfläche. Dazu diese auffällige, unregelmäßige Musterung und diese warzige Haut – damit müsste sich doch eine erste grobe Bestimmung vornehmen lassen. Und zur Not mussten sie eben bei Tageslicht noch einmal einen fangen und fotografieren. Ulrike blitzte, sie ließ den Frosch frei. Schnell hüpfte er in den Bach und verschwand.

»Hunderte davon muss es hier geben.« Ulrike kam schnell aus der Hocke hoch und versuchte, sich den Matsch vom Knie zu wischen. »Hunderte eklige Glibschtiere.« Sie schüttelte sich. »Lass uns verschwinden. Zurück zum Wein. Jetzt kann ich ein großes Glas vertragen.« Sie drehte sich um und lief wieder Richtung Haus.

Sandra blieb noch kurz am Bach hocken und lauschte dem Froschlärm. Hoffentlich war das eine äußerst seltene Spezies, ihr Fröschlein. Vielleicht sogar eine schützenswerte Kreatur. Sie schloss zu Ulli auf. »Vergiss den Wein, lass uns in die Pension gehen und den Laptop anschmeißen. Da finden wir bestimmt eine Datenbank mit Fröschen!«

Ulli schimpfte, folgte ihr jedoch.

Sandra trat näher an den Computerbildschirm heran. »Meinst du, das ist er?« Das Foto auf Ulrikes Handy war wirklich ziemlich überblendet. Sie hielt es nahe an das Bild der Fotobibliothek auf der Seite des Naturschutzbundes, die sie gefunden hatten. Hunderte Froscharten hatten sie bereits durchgeklickt, Sandra war fasziniert, welche Vielfalt an Fröschen, Unken und Lurchen es gab: winzig kleine, knallgrüne, fast schwarze, welche mit Höckern auf der Haut, andere mit gelben Mustern – und Frösche mit rotbrauner Musterung. »Das ist die Rotbauchunke. Kommt unserem sehr nahe, findest du nicht?«

Auch Ulrike beugte sich näher an das Bild heran. »Und? Würde die uns nutzen?«

Sandra las vor: »*Die Rotbauchunke ist ein Froschlurch und lebt in Mittel- und Osteuropa. In Deutschland ist sie besonders in Schleswig-Holstein und im äußersten Nordosten Mecklenburg-Vorpommerns vertreten.*« Sie blickte auf. »Na bitte.«

»Lies weiter.« Ulrike stieß sie ungeduldig an.

»*Die Rotbauchunke besitzt warzenartige Flecken auf dem Rücken, auf ihrer Bauchseite trägt sie eine orangerote Musterung, die ihr ihren Namen gegeben hat. Die Paarungszeit ist im Mai/Juni, ab April sind ihre Unkenrufe deutlich zu vernehmen.*« Sie blickte auf. »Allerdings. Und besonders jetzt, bei der Partnersuche.«

»Weiter!« Ulrike trommelte mit den chanelroten Fingernägeln auf den Tisch.

»*Sie ist unbedingt schützenswert, ihr Vorkommen muss ge-*

meldet werden, und sie darf nicht umgesiedelt oder in ihrem Verhalten gestört werden.« Die letzten Worte schrie Sandra fast und gab Ulrike High Five: »Bingo!« Sie strahlte. »Wenn unser Frosch tatsächlich so einer ist, sind wir gerettet. Wir brauchen einen Froschexperten, der uns das bestätigt.«

»Gemeinderat Müller kennt doch bestimmt jemanden. Lass uns sofort bei ihm anrufen.« Ulli öffnete schon das Wahltableau auf ihrem iPhone.

»Mitten in der Nacht?« Sandra schüttelte den Kopf. »Aber gleich morgen früh. Und Lehmann rufe ich auch an. Wenn wir mit dem Experten einen Termin am Bach zur Unkenschau machen, dann soll er dabei sein und sofort über alles in der Zeitung berichten. Vielleicht hat er noch ein befreundetes Fernsehteam, das mitkommt.«

Ulrike nickte. »Und hinterher gibt's Froschschenkel bei Gertrud! Ich kenne da ein hervorragendes Rezept aus der Bretagne mit viel Knoblauch.«

Sandra lachte.

Julian hatte seine Gartenschürze umgebunden und seinen Strohhut aufgesetzt, die Sonne brannte in den Mittagsstunden vom klaren Himmel. Er warf den wilden Trieb, den er soeben an einer sensationellen *Souvenir de la Malmaison* entdeckt hatte, in den grünen Plastiksack. Der starke süße Duft betäubte ihn geradezu. Er strich über eine weiche, dichtgefüllte cremefarbene und zartrosaschimmernde Blüte. Erstzüchtung bei Belize in Frankreich, 1843. Schon allein diese eine Rose war ein Traum. Er ließ seinen Blick über die zahllosen Reihen der Sträucher gleiten, über denen an diesem schönen Tag die Schmetterlinge tanzten, er hörte die Vögel singen und die Frösche vom Bach her quaken. Dieser Ort war ein Paradies, das es zu schützen galt. Genau deshalb hatte er sich heute Morgen auch gleich an die Arbeit begeben – trotz der misslungenen Abstimmung. Schließlich waren die Bagger erst im Frühjahr zu erwarten. Vielleicht fiele ihnen bis dahin noch eine Lösung ein.

Natürlich konnte er die Leute verstehen, die einen Job brauchten. Aber trotzdem kam es nicht in Frage, diese Ruhe und diesen Frieden zu zerstören, diese tiefe …

»Wo sind die Viecher?« Ein großer Mann in Cargoweste mit einer Fernsehkamera auf der Schulter kam um die Hausecke direkt auf ihn zugelaufen. Hinter ihm erschienen ein schmächtiger Mann, der eine Tongabel in die Höhe reckte, und eine junge Frau in hochgekrempelten Jeans und Turnschuhen mit Kurzhaarschnitt und Klemmbrett. Ihr folgten Sandra, Ulli, Gemeinderat Müller sowie ein mittelalter

Mann mit Nickelbrille und Karohemd. Hinter ihnen schloss Torsten Lehmann das in den Angeln hängende Gartentor. »Sie sind auch da. Perfekt!«, rief er Julian zu. »Wir brauchen Sie gleich, um den Frosch zu fangen. Wenn Sie im Bach waten, gibt das ein besseres Bild, als wenn es die beiden Damen tun.«

Verständnislos blieb Julian neben seinem grünen Plastiksack stehen.

»Den Strohhut und die Schürze können Sie anlassen. Das macht sich gut, da weiß man gleich, dass es um einen Garten geht, auch wenn man die Anmoderation verpasst hat«, sagte die junge Frau.

Julian schob den Strohhut in den Nacken. »Anmoderation?«

»Genau. Guten Tag.« Sie tauschte ihr Klemmbrett von rechts nach links, um ihm die Hand zu geben. »Antje Schmidt vom NDR. Und Ihr Name schreibt sich wie genau?« Sie zückte ihren Kugelschreiber. »Damit das im Insert dann richtig steht. Nicht, dass sich hinterher einer beschwert.« Sie lächelte ihn an und blickte zu dem Mann im Karohemd. »Bei Herrn Doktor Pryzembelski hier, unserm lieben Amtstierarzt, musste ich zweimal nachfragen.«

Der Doktor lächelte gequält und schaute auf seine Armbanduhr. »Dauert das noch sehr lange? Ich habe gerade im Auto einen Anruf bekommen, dass auf der B 110 eine Hirschkuh angefahren wurde.«

»Je eher der Gärtner hier mir seinen Namen buchstabiert, desto schneller können wir anfangen und sind durch«, sagte Frau Schmidt.

Julian nannte einen Namen, besonnen genug, nicht seinen richtigen zu sagen. »Frösche?«, zischte er Sandra zu, als sie dem Tross zum Bach folgten.

»Nicht irgendwelche Frösche: die Rotbauchunke.« Sie nickte. »Ist das nicht toll?«

»Rotbauchunke?«, fragte er.

»Rotbauchunke!« Sandra lachte ihn nur an.

49

»Auf die Rotbauchunke.« Sandra prostete Ulli zu. Am Tag eins nach dem Fernsehbericht, der am vorigen Abend in den Regionalnachrichten gelaufen war, saßen sie im Rosengarten auf den Liegestühlen, hatten Julian frei gegeben und beschlossen, sich einen ruhigen Tag zu gönnen. Ihren vorerst letzten Freundinnen-Tag, denn schon am Abend wollte Ulli von Berlin aus über Frankfurt nach Singapur fliegen. Außerdem hatte der Wetterbericht angekündigt, dass es in den nächsten Tagen regnen sollte, also wollten sie die Sonne noch einmal genießen. Bücher und Zeitschriften lagen zwischen den Liegestühlen bereit. Sandra hatte eine Holunderblütenlimo angesetzt.

»Auf die Rotbauchunke, die hässlichste Kröte der Welt und mein neues Lieblingstier«, sagte Ulli und trank ihre Limo.

Sandra lachte und rückte ihre Sonnenbrille zurecht. »Wusste gar nicht, dass du jemals Lieblingstiere gehabt hättest.«

»Aber selbstverständlich: die lieben kleinen Austern. Mit Zitronensauce.«

Sandra lächelte und lauschte den Rotbauchunken. »Und dein Flug lässt sich wirklich nicht verschieben?«

Ulli schwieg. »Wenn ich ihn jetzt verschiebe, dann fliege ich wahrscheinlich nie. Und was soll dann hier aus mir werden? Eine Spa-Gängerin, die immer frische Rosen auf ihrem Nachttisch vorfindet, wenn sie abends von der hundertsten Kosmetikbehandlung des Jahres heimkehrt?« Sie nahm die *Bunte* zur Hand.

»Du könntest mir mit den Rosen helfen.«

Ulli schüttelte den Kopf. »Das ist dein Baby, Sandra.« Sie schaute sie von der Seite an. »Deins und Julians.«

»Julian ist hier nur angestellt und tut Dienst nach Vorschrift. Die Liebe zu diesem Fleckchen Erde und zu den Rosen spielt für ihn sicher eine andere Rolle als für mich.« Eine Biene summte heran und wollte an ihre Limo. Sandra wedelte sie weg.

»Bist du dir da sicher? Hast du mal seinen Blick gesehen, wenn er im Garten steht?«

»Aber dieser Ort ist nicht sein Zuhause. Das ist der Unterschied. Er ist nur angestellt, und ich kann ihn morgen gehen lassen, wenn mir nicht gefällt, wie er meine Rosen anschaut.« Sie stellte die Limo auf den Rasen und griff die *Schöner Wohnen.*

»Ruhig Blut, meine Liebe.« Ulli lachte. »Mach mal halblang. Immerhin wollt ihr zusammen ein Business aufbauen. Da muss man Geduld miteinander haben und Vertrauen fassen.«

»Ach, weißt du, jetzt, wo der Ferienpark vom Tisch ist, bin ich gar nicht sicher, ob ich die Rosenschule wirklich gründen soll. Wozu? Jetzt kann ich doch ganz in Ruhe meinen Garten pflegen.«

Ulli sah sie erstaunt an. »Weil du vielleicht irgendwann mal Geld verdienen musst? Der Erlös von deiner Eppendorfer Wohnung wird doch nach der Haussanierung und den aufwendigen Gartenpflegemaßnahmen inklusive englischem Rosenexperten nicht ewig reichen, oder?«

Da war was dran. Dieses Thema hatte Sandra bisher erfolgreich verdrängt. Der Umgang mit Geld und langfristige Kalkulationen waren noch nie ihre Sache gewesen. Sie blätterte in ihrer Zeitschrift und stieß auf Dekorationstipps im

Landhausstil. »Vielleicht mache ich ja irgendwann mal ein kleines Café im Garten auf. Das dürfte doch auch reichen.«

Ulli schob ihre Sonnenbrille von den Augen auf die Nase und sah sie streng an. »Und dein Versprechen auf der Gemeindeversammlung?«

Sandra winkte ab. »Aber das war doch nur der Notfallplan.« Sie blätterte um.

Ulli zog die Augenbrauen hoch. »Für dich vielleicht. Für alle anderen klang das sehr konkret, denke ich.«

»Jetzt lass mich doch einmal in Ruhe den Tag genießen und ein bisschen lesen.« Sie lehnte sich zurück.

Ulli schlug ihre *Bunte* auf. »Du hast recht. Ab morgen ist bei mir wieder genug Aufregung. Immerhin habe ich schon gelernt, was Guten Tag auf Malaiisch heißt: Hari Yang Baik.«

»Wenn alles andere auch so einfach auszusprechen ist, dann viel Spaß!«

»Zum Glück ist Mandarin auch noch Amtssprache«, sagte Ulli.

Sandra lachte.

»Und Englisch. Aber jetzt muss ich wissen, wie Heidi Klum ihre Sommerferien verbringt.«

Sandra trank einen Schluck kühle Limo und ließ ihren Blick über die Rosen gleiten. Piet und seine Männer arbeiteten heute auf einer anderen Baustelle, Dachdecker Meier war vorn am Giebel beschäftigt. War das idyllisch, dachte sie und schloss die Augen, um die Sonne zu genießen.

Sie musste eingenickt sein, da klingelte ihr Handy. »Muss das sein?«, ärgerte sie sich, ging aber ran. »Ja? – Hallo, Gertrud. – Ist was passiert? – Bin unterwegs.« Sie schaute Ulli an und stand auf.

»Heidi Klum yachtet vor der französischen Mittelmeerküste«, sagte die.

»Wie schön für sie.« Sandra trank einen letzten Schluck Limo im Stehen.

Ulli seufzte und folgte ihr.

»Einen Earl Grey, bitte.« Julian nickte der jungen Kellnerin zu und blickte von seinem Tisch aus auf das Meer. Die Sonne wärmte sein Gesicht, er lauschte den Gesprächsfetzen der Menschen, die über die Promenade zur Seebrücke flanierten, an deren Ende die blaue Pyramide das Sonnenlicht reflektierte.

Die Rotbauchunke. Er musste lächeln. Dagegen hätte der Ferienpark keine Chance, und Gut Bantekow war vorerst gerettet.

Er lehnte sich zurück und nahm einen Schluck vom Earl Grey, der erfreulicherweise nicht im Teebeutel gekommen war, sondern als lose und exquisite Mischung. Dabei schaute er einer Möwe hinterher, die eine Runde über dem Strand kreiste und dann mit gemächlichen Flügelschlägen Richtung Pyramide davonflog.

Dass Sandra heute einen Ruhetag verordnet hatte, kam ihm gerade recht. Der Fernsehtermin war anstrengend gewesen, aber so erfolgreich. Eine gute Idee von Sandra, das mit der Rotbauchunke. Er lehnte sich zurück und lauschte den Strandgeräuschen jenseits des kleinen Dünengürtels, hörte Lachen, Kinder kreischen und die dumpfen Aufschläge eines Fußballs.

Daran zu denken, dass er wohl nie Kinder haben würde, versetzte ihm einen Stich. Und er wurde wieder wütend auf Olivia, die immer gesagt hatte, sie wäre noch nicht so weit. Als sie auch mit vierzig nicht so weit war, hatte er begriffen, dass es nie passieren würde. Dass er nie eine vergessene Regenjacke in den Kindergarten hinterherfahren würde und nie im Garten zwischen zwei schnell hingestellten Wasserflaschen der Torwart sein würde.

»Wünschen Sie ein Stück Kuchen zum Tee? Wir haben heute Erdbeertorte im Angebot.« Die Kellnerin kaute Kaugummi und inspizierte ihre Fingernägel mit dem abblätternden Lack. Er bestellte ein Stück Kuchen und zog aus seinem Rucksack das Tagebuch von Theodor von Bantekow:

20. Juni 1889:

Lieferung von Hardy aus Frankreich eingetroffen: Madame Hardy. Reinweiß mit diesem besonderen grünen Auge, sehr außergewöhnlich. Tellerförmige Blüten in Büscheln, blüht nur einmal, aber reich. Duftet intensiv. Sehr stark bestachelt. Soll anfällig für Mehltau sein, aber gut winterhart. Freue mich sehr über diesen Neuzugang. Werde ihn hegen und pflegen. Standplatz: G 12.

Julian trank einen Schluck Tee und dachte an den Rosengarten. Inzwischen hatte er mit Hilfe der Akten Theodors System entschlüsselt und verinnerlicht. Er musste nachher nachschauen, ob die *Madame Hardy* noch blühte.

»Erdbeertorte.« Die Kellnerin platzierte seinen Teller halb auf dem Tagebuch. »Sahne wollten Sie nicht, oder?«

Er schüttelte den Kopf und schob den Teller vom Buch. Die Kellnerin summte vor sich hin und lief zum nächsten Tisch. »Noch Kaffee?«, hörte er sie ein älteres Paar in beigefarbenen Westen fragen. Es klang wie: Wollt ihr nicht endlich mal aufstehen?

Julian pikte eine Erdbeere auf und las weiter:

PS Habe wieder mit ihr gesprochen. Sie hat mir heute meine

Kartoffelsuppe ans Gärtnerhaus gebracht. Ich hatte die Voss ge-
beten, hier essen zu dürfen wegen der neuen Lieferung. Habe
ihr einen Zweig der Blush Noisette *abgeschnitten und ge-*
schenkt. Sie ist rot geworden, hat ihn aber angenommen. Ist
schnell zurück ins Gutshaus geeilt. Wenn es doch nur eine Mög-
lichkeit gäbe, sie richtig kennenzulernen. Aber wie soll das ge-
hen? Das Aufgebot ist schließlich schon bestellt.

Damals hatte Theodor also eigentlich heiraten sollen. Sein
Vater hatte ja erwähnt, dass er einmal verlobt gewesen war.
Julian aß den Kuchen auf, während Theodor sich über die
nächste Lieferung freute: eine *Louise Odier* von Margottin
aus Frankreich – hellrosa- und lilafarben mit dichtgefüllten
becherförmigen Blüten, die in Büscheln wuchsen, nach-
blühten und sehr stark duften sollten.

Julian notierte sich den Standplatz und nahm sich vor,
auch dieses Exemplar später zu suchen.

51

Sie betraten die Gaststube und sahen, dass am Stammtisch zwei Männer saßen: Torsten Lehmann, der ihnen sofort zuwinkte, und daneben Bürgermeister Karlsen, den Sandra seit der Versammlung nicht mehr gesehen hatte. Die letzten Worte, die er ihr zugezischt hatte, als sie nach ihrer Rede den Versammlungssaal unter dem Murmeln und Buhrufen der Leute verlassen hatte, waren: »Nichts für ungut. Das wird wohl nichts mit Ihrem albernen nachhaltigen Tourismus.«

Jetzt stand Karlsen auf, als sie an den Tisch traten, gab erst Ulli, dann Sandra die Hand und sagte: »Schön, dass Sie so schnell kommen konnten. Lassen Sie uns über Ihr wunderbares Projekt mit dem nachhaltigen Tourismus nachdenken.«

Erstaunt setzte Sandra sich, Ulli ebenfalls.

»Nachdem die Kröten uns nun also mehrere tausend Touristen pro Jahr vergrault haben, würden mich doch die paar hundert interessieren, die Sie uns in Zukunft mit Ihren Rosen bescheren könnten.« Karlsen hievte eine Aktentasche auf den Tisch und schob die Hemdsärmel hoch, ein Nikotinpflaster kam zum Vorschein. Er nahm einen Schreibblock heraus und drehte einen Kugelschreiber auf. »Sprechen Sie. In Zahlen. Wann geht's los? Mit wie vielen Pflanzen starten Sie die Rosenschule? Wo stehen wir in fünf Jahren? Wann sehe ich hier die erste Japanerin, die glücklich mit einer Containerrose abreist?« Er blickte Sandra gespannt an.

»Gertrud, ich nehme bitte das Jägerschnitzel, ja?«, rief

Torsten Lehmann durch den Raum zum Tresen, an dem Gertrud Gläser polierte.

»Lehmann, mitschreiben. Oder wollen Sie die Story verpassen?« Karlsen stupste ihm den Ellenbogen in die Seite. »Und?«

»Was – und?« Sandra sah die beiden Männer an.

Karlsen seufzte. »Hören Sie, Frau Bellmann. Wir sind ein kleiner Ort. Die Arbeitslosigkeit liegt bei fünfundvierzig Prozent im Winter und zwanzig im Sommer. Nach dem Fernsehbericht gestern Abend und dem Stopp des Ferienparkprojekts habe ich heute den Vormittag damit verbracht, aufgeregte Bürger aus meiner Amtsstube zu geleiten, die die Kröten umbringen wollten. Oder wahlweise Sie, Frau Bellmann. Ich bin für Sicherheit und Ruhe verantwortlich in diesem kleinen Stückchen wunderschönem Land. Und ich kann Ihnen sagen, ich würde ruhiger schlafen – Sie übrigens auch –, wenn Sie den Leuten hier keine leeren Versprechungen gemacht hätten, sondern ernsthaft an die Sache rangehen würden.«

»Wollen Sie mir drohen?« Sandra beugte sich vor. Was bildete sich dieser Provinzsheriff eigentlich ein?

»Das Jägerschnitzel.« Gertrud kam an den Tisch und stellte einen dampfenden Teller vor Lehmann ab.

Sie wandte sich an Sandra. »Tut mir leid, mien Deern, dass ich dich hergelockt habe, aber sie haben mich erpresst. Sie wollten sonst den Stammtisch nach Benz in die *Schmiede* verlegen, stell dir vor.«

»Ein Weizen, Gertrud. Und jetzt lass uns arbeiten.« Karlsen wedelte sie weg. »Also, Frau Bellmann, nun mal konkret. Haben Sie einen Business-Plan? Haben Sie schon eine Finanzierung? Welches sind Ihre Vertriebswege? Wie wollen Sie für Ihre Rosenschule und die Besichtigungen werben? Von allein finden die Touristen aus aller Welt nicht nach Bantekow.« Karlsen trommelte mit den Fingern auf den Tisch.

»Schmeckt hervorragend, Gertrud«, rief Torsten Lehmann Richtung Tresen und kaute genüsslich.

»Lehmann, ich bitte dich. Hörst du jetzt mal hin, was Frau Bellmann geplant hat?«

Sandra schaute, wie Gertrud mit dem Bier kam, es vor Karlsen abstellte, hörte ihn »Du fährst, Lehmann« sagen und fragte sich derweil, was sie eigentlich geplant hatte. Es war eine Idee gewesen, mehr nicht, die sie nach den Kröten schnell wieder abgehakt hatte. Aber – sie blickte von Karlsen zu Lehmann zu Gertrud – war sie es den Leuten hier nicht schuldig, noch einmal neu darüber nachzudenken? Natürlich könnte sie einfach in ihrem Gärtnerhaus bei den Rosen wohnen, sparsam leben und irgendwie über die Runden kommen. Dafür würde ihr Geld zur Not noch reichen. Andererseits hatte der Hausumbau schon jetzt deutlich mehr verschlungen, als sie geplant hatte, dazu kamen die horrenden Studiengebühren von Tine. Und ganz offensichtlich musste sie sich langsam mit dem Gedanken vertraut machen, das Anwesen auf lange Sicht instand zu halten, und dafür bräuchte sie Reserven. Außerdem passte es gar nicht zu ihr, unbedacht von irgendwelchen Ideen zu fabulieren, sie dann aber später nicht umsetzen zu wollen. War sie nicht immer jemand gewesen, der Verantwortung übernommen hatte?

»Sie haben nichts, richtig? Sie haben geblufft!« Karlsen sah sie wütend an und schüttelte den Kopf. »Dann fangen Sie mal besser an, Ihre Hausaufgaben zu machen. Sonst könnte es ungemütlich für Sie hier im Dorf werden. Ich weiß nicht, wie lange ich die Leute noch ruhig halten kann.

Und täglich zerschmissene Eier am Fenster, das will man nicht, oder?«

Torsten Lehmann nickte und sprach mit vollem Mund. »Ich habe sofort einen Haufen Leser-E-Mails zu dem Thema bekommen. Der Tenor war: Wir mögen die Hamburgerin nicht, aber wenn sie wenigstens ein paar Arbeitsplätze schafft, darf sie bleiben.«

Ulli schaltete sich ein: »Sie hat das Haus rechtmäßig erworben, sie darf in jedem Fall bleiben.«

Karlsen beugte sich zu ihr hinüber und sagte leise: »Und die Gemeinde verfügt über alle Zufahrtswege zu dem Anwesen, über die Wasserzuleitungen und -ableitungen, über das betreffende Stromkabel und so weiter. Wäre doch dumm, wenn es da dauernd Störungen gäbe.«

»Sie drohen mir?« Jetzt wurde Sandra laut. Ulli griff ihre Hand.

»Ich nenne nur Fakten«, sagte Karlsen.

»Gertrud, einen Kaffee, bitte«, rief Lehmann, schob seinen Teller von sich, lehnte sich zurück und streichelte seinen Bauch.

»Also, mein Vorschlag«, sagte Karlsen. »Wir treffen uns in dieser trauten Runde in zwei Wochen wieder. Bis dahin erarbeiten Sie den Business-Plan, klären, wo Sie das Startkapital herkriegen, und bereiten eine Rede vor, in der Sie auf der nächsten Gemeindeversammlung genau vortragen, wie konkret die Pläne inzwischen sind.« Karlsen erhob sich und zog seine Hose am Gürtel hoch. »Übrigens sieht es so aus, als ob wir das Gutshaus und den Park nun auch in neue Hände geben können. Ein Investor ist direkt nach dem Fernsehbericht per Mail an mich herangetreten. Er möchte dort ein Boutiquehotel eröffnen. Als ob wir hier in Paris wären.« Er zog die Augenbrauen hoch. »Aber was soll's. Alles ist besser, als wenn das alte Ding vollends zerfällt.« Er schloss seine Aktentasche. »Sehen Sie, es geht voran in Bantekow. Und Sie gehen vornweg, Frau Bellmann, mit Ihrer Rosenzucht.« Er schaute sie eindringlich an.

Torsten Lehmann stand ebenfalls auf und trank seinen Kaffee mit einem Schluck. »Ich schreib also, dass Sie es angehen. Wie schön, das wird mir die lästigen Mails vom Hals schaffen.« Er wandte sich Ulli zu. »Falls wir uns nicht mehr sehen, denn ich habe von Ihrer bevorstehenden Abreise gehört: Sie waren mir eine Augenweide hier im Dschungel der Provinz.« Er lächelte. »Besonders beim Walken.«

Ulli errötete tatsächlich. »Sie frecher Kerl!«

»Gute Reise«, sagte auch Karlsen und gab Ulli die Hand, bevor er sich wieder an Sandra wandte. »Frau Bellmann, bis in vierzehn Tagen. Ich freue mich auf eine fruchtbare Zusammenarbeit.«

Sie verließen den Gastraum.

Ulli und Sandra saßen da und lauschten der Stille, die sie hinterließen. »Sie haben recht, oder?«, fragte Sandra nach einer Weile. »Ich muss es tun.«

Ulli wiegte den Kopf. »Es wäre sinnvoll. Für alle.«

Sandra nickte und biss auf ihrer Lippe herum. »Und wann müssen wir aufbrechen?«, fragte sie schließlich leise.

»In zwei Stunden.«

Sie schwiegen.

»Und du willst mich wirklich nach Tegel fahren?« Ulli sah sie von der Seite an, mit Tränen in den Augen.

»Aber natürlich.« Sandra umarmte sie, und dann weinten sie gemeinsam.

52

»Bisher war es kaum mehr als ein Traum. Aber jetzt muss ich Sie ernsthaft fragen: Könnten Sie sich das wirklich vorstellen, die Rosenschule mit mir zu betreiben?«

Sandra hatte beschlossen, Julian sofort zu fragen, ob er ihr bei der Rosenschule helfen würde. Den Autoschlüssel hatte sie noch in der Hand, als sie an seine Zimmertür klopfte. Die ganze Fahrt von Berlin zurück hatte sie darüber nachgedacht, was er wohl sagen würde – auch, um das Bild aus dem Kopf zu bekommen, wie Ulli kerzengerade durch die quietschgelbe Passkontrolle und den Sicherheitsbereich gegangen war, ihr noch einen letzten Luftkuss zugepustet hatte und dann im Business-Class-Warteraum verschwunden war.

Jetzt stand sie also um kurz nach Mitternacht vor Julian, und er sah sie nur stumm an, zog den Morgenmantel enger um seinen Schlafanzug, seine Füße steckten in flauschigen Pantoffeln, zu denen Sandra sich einen Kommentar verkneifen musste.

Hatte er schon geschlafen?

Sie blickte an ihm vorbei und sah im Lichtkegel der Nachttischlampe auf dem Bett ein handbeschriebenes Buch aufgeschlagen liegen. Führte er etwa Tagebuch?

»Traum ist das richtige Stichwort. Wissen Sie, wie spät es ist?« Er zog die Tür ein wenig zu und schaute nur noch durch den Spalt. »Ich wäre Ihnen sehr verbunden, wenn wir uns morgen über dieses Thema unterhalten könnten.«

»Aber es ist mir wirklich sehr wichtig, zu wissen ...«

»Um neun Uhr an der *Jacques Cartier*. Gute Nacht.« Er schloss die Tür.

Was für ein unhöflicher Kerl. Wütend lief sie über den Flur zu ihrem Zimmer und warf die Tür hinter sich zu.

53

Am nächsten Morgen hatte leichter Regen eingesetzt. Julian stand schon in Regenjacke und Gummistiefeln auf dem nassen Rasen vor der *Jacques Cartier*, als Sandra ebenfalls im Schlecht-Wetter-Outfit in den Garten kam.

»Endlich mal Regen. Das tut den Pflanzen gut«, sagte Julian statt einer Begrüßung.

»Und?« Sandra ging nicht darauf ein. »Wie sieht Ihre Entscheidung aus?«

»Mich plagte heute Nacht eine lästige Stubenfliege, die offenbar keine Ruhe finden konnte und unablässig durch mein Zimmer flog.«

»Fliege.« Sie runzelte die Stirn, der Regen tropfte von ihrer Kapuze.

»Habe fast kein Auge zugetan.«

Sandra trat an die *Jacques Cartier* heran und schüttelte das Wasser von einer Blüte. »Hat Sie das davon abgehalten, über meine Frage nachzudenken?«

»Nein.«

»Also, wie ist Ihre Antwort?«

Er wandte sich der kräftig dunkelrosafarbenen Rose zu, die neben der *Jacques Cartier* stand, betrachtete ihre dichten schalenförmigen Blüten und roch daran. »Einmalig, dieser intensive Duft. Das ist eine *Madame Isaac Pereire*. Eine Bourbonrose, benannt nach der Gattin eines berühmten Bankiers. 1881 bei Garçon in Frankreich gezüchtet.« Er zupfte ein verblühtes Blütenblatt ab. »Auch ihr wird der Regen sehr helfen. Sie ist eine meiner persönlichen Lieblinge.«

Sandra seufzte. Es würde wohl noch dauern, bis sie eine handfeste Aussage von ihm bekäme. »Ich habe den Eindruck, dass die Rosen oft nach Frauen benannt wurden.«

Er nickte. »Nach Frauen, die der Züchter oder einer seiner wichtigen Kunden verehrte.« Er roch noch einmal an der Blume. »Oder nach den jeweiligen Gattinnen, die besänftigt werden mussten.« Der Regen fiel inzwischen in Strömen.

Sandra musste an die *Johanna Eva Faber* denken. In welche Kategorie sie wohl gefallen war? In die der Gattin auf jeden Fall nicht. »Nun sagen Sie endlich, was Sie vorhaben.«

Er reichte ihr seine Hand. »Ich bin dabei.«

Sie lächelte und wollte einschlagen, da zog er die Hand zurück. »Unter zwei Bedingungen.«

»Die da wären?« Sandra verschränkte die Arme über dem nassen Plastik ihrer Jacke.

»Erstens«, sagte Julian, »werde ich Teilhaber in der Rosenschule, und zwar zu fünfzig Prozent.«

Er träumte wohl. »Dreißig.«

»Fünfzig.«

»Vierzig.« Immerhin würde er maßgeblich zum Erfolg beitragen. Und ohne ihn konnte sie das Ganze vergessen.

Er schaute sie fest an. »Fünfzig.«

Sie schwieg. »Und zweitens?«

»Zweitens: Ich bin der gärtnerische und schöpferische Leiter. Das heißt, ich entscheide, welche Rosen vermehrt werden und wie.«

Dagegen hatte Sandra nichts einzuwenden. Schließlich hatte er die Ahnung. Sie nicht. Noch nicht. »Einverstanden. Aber neunundvierzig Prozent.«

»Fünfzig, sonst mache ich nicht mit und reise auf der Stelle ab.«

Das war Erpressung! Andererseits trug er damit auch die Hälfte des Risikos, nicht wahr? »Einverstanden.« Sie reichte ihm die Hand.

»Gut.« Er lächelte, der Regen tropfte von seiner Kapuze auf seine Nase. »Ich habe bereits einen Plan gemacht: Das Erste, was wir tun müssen, ist, uns im Detail mit Theodors Archiv auseinanderzusetzen. Dann kann ich Ihnen sagen, welche der Rosen das größte Potenzial haben, auch heutzutage wieder populär zu werden. Ich habe schon beim ersten Durchblättern einige als ausgestorben geltende Sorten entdeckt, die für viel Aufsehen sorgen werden. Das müssen wir gründlicher durchgehen.«

»Dann lassen Sie uns gleich reinschauen.« Durch das nasse Gras liefen sie zur Haustür und zogen die Gummistiefel aus. Piet und seine Männer arbeiteten heute wieder auf der anderen Baustelle, aber das Haus war inzwischen fast einzugsbereit: Die Löcher im Dielenboden waren verschwunden, die Wände des großen Hauptraumes in dem sonnigen Gelb gestrichen, das Sandra sich gewünscht hatte. Die Decke war ordentlich verspachtelt und der Holzbalken in der Mitte lasiert. Sandra strich im Vorbeigehen über seine glatte Oberfläche und freute sich, dass sie bald würde einziehen können. In ihr Rosenhaus.

Sie blickte auf die Armbanduhr. Heute sollte ihre Küche geliefert und eingebaut werden. Die Monteure wären sicher bald hier, ihnen blieb nicht viel Zeit. Sie lief zum Vertiko, holte die Aktenstapel heraus und legte sie auf den groben Holztisch, an den sie sich nebeneinander setzten.

»Wenn ich trotz Ihrer schöpferischen Entscheidungshoheit in unserer kleinen Firma einen Wunsch äußern dürfte: Es gibt eine Rose, die mir am Herzen liegt und die ich gern vermehrt wüsste.« Sie schob ihm die Akte der *Johanna Eva*

Faber hinüber, die gleich zuoberst lag. »Sie ist nämlich aus irgendeinem Grund, den ich selbst nicht kenne, nach einer Ururgroßtante von mir benannt. Sehen Sie.« Sie klappte die Akte auf.

Er zog sich die Akte heran. »Johanna Eva Faber?« Er stutzte. »Johanna?«

»Was ist denn?« Sie sah ihn fragend an.

»Nichts.« Er legte die Stirn in Falten. »Ich kann Ihnen nur gleich sagen, dass das keine der berühmten Sorten ist. Sie ist mir nicht bekannt.«

»Aber sie ist wunderschön. Schauen Sie doch mal!« Sandra zeigte auf die Zeichnung und die orangefarbene Koloration. »Sie ist bezaubernd.«

Er nickte anerkennend und studierte das Bild. »In der Tat. Sehr besonders. Wie könnte Ihre Familiengeschichte denn mit dieser Rose zusammenhängen? Haben Sie einen Anhaltspunkt?«

Sandra schüttelte den Kopf. »Bis vor kurzem wusste ich nicht einmal, dass es eine Rose mit Johannas Namen gibt. Oder gab.« Sie stand auf. »Standplatz B fünfzehn. Wollen wir gleich mal nachschauen, ob wir sie noch finden? Sie kennen doch Theodors System inzwischen, nicht wahr?«

»Schon wieder raus bei dem Wetter?« Er blickte zum Fenster, gegen das dicke Tropfen fielen.

»Ein Engländer, den Regen stört? Das kann ich nicht glauben.« Sandra stieg in die Gummistiefel.

Julian lachte.

»Kommen Sie.« Sandra stand schon an der Tür. »Es ist mir wichtig. Und danach können Sie hier warm und kuschelig sitzen und das Archiv in Ruhe studieren.«

Er zog sich wieder an, der kühle Regen empfing sie, und

Julian zählte die Rosenreihen und führte sie zu Standplatz B 15. »Hier ist sie!«

»Oje«, rief Sandra und kniete neben der Rose nieder, die nur noch ein Stumpf mit zwei mickrigen Trieben war, von denen nur einer eine winzige Knospe trug.

»Die ist wirklich fast hinüber.« Julian betrachtete sie von allen Seiten.

Sandra streichelte die kleine Knospe ganz vorsichtig. »Können Sie sie retten? Kann man sie noch vermehren? Oder ist das schon zu spät.«

Er hockte sich ins nasse Gras. »Sie hat noch diese zwei Zweige. Daraus könnte ich ein paar wenige Augen gewinnen, die wir dann auf einem Wildling einsetzen können.«

»Wie bitte?« Sandra sah ihn an und verstand kein Wort.

Er stand auf. »Wir machen es so: Ich besorge jetzt gleich das Material, das wir für die Vermehrung brauchen. Und am Nachmittag und voraussichtlich auch noch morgen beschäftige ich mich mit den Akten, um die Kandidaten zu ermitteln, die uns für den Beginn die meiste Aufmerksamkeit verschaffen werden.« Er sah sie an. »Und dann beginnen wir mit der Vermehrung. Ich zeige Ihnen genau, wie es geht. Einverstanden?«

Sandra nickte, dann wandte sie den Kopf zur Straße, wo sie einen Laster näher kommen hörte. »Das wird meine Küche sein.« Sie lief zum Gartentor, um die Monteure zu begrüßen.

54

»Du wirst es nicht glauben, aber ich trinke den ersten in meinem Rosenhaus gebrühten Kaffee. Und das an meinem blitzblanken Küchentresen mit Blick in das Wohnzimmer-to-be.« Sandra schaute zufrieden in die Runde. Die Küche roch nach Holz und Lack, die Männer hatten sie gestern Nachmittag solide und schnell eingebaut. Sandra war erleichtert, dass alles gepasst hatte. Sie schob ihren türkisfarbenen amerikanischen Retro-Toaster auf dem Tresen ein wenig weiter nach rechts. Ja, so sah es gut aus. Sehr gut.

Ulli am anderen Ende der Leitung in Singapur lachte. »Diese Art Wohnzimmer kenne ich. Meins ist auch to-be. Nichts drin außer einem Futon, auf dem ich schlafe. Mein Container mit den Möbeln ist irgendwo auf dem Weg hierher hängengeblieben.«

Sandra strich über den Küchentresen. »Und wie war dein erster Arbeitstag? Wie sind die Kollegen?«

»Mein Oberchef ist Malaie, mein Teamleiter ist Brasilianer, und meine Assistentin kommt aus Schweden, nettes und fleißiges Mädchen, da hab ich Glück. Das Problem wird nur sein, dass sie, so wie sie aussieht, demnächst vermutlich weggeheiratet wird.« Sie seufzte. »Aber nun erzähl mal: Was macht die Rosenschule?«

Sandra drehte ihre Kaffeetasse mit dem Schriftzug *A rose is a rose is a rose*, die sie vor langer Zeit auf einem Hamburger Flohmarkt gefunden hatte. »Julian hat die Rosenakten in die Pension mitgenommen und sucht die wichtigsten

Kandidaten heraus, die wir vermehren wollen. Und dann geht es so schnell wie möglich los mit dem Okulieren.«

»Okulieren? Das klingt ein wenig schlüpfrig, findest du nicht?« Ulli kicherte.

»War ja klar, dass du das sagst. Dann eben veredeln oder vermehren, wenn dir das lieber ist.« Was sollte das eigentlich bedeuten: *a rose is a rose is a rose*, überlegte sie auf einmal. Was hatte sich Gertrude Stein ursprünglich einmal dabei gedacht?

»Weißt du denn, wie das geht?«

»Im Studium vor fünfundzwanzig Jahren haben wir das in der Theorie durchgenommen. Irgendwas mit einem T-Schnitt war da, erinnere ich mich. Beim Weinbau ist das nicht viel anders. Aber ich war dann bei Professor Werner für das Kreuzen zuständig.«

»T-Schnitt? Gefährlich!« Ulli lachte.

»Mit abgetrennten Fingern ist wohl nicht zu rechnen. Julian wird es mir schon zeigen.«

Ulli schwieg.

»Hallo? Bist du noch da?«, fragte Sandra.

»Bin da und überlege. Habt ihr euch Gedanken gemacht, wie ihr eure Schützlinge, wenn sie einmal fertig zum Verkauf sind, an den Mann beziehungsweise den Rosenliebhaber bringen wollt?«

Sandra trank einen Schluck Kaffee. »Du denkst natürlich gleich ans Marketing. Lass uns doch erst mal anfangen und eine Grundlage ...«

»Nein, Sandra«, unterbrach Ulli sie. »So funktioniert das heutzutage nicht. Du kannst das schönste Produkt haben – wenn keiner davon erfährt, wird es auch keiner kaufen. Mach dir lieber jetzt Gedanken darüber, wie du das Zeug nächstes Jahr losbekommst.« Sandra hörte eine helle

Stimme im Hintergrund etwas sagen, verstand es aber nicht. »Yes, sweetheart, I'm on my way«, sagte Ulli und dann wieder zu Sandra: »Oder willst du einen Klapptisch mit Sonnenschirm und drei Pflänzchen darauf bei dir vors Gartentor an die Dorfstraße stellen? Mit Sparschwein daneben?«

»Sehr witzig.« Sandra trank den Kaffee aus.

»So witzig ist das nicht. Denk darüber nach. Ich muss jetzt ins Meeting. Mein schwedischer Engel trommelt gegen die Bürotür. Grüß die lieben Rotbauchunken von mir, Sandra. Ich vermisse ihre Quakkonzerte, muss ich gestehen. Hier gibt's nur Hupkonzerte. Tschüss.« Sie legte auf.

Sandra goss sich die Kaffeetasse noch einmal voll. Sollte sie wirklich jetzt schon über eine Verkaufsstrategie nachdenken? *A rose is a rose is a rose* – ganz genau. So hatte das Gertrude Stein bestimmt auch gemeint: Eine wunderschöne Rose ist einfach eine wunderschöne Rose. Fertig. Da brauchte es doch keine Werbeschlacht? Andererseits hatte Ulli natürlich recht. Die Leute mussten erst einmal erfahren, dass es diese einzigartigen alten Rosen zu kaufen gab.

Sie ging zum Fenster und schaute hinaus in den Nieselregen, der auf die Köpfe der Rosen niederging. Sie schienen sich dem Regen entgegenzurecken, aufzuatmen. Die langanhaltende Trockenheit der letzten Wochen hatte ihnen zu schaffen gemacht.

Aber wie stellte man das Marketing für eine Rosenschule am besten an? Anzeigen waren zu teuer. Sicher würde das Fernsehteam noch mal vorbeikommen, wenn der Verkauf losginge. Und Lehmann würde auch berichten. Zumindest das könnte sie organisieren. Und wie dann weiter? Wie sollten denn Leute in Süddeutschland oder sogar in ganz Europa und darüber hinaus von ihrem Rosenschatz erfahren?

Sie musste sich etwas einfallen lassen. Sie drehte sich vom Fenster weg. Ihr Magen zog sich zusammen. War es nicht doch ein wenig zu groß, was sie sich hier vornahm? Ihr wurde klar, dass sie tatsächlich Chefin eines richtigen Unternehmens sein würde. Zum Glück hielten sich die Investitionskosten zunächst im Rahmen. Bei dieser ersten Veredelungsaktion ging es schließlich nur um sie und Julian, ihre Zeit und Kraft und ein bisschen Material und Wasser.

Aber wenn das Unternehmen größer wurde? Wenn sie Leute aus dem Ort einstellen musste, so wie sie es Karlsen versprochen hatte? Damit übernahm sie Verantwortung, die es zu tragen galt. Sie musste es eben schaffen, mit ihrer neuen Rolle mitzuwachsen. Sie musste, sie würde – und sie wollte!

Also, schalt sie sich, reiß dich zusammen, und denk nach. Sie zog den Laptop heran und begann im Internet zu surfen. Wie boten denn andere Rosenschulen ihre Produkte an? Sie vertiefte sich in die Suche. Die türkisfarbene runde Küchenuhr, die sie an die Wand gehängt hatte und die perfekt zu dem Toaster passte, tickte gemütlich. Sie würde etwas finden, das den Bantekower Rosen helfen würde, nach ihrem Dornröschenschlaf wieder Reisen um die ganze Welt anzutreten.

Sie klickte auf eine Seite – und erstarrte, als sie die Überschrift sah. »Bingo!«, rief sie und überflog den Text. »Das ist es! Ich hab's!«

Sie erschrak, als es klopfte. »Herein?« War das Julian?

»Hallo, Sandra.« Rasmus betrat mit Unna das Haus und sah sich anerkennend um. »Dein Haus ist fast fertig, wie ich sehe. Ist schön geworden.«

»Rasmus, gibt es was Dringendes? Denn eigentlich bin

ich gerade mitten in einer Idee.« Sie blickte auf den Bildschirm, auf dem sie die eben gefundene Meldung so schnell wie möglich zu Ende lesen wollte.

Rasmus ging gar nicht darauf ein, sondern kam bis an den Küchentresen heran und strich über die blanke Fläche. »Sehr geschmackvoll. Ob ich wohl auch einen Kaffee bekomme?« Er schaute fragend zur Kaffeemaschine.

Sie goss ihm einen ein und schob die Tasse über den Tresen.

Er nahm auf einem der beiden Barhocker Platz und prostete ihr mit der Tasse zu. »Auf deine neue Küche. Und auf den Einzug bald.«

Sandra klappte den Laptop zu. Offensichtlich kam sie um eine nachbarschaftliche Plauderei nicht herum. »Was machen die Holzköpfe?«

»Habe genug Bestellungen bis Weihnachten. Ach, und hier«, er zog eine Tupperdose aus seiner Tasche, »ein wenig Schafskäse für dich von meinen lieben Mitbewohnerinnen.«

Sie nahm ihn entgegen. »Vielen Dank. Ich werde mir gleich heute Abend einen Salat damit machen.«

Sie schwiegen.

»Danke für den Kaffee. Unna und ich müssen jetzt noch eine Runde drehen.« Er tätschelte ihren Hals. »Sag mal, wie sieht es aus? Hast du dir das überlegt mit dem Essengehen?« Er sah sie unsicher an.

Sie blickte auf die Tresenplatte. Eigentlich hatte sie keine Gelegenheit gehabt, darüber nachzudenken, fiel ihr auf. Aber war das nicht schon die Antwort?

»Es tut mir leid, Rasmus. Es ist mir alles noch zu früh. Ich muss hier erst mal zurechtkommen, bevor ich an ein … Abendessen denken kann.« Sie sah ihm in die Augen. Ja, das war das Richtige, wusste sie jetzt. »Ich hoffe, du kannst mich verstehen.«

Er nickte langsam und ging mit Unna zur Tür. »Unna und ich verreisen nächste Woche. Machen eine Tour nach Berlin und Wien zu meinen Galeristen. Und vielleicht hängen wir noch zwei Wochen in Berlin hinten dran. Oder drei.« Er ließ Unna raus und drehte sich in der Tür noch einmal um, um seine Augen lagen Schatten. »Man sieht sich.« Er nickte kurz und zog die Tür zu.

»Man sieht sich«, murmelte Sandra und klappte sofort den Laptop wieder auf, um den Text weiterzulesen, den sie entdeckt hatte.

Das musste sie unbedingt mit Julian besprechen.

55

Im Gartenbaubetrieb hatte er alles bekommen, was sie für die Veredelung benötigten: Okulationsschnellverschlüsse, Okuliermesser und Wildlinge. Julian war zufrieden.

Er setzte sich an den kleinen Schreibtisch in seinem Pensionszimmer und zog einen Berg Rosenakten zu sich heran. Die Aufgabe, die vor ihm lag, versetzte ihn regelrecht in Euphorie. Wer hätte das vor ein paar Wochen gedacht, als er die Anzeige von Sandra gelesen hatte. Und nun würde er, Julian von Bantekow, die Rosen des wunderbaren Rosengartens von Theodor von Bantekow wiederbeleben. Vielleicht würde er im nächsten Schritt sogar einige Pflanzen kreuzen und spannende neue Sorten erschaffen. Das war etwas, das er noch nie gemacht hatte. Er würde sich einlesen und fortbilden müssen. Wie schön, wenn man sich mitten im Berufsleben noch einmal ganz neuen Herausforderungen stellen konnte. Noch vor ein paar Wochen im Queen-Mary's-Rosengarten hatte er darüber nachgedacht, ob es nun immer so weitergehen würde bis zur Rente. Bis er mit Handschlag und Rosenstrauß auf die Couch gesetzt würde.

Und nun konnte er als Teilhaber einer Rosenschule selbst die Rosenwelt bereichern. Bei dieser Aufgabe gab es keinen Ruhestand. Er würde einfach Rosen veredeln und pflegen, bis er umfiel, beschloss er. Theodors Rosen. Er zog sich die Akten näher heran und vertiefte sich in das Studium. Schon bald hatte er sieben Sorten ausgewählt, mit denen sie starten sollten. Und mit dieser *Johanna Eva Faber*, auf der Sandra bestand. Sie hatte natürlich recht. Diese Rose war außerordentlich schön, und es wäre eine Schande, sie in ihrem jetzigen Zustand eingehen zu sehen.

Er sah sich die Akte genauer an. Johanna. Theodor war sehr verliebt gewesen in dieses Mädchen, das stand nach dem, was er im Tagebuch gelesen hatte, fest. Aber hatte er wirklich eine Rose nach ihr benannt? Hatten sie sich überhaupt jemals geliebt? In den damaligen Zeiten blieben die Klassen doch unter sich. Und offenbar war er mit einer anderen verlobt gewesen. Geheiratet hatte er am Ende allerdings nie, weder seine Verlobte noch diese Johanna.

Die Ururgroßtante von Sandra fiel ihm wieder ein.

Ich sollte im Tagebuch weiterlesen, dachte er. Ich muss wissen, was zwischen Theodor und Johanna geschehen ist.

Er schloss die Akte und nahm das Tagebuch zur Hand, das er auf dem Nachttisch liegen hatte. Er warf sich auf das Bett und begann zu lesen:

24. Juni 1889

Habe Vater überredet, mir Johanna als Hilfe im Gärtnerhaus und im Rosengarten zuzuteilen. Kann ihre Unterstützung gut gebrauchen, wenn wir die Ziele für dieses Jahr schaffen wollen: Einführung von vier neuen Sorten und Ansiedeln von insgesamt noch zwanzig Lieferungen.

Vater war einverstanden, als er erfuhr, dass Johanna über gute Gartenkenntnisse verfügt, da ihre frühere Dienstherrin ihre Gesellschaft schätzte und ihr bei langen Gartenspaziergängen ihre Rosenleidenschaft näherbrachte.

Johanna ist mir große Hilfe im Rosengarten, entfernt wilde Triebe, erkennt Krankheiten, hilft beim Wässern. Und bereitet mir abends die besten Bratkartoffeln der Welt zu, so dass ich den Arbeitsplatz gar nicht verlassen muss, um hinüber ins Gutshaus zu gehen.

Wir kommen sehr gut voran. Wenn es doch nur einen Weg gäbe, sie für immer an meiner Seite zu wissen.

Aber der Hochzeitstermin ist in wenigen Wochen festgesetzt. Louises Familie wird zahlreich erscheinen, die Vorbereitungen laufen. Was soll ich nur tun, etwa mit Pfarrer Reeger reden? Wer kann mir nur helfen?

Julian legte das Tagebuch beiseite. Er wollte wegen Johanna also tatsächlich die Hochzeit absagen. Die Hochzeit mit Louise. Aus welcher Familie sie wohl stammte? Noch nicht einmal diese Information hatte sich über drei Generationen gehalten. Sicher war nur, dass die Hochzeit nicht stattgefunden hatte.

Er nahm das Tagebuch wieder zur Hand:

1. August 1889

Wie? Julian blätterte noch einmal vor zum letzten Eintrag Ende Juni. Dazwischen waren gut fünf Wochen vergangen. Was war in der Zwischenzeit passiert? Seltsam. Julian beugte sich wieder über das Buch und las weiter:

Was habe ich nur getan? Sie ist fortgegangen. Meine Johanna ist weg. Gestern Nacht war sie mir so nahe, ich spürte ihren Herzschlag, ich schmeckte ihre Küsse, und jetzt ist sie weg.

Dabei war ich gestern bei Vater, um die Hochzeit abzusagen. Er ist außer sich. Aber ich kann es nicht ändern. Ich kann nicht Louise heiraten und mein Leben lang an Johanna denken. Ich hatte vor, ihr heute einen Heiratsantrag zu machen. Und nun ist sie fort.

Wo kann sie nur sein?

Julian sah Tränenspuren auf dem Papier, an einigen Stellen war die Tinte verwischt. Johanna war nach dieser Liebesnacht geflohen. Etwa direkt in das Kloster, von dem Sandra gesprochen hatte?

Er blätterte weiter im Tagebuch, aber die darauffolgenden Seiten waren leer. Theodor hatte nicht weitergeschrieben. Noch nicht einmal über die Rosen. Julian setzte sich auf. Dabei hätte er zu gern gewusst, welche vier Sorten sein Vorfahre damals kreiert hatte. Und natürlich wäre es interessant gewesen zu erfahren, was aus Johanna geworden war. Wenn Theodor das denn je erfahren hatte.

Vielleicht sollte er das mit Sandra besprechen. Und sie sollten in das Kloster fahren, wo Johanna zum Schluss gelebt hatte. Vielleicht ließ sich dort etwas herausfinden.

Er legte das Tagebuch weg, als sein Telefon klingelte. »Sandra? – Was gibt es?«

»Ich habe etwas Sensationelles gefunden, das uns bei der Vermarktung unserer Rosenschule helfen wird. Kommen Sie rüber ins Rosenhaus, damit ich es Ihnen zeigen kann?«

»Hat das Zeit bis morgen? Ich bin hier mit dem Aktenstudium beschäftigt und würde gern noch die letzten zwei Kandidaten raussuchen. Dann haben wir zehn für den Anfang zusammen. Übrigens habe ich alles Material bekommen, das wir fürs Okulieren benötigen. Morgen früh können wir gleich loslegen.«

»Ich platze zwar fast, Ihnen zu zeigen, was ich entdeckt habe, aber natürlich hat es bis morgen früh Zeit.«

Er lachte. »Morgen soll auch der Regen aufgehört haben, dann können wir hervorragend arbeiten im Garten.«

»Um acht Uhr an der *Jacques Cartier*?«, fragte Sandra.

»Gern.« Fast wäre ihm ein »Schlaf schön« herausgerutscht, merkte Julian. Er legte schnell auf.

56

Sandra erwartete ihn schon bei der *Jacques Cartier*, als er mit dem großen Karton vom Gartencenter auf dem Arm in den Rosengarten kam. »Sie haben dort also alles bekommen?«

Er nickte. »Möglicherweise wird das Gartencenter auch gleich unser erster Kunde. Sie sagten mir nämlich, dass sie an besonderen Rosensorten sehr interessiert sind.« Er stellte den Karton auf den Rasen.

Sandra lachte. »Erst mal muss es klappen, was wir hier machen.«

»Da seien Sie unbesorgt. Wenn ich etwas kann, dann ist es Rosen vermehren.« Er schaute sich um. »Aber wissen Sie, was wir gut gebrauchen könnten? Einen langen Tisch zum Arbeiten.«

Sandra dachte nach. »Piets Tapeziertisch steht noch oben im ersten Stock in meinem Schlafzimmer.« Sie lief voran. »Wir können ihn uns sicher ausleihen.«

Sie trugen den Tisch auf den Rasen und bauten ihn zwischen Haus und der ersten Rosenreihe auf.

»Gut«, sagte Julian. »So klappt's. Ich hole eine Schubkarre mit Wildlingen aus dem Auto.«

Sandra hievte inzwischen den Karton auf den Tisch und schaute neugierig hinein. Das war also ein sogenannter Okulationsschnellverschluss. Sie ließ das Gummi schnippen, das Ähnlichkeit mit einem Verschluss von einem Verband hatte. Nur dass er nur einen Widerhaken besaß, bestehend aus einer spitzen Klammer, die Sandra an eine riesige offene Heftklammer erinnerte. Sie drehte das Teil hin und her. Damit wurde die Veredelungsstelle also geschlossen?

Sie nahm ein Okuliermesser aus der Kiste: vorn eine scharfe Klinge, am Ende ein Plättchen aus Kunststoff. Wofür war das denn nun wieder?

Julian schob die Schubkarre bis an den Tapeziertisch. »Hier kommen die Wildlinge.«

Sandra nahm einen der Töpfe heraus. »Sieht aus wie eine normale Rose.«

»Das ist sie auch. Nur dass sie eben die neue Rose sozusagen auf ihrem Stumpf beherbergen wird.«

Julian zog einen Rosenwildling im Topf zu sich heran und wischte mit einem Tuch eine Stelle am Stumpf sauber, kurz über der Topferde. »Hier unten suchen wir uns die Stelle, an der wir die Veredelung vornehmen wollen.« Er legte das Tuch weg und zeigte auf die geputzte Stelle. »Da machen wir gleich den T-Schnitt, und dann setzen wir in die entstandene Tasche unter die Rinde ein Auge der Rose, die wir vermehren wollen.«

»Und die wächst dann auf diesem Stumpf?«

»Richtig. Das Auge wächst an, entwickelt irgendwann eigene Triebe und wird zur eigenen, neuen Pflanze.«

Sandra beugte sich heran. »Und den Rest vom Wildling oberhalb der Veredelungsstelle?«

»Den schneiden wir im Frühjahr ab, so dass nur noch unsere neuen Zweige, die vom Auge stammen, weiterwachsen können. Der Verschluss verrottet und fällt von allein ab.« Er schob Sandra den Topf hin und nahm einen neuen Wildling, an dem er eine Veredelungsstelle putzte.

»Und diese armen Wildlinge sind einzig und allein dafür da, Veredelungen aufzunehmen?«

Julian nahm schon den nächsten Topf aus der Schubkarre. »Dafür werden sie eigens gezüchtet. Zwei Sorten gibt es dafür: die *Rosa corymbifera Laxa* und die *Rosa canina Pfänder*. Wir verwenden die *Laxa*, die bildet weniger Wildtriebe.«

Sandra nahm das Okuliermesser. »Sollen wir gleich anfangen mit dem T-Schnitt?« Sie rückte sich ihren Wildlingstopf zurecht.

Julian warf das Putztuch auf den Tisch. »Nein, wir werden zuerst Zweige schneiden von den Rosen, die ich zur Veredelung ausgesucht habe.« Er lief voran in die Reihen des Rosengartens, ein Blatt Papier in der Hand, auf dem er sich offenbar die Standplätze notiert hatte, und einen kleinen Weidenkorb über den Arm gehängt. »Nehmen Sie die Rosenscheren mit«, rief er über die Schulter zurück.

Sandra tat es und folgte ihm.

In Reihe 14 blieb er stehen. »Standplatz N zwölf. Eine wunderschöne *Gallica*-Rose, der Theodor den Namen *Sommerlust* gegeben hat. Sehen Sie die üppigen Blüten in dieser einzigartigen Changierung. Da ist alles drin von Abendrotorange bis fast schon Blutrot. Eine echte Besonderheit.« Er schnitt einen Zweig ab. »Sehen Sie, und überall hier, wo er Blättertriebe hat, ziehen wir die vorsichtig ab und haben darunter das sogenannte Auge, mit dem wir unser Glück versuchen können.« Er versah den Zweig mit einem gelben Plastikbändchen, auf das er *Sommerlust* schrieb, bevor er ihn in den kleinen Korb legte. »Ich dachte mir, wir machen für unsere Testphase pro Sorte fünf Wildlinge, dann sind wir auf der sicheren Seite, falls der ein oder andere doch nicht so will wie wir.«

Sie liefen zur nächsten Rose. »Das kann auch passieren?« Julian stoppte an einer tiefroten Edelrose. »Eine *Madame*

Beauville. Ist sie nicht elegant?« Er reichte Sandra eine Schere. »Schneiden Sie?« Er hielt ihr den Korb hin, in den sie den Zweig legte. »Natürlich kann es immer mal sein, dass die Veredelungsstelle nicht sauber genug war oder dass das Auge ganz leicht verletzt war. Wir können eben nicht mehr unter den Okulationsschnellverschluss schauen und beobachten, wie das Auge sich entwickelt.«

Sandra runzelte die Stirn. Das klang alles ganz schön kompliziert.

Er lachte, als er ihr Gesicht sah. »Keine Angst, ein Hexenwerk ist es nicht.«

Sie schnitten weitere Zweige ab, etikettierten sie und kehrten zurück zum Tapeziertisch.

»Nun wollen wir ein Auge herausschneiden.« Julian nahm das Okuliermesser und einen Zweig der *Sommerlust* in die Hand. »Sehen Sie: So trennen Sie den kleinen Trieb ab, dann kommt das Auge zum Vorschein.« Er hielt es ihr hin, sie nickte. »Dann setzen Sie das Messer etwas oberhalb des Auges an, fahren ganz leicht darunter durch bis ungefähr einen Zentimeter dahinter.« Er hatte das kurze Stück vom Trieb samt Auge in der Hand. »Dann müssen Sie es umdrehen und das weiße Holz vom Zweig, das noch über dem Auge liegt, vorsichtig abziehen.« Er machte es vor. »Nun liegt das Auge frei und kann eingesetzt werden.«

Sandra zog einen geputzten Wildling heran. »Und dafür müssen wir jetzt den T-Schnitt machen?«

Er nickte und stellte sich dicht neben sie. Zuerst machte er einen waagerechten Schnitt, dann einen senkrechten genau in der Mitte, so dass es aussah wie ein T. »Dabei müssen Sie aufpassen, dass Sie die Rinde zwar trennen, aber das Holz nicht verletzen.« Er klappte mit dem Messer die Rinde ein wenig ab. »Dort schieben wir vorsichtig mit Hilfe des Plastikstücks am Messerende, dem sogenannten Löser, das Auge hinein.« Er legte das Messer weg. »Nun noch den Schnellverschluss drum, feststecken, fertig!«

Gemeinsam schauten sie auf ihr Werk. »Unsere erste veredelte Rose«, sagte Sandra.

Julian nickte und hatte feuchte Augen. »Vielleicht der Grundstock für ein florierendes Geschäft. Aber auf jeden Fall ist das der Anfang der Rettung von Theodor von Bantekows Erbe.«

Sandra sah ihn erstaunt an. Das stimmte. Aber warum ließ ihn das so sentimental werden? »Darf ich es mal versuchen?« Sie zog sich einen neuen Wildlingstopf heran und putzte die Stelle, wo sie veredeln wollte. Julian reichte ihr den Trieb von der *Sommerlust*, und sie schnitt ein Auge heraus und entfernte die weißen Überreste. »Nun der T-Schnitt.« Sie konzentrierte sich. Das Messer ließ sich ganz leicht durch die Rinde führen, und schon klappte sie ihr T auf. »Also dann.« Sie versuchte, das Auge in die Öffnung zu bugsieren, aber das war gar nicht so einfach.

»Ich helfe Ihnen«, sagte Julian, stellte sich dicht hinter sie und legte seine Hand auf ihre, um das Messer zu führen und das Auge festzuhalten. Sie spürte die Wärme seiner Hand und seinen Körper an ihrem Rücken. »So geht's«, sagte er und trat wieder einen Schritt zurück. »Geschafft. Ihre erste okulierte Rose.«

Er applaudierte.

»Wie aufregend!« Sandra lachte. »Daran kann ich mich gewöhnen.«

»Daran, dass ich Ihnen helfe?« Er sah ihr direkt in die Augen.

Sie machte einen Schritt zurück. »Das könnte Ihnen so passen! Nein, ans Veredeln natürlich. Ich möchte gleich weitermachen. Am liebsten mit der *Johanna Eva Faber*.« Sie schaute über die Rosenstöcke hinweg bis zu ihrem Standort. »Lassen Sie uns hingehen und einen Zweig von ihr holen. Denn mit ihr hat auch die Idee zu tun, die ich habe.«

Julian stutzte. »Ach, richtig. Daran habe ich gar nicht mehr gedacht. Dann schießen Sie mal los«, sagte er, als sie vor der *Johanna Eva Faber* knieten und Sandra vorsichtig einen der zwei verbliebenen Zweige abschnitt. »Gut so?«, fragte sie.

Er nickte, etikettierte den Zweig und legte ihn in den Weidenkorb. »Jetzt erzählen Sie.« Sie gingen zum Tapeziertisch zurück.

Sandra nahm das Messer. »Darf ich das erste Auge bei der *Johanna* schneiden?« Sie tat es schon.

»Spannen Sie mich nicht so auf die Folter«, sagte Julian.

Sandra zeigte ihm das Auge, er nickte. Sie zog einen Wildling heran und putzte die Veredelungsstelle. »Folgende Idee: Wir werden diese Schönheit, unsere auferstandene, neue *Johanna* – wenn sie denn mitmacht – auf einen Schönheitswettbewerb schicken.« Sie nickte eifrig.

Julian sah sie erstaunt an. »Wohin?«

Sandra machte den T-Schnitt. »So richtig?«

»Ja, ja. Was meinen Sie mit Schönheitswettbewerb?«

Vorsichtig setzte Sandra das Auge ein. »Sie wird teilnehmen am Rosenveredelungswettbewerb im berühmten Rosarium Ottenbach. Ich habe die Ausschreibung im Internet gefunden. Sie veranstalten diesen Wettbewerb zum ersten Mal und suchen alte, vergessene Rosensorten, denen neues Leben eingehaucht werden soll. Privatleute, aber auch semiprofessionelle Züchter so wie wir sind aufgerufen, ihre Gartenfunde zu vermehren und das Ergebnis im kommenden Sommer zu präsentieren.« Sie verband die Veredelungsstelle mit dem Schnellverschluss. »Und?« Sie zeigte ihr Werk.

»Sehr schön.« Julian prüfte den Verschluss. »Aber erzählen Sie weiter.«

»Eine Jury in Ottenbach wird die potenziellen Bestseller bewerten und abraten oder zuraten, die Rose professionell zu vermehren und auf den Markt zu bringen. Außerdem bekommen die drei Erstplatzierten einen Ehrenplatz im Rosarium. Die Siegerehrung soll eine große Sache werden mit Fernsehsendern und Presse vor Ort.« Sie nahm sich einen neuen Wildling aus der Schubkarre. »Was sagen Sie dazu? Damit hätten wir die Chance, unsere Rosenschule auf einen Schlag in der Fachwelt bekannt zu machen. Außerdem wecken wir Interesse an unserer Sammlung historischer Rosen.«

Julian nickte langsam. »Wenn die *Johanna Eva Faber* gelingt. Und wenn sie wirklich so schön ist und die Eigenschaften hat, wie auf Theodors Bildern und in seiner Beschreibung angeführt.«

Sandra nickte. »Das wird sie.«

»Ihr Wort in Gottes Ohr. Aber ich muss zugeben: Der Wettbewerb wäre wirklich die ideale Werbung für uns.« Julian nahm ebenfalls einen Wildling und putzte ihn. »Wissen Sie übrigens, was ich an Ihnen mag?«, sagte er auf einmal.

Sie schaute unsicher zu ihm hinüber.

»Sie haben so viel Elan. Sie sind voller Optimismus«, sagte er ernst.

Sandra lachte. »Davon kann man nicht genug haben, in der Tat.« Sie suchte ein neues Auge und schnitt.

»Und wissen Sie, was ich gern tun würde?« Er hob seinen Blick von dem Wildling und sah sie direkt an. »Ich würde Sie gern zum Essen einladen, um auf unsere Firmengründung, auf Ihre Idee und auf gute Zusammenarbeit anzustoßen. So wie es aussieht, haben wir jetzt eine ganze Weile miteinander zu tun.«

Sandra zog das Weiße vom Zweig ab. Schon wieder eine Esseneinladung? Sie machte den T-Schnitt. Aber hier in diesem Fall war es doch nicht *so* ein Essen wie mit Rasmus. Sondern ein Geschäftsessen. Eindeutig ein Geschäftsessen. Sie hebelte die Veredelungsstelle ein wenig auf. War es nicht sinnvoll, seinen Geschäftspartner ein wenig besser kennenzulernen? Sie nickte, während sie das Auge vorsichtig einsetzte.

»Heißt das, dass Sie einverstanden sind?«, fragte Julian.

Sehr langsam nickte sie noch einmal, während sie einen Verschluss für die Veredelungsstelle heraussuchte.

»Sehr schön«, sagte Julian. »Heute Abend um acht Uhr? Ich habe ein Fisch-Restaurant in Ahlbeck entdeckt, das sehr vielversprechend scheint. Sollen wir um halb acht mit meinem Auto losfahren?«

Sie nickte zum dritten Mal und konzentrierte sich auf das Feststecken des Okulationsschnellverschlusses – fast ohne dass ihre Finger zitterten.

57

»Du hast bitte – was? Bist du verrückt?« Carolines Stimme überschlug sich fast. Im Hintergrund war Hupen zu hören. Offenbar steckte sie mit dem Auto im Londoner Verkehr fest.

Julian schaute in den Badezimmerspiegel und rasierte sich in aller Ruhe weiter, bemüht, den überall im Gesicht verteilten Schaum nicht ans Handy zu bekommen. »Ich bin überhaupt nicht verrückt. Wir haben zusammen eine Rosenschule gegründet. Wir retten die Rosen von Bantekow und begründen ihren neuen Ruhm.« Er fuhr mit der Klinge über seine Wange.

»Und was ist mit deiner Arbeit bei der Parkagentur? Was willst du denen sagen?« Erneutes Hupen ertönte, diesmal sehr laut. Vermutlich war das Caroline.

»Das Sabbatical ist noch lang. Erst einmal muss ich denen gar nichts sagen.« Er tauschte Telefon und Rasierer, um die andere Seite zu bearbeiten.

»Und du gründest ein Unternehmen mit dieser Frau, von der du bisher nichts Gutes zu berichten hattest? For Christ's sake! Nun fahrt doch mal!« Die Hupe dröhnte wieder.

»So stimmt das nun auch wieder nicht. Sie liebt den Rosengarten, sie hat hart darum gekämpft.«

»Ach, auf einmal gestehst du ihr zu, dass sie den Rosengarten respektiert und gut für ihn ist.« Es hupte noch einmal, diesmal sehr lange.

Julian hielt das Telefon vom Ohr weg, bis es wieder ruhig war. »Caroline, reiß dich zusammen!«

»Hast du gleich einen Termin mit deinem Innenarchitekten, der schwerer zu buchen war als ein Abendessen mit Prinz William, oder ich?«

»Was wollt ihr denn machen lassen?«

»Einen Wintergartenanbau an Küche und Wohnzimmer.« Sie hupte noch einmal. »Aber lenk nicht ab. Du glaubst also inzwischen, dass diese Sandra gar nicht verkehrt ist?«

»Muss ich wohl.«

»Onkel Julian, liebe Grüße!«, kam es offenbar von der Rückbank.

»Schscht, Becky, jetzt rede ich. Aber warum gleich ein Unternehmen gründen, Julian? Und dann auch noch in Deutschland. Bist du denn überhaupt berechtigt …«

»Keine Ahnung, aber da siehst du, wofür unsere doppelte Staatsbürgerschaft doch noch gut sein könnte.« Er spülte den Schaum ab.

»Himmel, zwanzig Minuten haben wir nun gebraucht, um über diese Kreuzung zu kommen.«

Er hörte den Motor des Autos gleichmäßig brummen, dann das Klacken des Blinkers. »Wir vermissen dich, weißt du«, sagte Caroline leise. »Mum und Dad und ich. Und Becky und Luke. Du fehlst uns. Überleg es dir gut, ob du dein Leben in Deutschland verbringen willst.« Nun piepte der Wagen beim Einparken.

»Wie schon gesagt, wir fangen jetzt erst mal an, und dann sehen wir, was daraus wird.«

»Aber …«, setzte sie an.

»Kann ich aussteigen, Mum?« Becky wartete offenbar nicht auf die Antwort, eine Autotür schlug zu.

Er drehte sich vor dem Spiegel. »Caroline, genau das war seit Jahren mein Traum, der auf wunderliche Weise nun in

Erfüllung zu gehen scheint. Ich meine, wer hätte das vor ein paar Wochen gedacht? Nun lass mir ein bisschen Zeit, herauszufinden, was aus meinem Traum werden kann. Lass es mich wenigstens versuchen.«

Sie schwieg.

»Wir gehen gleich essen, Sandra und ich, um auf unser Unternehmen anzustoßen und die Zusammenarbeit zu besiegeln.«

»Ihr geht essen, soso.« Plastiktüten wurden zusammengerafft, es raschelte.

»Geschäftlich.«

»Natürlich.« Sie lachte und verriegelte piepend die Türen. »Aber sag mal: Dann hast du also endlich deinen Plan aufgegeben, diese Sandra aus dem Rosengarten und dem Haus rauszubekommen, nicht wahr?«

Er schwieg.

»Julian? Bist du noch dran?«

Er hörte ihre Schritte auf dem Bürgersteig. »Es wurmt mich immer noch.«

»Aber dann kannst du doch nicht ein Unternehmen mit dieser Frau gründen, die dir vertraut und ihre Hoffnung in dich setzt. – Hi, Misses Mailer. Oh, a parcel? Thank you so much!«

Er schwieg einen Moment, bis sie sich von Misses Mailer verabschiedet hatte. Dann sagte er: »Ich kann und ich werde. Vielleicht hört es ja bald auf, mich zu wurmen. Oder vielleicht gibt sie ja doch noch auf, und ich kann das Unternehmen ganz übernehmen.«

»Du kannst ganz schön hinterhältig sein«, sagte Caroline.

»Ich glaube, wir legen jetzt auf. Wünsch mir einen schönen Abend.« Er warf das Handy aufs Bett und trug Rasierwasser auf. Zum Abschluss verwuschelte er mit den Fingern noch einmal die Haare und legte sich den Pulli um die Schultern.

Wann war er das letzte Mal mit einer Frau essen gewesen? Er versuchte, sich zu erinnern, wusste es nicht mehr. Vermutlich mit Olivia, dachte er und ärgerte sich, weil er an sie gedacht hatte.

Aber, ermahnte er sich, ich lasse mir diesen Abend nicht verderben. Dies wird ein interessantes Date und … Nein, dies würde ein interessantes Geschäftsessen werden. Schließlich wusste er so gut wie gar nichts über die Vergangenheit seiner Geschäftspartnerin, außer dass sie Mutter war und ihr Mann wohl gestorben war, wie Gertrud angedeutet hatte. Er würde sie also ein wenig aushorchen.

Er schloss seine Zimmertür hinter sich und steuerte auf Sandras Tür mit der Nummer 8 zu.

58

Hektisch wühlte Sandra in ihrem Koffer. Wie hatte sie diese Esseneinladung nur annehmen können? Die erste, seit Tobias ... nicht mehr da war. Aber es war ja keine Verabredung, beschwor sie sich. Es war ein Geschäftsessen. Wo war nur der dünne schwarze Kaschmirpulli mit dem tiefen V-Ausschnitt geblieben, der so gut zu dem beigefarbenen Wildlederrock mit der Knopfleiste vorn passte? Und wo hatte sie die goldene Drei-Lagen-Kette mit dem Ginkgoblatt-Anhänger gelassen? Sie hielt im Kramen inne. Oder sollte sie ein Statement setzen und in Jeans gehen? Das hieße dann: Ich will auf keinen Fall etwas von dir. Es hieße aber auch: Ich habe keinen Geschmack und keine Ahnung, wie man sich für ein schönes Dinner kleidet.

Also der Wildlederrock und der Kaschmirpulli, das war nicht aufgedonnert, aber dennoch nicht alltäglich. Falls sie draußen sitzen würden, und das wäre ihr am liebsten, würde ihr nicht kalt werden, wenn eine Sommernachtsbrise vom Meer heranwehen würde.

Sie nahm den Handtuchturban ab, den sie sich um die frischgewaschenen Haare geknotet hatte, und blickte auf die Uhr. Genau sieben. Vor einer Stunde hatten sie die Arbeit im Rosengarten beendet. Sie hatten alle Wildlinge geschafft, die sie sich für heute vorgenommen hatten; fünf Stück mit der *Johanna Eva Faber*.

Sie musste die Bewerbungsunterlagen für Ottenbach ausdrucken und gleich morgen ausfüllen. Sollte tatsächlich keiner der fünf Versuche geglückt sein, könnten sie die Bewerbung immer noch zurückziehen. Aber erst einmal würde sie sie abschicken, zusammen mit Theodors Koloration der alten Rose und der Geschichte des Rosengartens von Bantekow.

Wenn nur die *Johanna Eva Faber* mitspielte. Apropos spielen. Sie entdeckte die Kette mit dem Gingkoblatt und legte sie um. Ich darf nicht unablässig mit der Kette spielen, schärfte sie sich ein. Sie wusste, dass sie es immer unbewusst tat, wenn sie die Kette umhatte. Tobias hatte das wahnsinnig gemacht. Er hatte immer gedacht, sie höre ihm nicht zu, sondern träume, wenn sie das tat. Dabei fühlten sich einfach nur das Gold und die Kettenglieder so schön an. Außerdem war sie stets etwas nervös, wenn sie und Tobias ausgingen, weil sie an die Kinder zu Hause dachte, die von der Teenager-Tochter der Mahnsteins beaufsichtigt wurden. Sie neigte dazu, auf ihren Kopfhörern laut Musik zu hören und auf dem Balkon eine zu rauchen, anstatt auf Tine und Tom ein Ohr zu haben.

Sandra fönte die Haare und schminkte sich. Nun würde sie also wirklich mit Julian ausgehen, dessen Leben den Rosen gewidmet war, soweit sie das beurteilen konnte. Eine Frau hatte er nie erwähnt. Nicht, dass sie gefragt hätte. Was interessierte sie schon sein Liebesleben? Die Rosen waren es, die sie verbanden. Mehr nicht. Gut, sie würden nun ein Unternehmen zusammen führen.

Den korallroten Lippenstift oder lieber den sandelholzfarbenen? Sie hielt sie probeweise an den Mund und entschied sich für Sandelholz. Sie knetete ein wenig von dem guten Öl, das ihr ihr Hamburger Friseur in einem Pröbchen das letzte Mal geschenkt hatte, in die trockenen Enden ihrer Haare und schaute auf ihre Fingernägel. Oje, die reinsten Gartenkrallen. Schnell nahm sie die Nagelfeile und entfernte die Erde. Noch einen leichten Perlmuttlack auftragen, ein bisschen wedeln – fertig.

Sie ging zum Spiegel, der an Gertruds Pensionszimmerschrank befestigt war, und schaute sich von oben bis unten an. Du liebe Güte, diese flachen Ballerinas sahen wirklich alles andere als elegant aus. Sie würde die Wildlederpumps anziehen, keine Frage. Wann, wenn nicht an einem solchen Abend, sollte sie sie in Bantekow auch sonst ausführen. Sie schüttelte ungläubig den Kopf. Ich lebe jetzt in Bantekow.

Wenn sie nur endlich einziehen konnte ins Rosenhaus. Sogar einen begehbaren Kleiderschrank hatte sie Piet in ihrem Schlafzimmer unter der Dachschräge im ersten Stock einbauen lassen. Die Beleuchtung fehlte noch, genau wie im Rest des Hauses. Und die Bäder waren noch nicht montiert. Aber bald konnte sie endlich einziehen. In ihr neues Leben.

Es klopfte an der Tür, und ihr Herz sprang bis zum Hals. Sie nahm ihre Handtasche und öffnete.

»Frau Kollegin«, Julian reichte ihr galant den Arm, und sie hängte sich ein, »auf einen wunderschönen Abend anlässlich der Gründung unseres Unternehmens.« Er schaute ihr in die Augen und lächelte.

Erleichtert hörte sie seine Worte. Es war also rein geschäftlich. Doch warum war sein Blick so durchdringend? »Lassen Sie uns unsere Idee gebührend begießen. So wie die Rosen, äh, ich meine, so wie, äh …« Sie wusste nicht weiter, was redete sie da eigentlich für einen Blödsinn?

Er lachte. »Ein Glas Prosecco wird uns auf jeden Fall guttun. Kommen Sie.« Er ging voran die Treppe hinunter an Gertrud vorbei, die lächelnd am Tresen in der Gaststube stand.

Am besten, ich lasse ihn reden, dachte Sandra, als sie sich

in seinem Mietwagen anschnallte. Dann kann ich wenigstens keinen Quatsch erzählen. Sie nickte bei sich, als er losfuhr und sie durch die Dämmerung über die Landstraße glitten. So würde sie es machen.

Sie würde ihn einfach reden lassen.

59

Die Kerze in der Flasche in der Mitte der weißen Tischdecke flackerte und tropfte. Und tropfte. Vor fünf Minuten hatten sie die Speisekarten weggelegt und die Bestellung aufgegeben. Seitdem schwiegen sie, und Sandra beobachtete die Kerzenflamme. Das Restaurant, das Julian ausgesucht hatte, war wirklich wunderschön. Sie saßen auf der großen Terrasse im ersten Stock direkt am Geländer und hatten einen hervorragenden Blick über die Promenade, auf die Seebrücke und auf die Ostsee. Langsam senkte sich die Dunkelheit über die Insel, der Mond kletterte auf seinen Platz am Himmel. Am Horizont zogen die Positionslichter eines Frachters vorbei. Ein leichter, kühler Wind wehte vom Wasser heran, aber das war angenehm nach diesem warmen, arbeitsreichen Tag.

Der erste Tag ihrer gemeinsamen Rosenschule. Sandra hob den Blick von der Kerze und schaute zu Julian hinüber, der mit seinem Buttermesser auf dem kleinen Teller spielte und in Gedanken weit weg zu sein schien.

Mein Gott, dachte sie. Meine Strategie scheint bei ihm nicht zu funktionieren. Er hört sich offenbar nicht besonders gern reden. Stumm wie der Steinbeißer, den wir bestellt haben. Sie spielte an ihrer Kette und ließ es sofort wieder, als sie es bemerkte.

Endlich wurden der Prosecco und der Brotkorb mit einer kleinen Kräuterbutterschale gebracht.

»Auf die Rosen von Bantekow!«, sagte Julian, als der Kellner eingeschenkt hatte, und prostete ihr zu.

»Auf die Rosen«, sagte Sandra. »Diese stolzen, schönen, klugen Geschöpfe.«

»Warum klug?«, fragte er und sah sie erstaunt an.

»Sie entfalten sich zu voller Schönheit, betören durch ihren Liebreiz und ihren Duft – aber sie sind immer auf der Hut, geschützt und abgeschirmt durch ihre Stacheln. Sie sagen: Bis hierhin und nicht weiter.« Sandra nahm sich ein Stück Brot und bestrich es mit der Kräuterbutter.

»Und das ist eine kluge Eigenschaft, denken Sie?« Er zupfte sein Brot in kleine Stücke und bestrich sie einzeln.

»Sehr klug.« Sie nickte.

»Demnach nehmen Sie sich ein Beispiel an den Rosen?« Er schaute sie über den Rand seines Prosecco-Glases lächelnd an.

»Jede Frau ist gut beraten, das zu tun.« Was war das in der Kräuterbutter, das so besonders schmeckte? Fenchel?

»Aber Ihr Mann, der hat es an den Dornen vorbei geschafft wie der Prinz bei Dornröschen.«

Sandra legte das Brot weg und lehnte sich in ihrem Stuhl zurück. »Ich wüsste nicht, was mein Mann in diesem Gespräch zu suchen hätte. Und würden Sie bitte Dornröschen Dornröschen sein lassen, die gehört ins Märchen. Dafür sind wir beide zu alt, meinen Sie nicht?«

»Autsch.« Er kaute ungerührt. »Da bin ich wohl direkt an einen der besagten Stachel gekommen, was?«

»Ich würde Sie einfach nur bitten, dieses Geschäftsessen professionell zu bestreiten, wenn es möglich ist.« Sie griff nach ihrem Glas. Was ging ihn Tobias an?

»Professionell. Sie haben ja so recht. Geschäftspartner sollten aber immerhin ein paar grundsätzliche Dinge voneinander wissen, meinen Sie nicht? Hier also meine Basics:

geschieden, keine Kinder, Patenonkel der Kinder meiner Schwester, Sohn eines Anwalts und einer Hausfrau.« Er sah sie direkt an und goss beiden nach. »Sie waren bis jetzt wohl auch Hausfrau?«

Sandra verschluckte sich fast an ihrem Prosecco, sie merkte, wie ihre Halsschlagader zu pulsieren begann. Er wollte es also genau wissen? Na gut. »Ich habe zwei Kinder großgezogen, die heute in Harvard und München studieren. Ich war die Hockey-Mum, die die Kinder zum Fußball und tatsächlich auch zum Hockey kutschiert und Trikotberge gewaschen hat. In der Schule war ich jahrelang Elternvertreterin und Chefin des Weihnachtsbasar-Komitees. Wir haben jedes Jahr mit unseren paar Kuchen und dem anderen Krimskram über tausend Euro gesammelt und damit ein Basketballfeld bauen lassen, auf dem nun die Landesschulmeister trainieren. Dank unseres Einsatzes sind die Spieler der Schule das nämlich geworden.«

Julian lächelte und schwieg.

Sandra wurde noch wütender. »Bei uns zu Hause habe ich für meinen Mann jeden Monat Geschäftsessen in großer Runde organisiert, habe dafür exzellent kochen und backen gelernt, Konversation in mehreren Sprachen betrieben und so vermutlich zu einigen Abschlüssen beigetragen, die unserer Familie wiederum Bildungsurlaube in Italien und Strandferien in Florida ermöglicht haben. Ich liebe meine Kinder sehr, für meinen Mann galt das auch, und ich habe das alles gern getan. Und nein, ich war nicht unglücklich damit. Für mich waren das durchaus erfüllte Jahre, in denen ich es geschafft habe, zwei kleine Menschen zu verantwortungsvollen jungen Erwachsenen zu erziehen und einen glücklichen, ausgeglichenen Mann zu haben, der keinen Porsche kaufen musste und keine Geliebte hatte.«

»Autsch! Das waren aber gleich sehr viele Stacheln auf einmal.« Julian grinste.

Sandra trank einen großen Schluck Prosecco. »Ist doch wahr. Niemand nimmt heutzutage Familienarbeit mehr ernst.«

»Da haben Sie wohl recht. Meine Schwester Caroline sagt das auch immer.« Er fasste über den Tisch und ergriff ihre Hand. »Bitte entschuldigen Sie meine indiskrete Frage. Sie war vielleicht ein wenig schroff formuliert. Es war wirklich nicht despektierlich gemeint. Ich will Sie einfach nur besser kennenlernen.«

Das klang ehrlich, trotzdem zog sie ihre Hand weg. »Die Basics wissen wir nun also. Aber mich interessiert auch etwas: Woher kommt Ihre Liebe zu den Rosen?«

Er nahm noch ein Stück Brot, bevor er antwortete. »Natürlich sind es zuallererst ihre Schönheit, ihre Vollkommenheit, ihr Duft. Als ich als kleiner Junge bei unseren Ausflügen in den Park zum ersten Mal den Queen Mary's Garden sah, war es um mich geschehen. Mein Vater erzählt mir heute noch, wie ich in meinen kurzen Hosen meinen Roller gestoppt und die Rosenbögen, die an diesem Junitag üppig blühten, angestarrt habe. Es muss wie ein Schock gewesen sein: diese Farben, dieser Duft, diese Fülle, diese Ruhe inmitten des Parks nach dem Verkehrsgewühl, durch das wir uns durchgeschlagen hatten, um unser Picknick zu machen.«

Sandra nickte und merkte, dass sie froh war über ihren Kaschmirpulli. Der Nachtwind war doch kühl.

»Und später hat mich die Unergründlichkeit dieser Blumen angezogen, ihre Anmut, ihre Sinnlichkeit und gleichzeitig ihre Unerreichbarkeit. Denn wer sie berührt, wird gestochen.« Er lächelte. »Ist es nicht so, Sandra?«

Sie wurde rot.

Er lehnte sich zurück und sah zum Mond hinauf, eine formvollendete Sichel, die inzwischen direkt über der Seebrücke stand. »Die Legende aus der griechischen Mythologie sagt, Selene, die Mondgöttin, herrsche in der Nacht. Ihre Schwester Eos, die Tagverkünderin, beende ihre Herrschaft jeden Morgen durch einen Blütenregen von Rosenblättern, den wir Menschen als Morgenröte sehen. Sie bereite damit ihrem Bruder, dem Sonnengott Helios, den Weg für den Tag. Ich liebe Sonnenaufgänge, und ich liebe eben Rosen. Das hängt wohl alles in der Seele zusammen.«

Sandra blickte ihn erstaunt an. Hatte er jetzt auf einmal Quasselwasser getrunken, nachdem er vorhin keinen Ton herausbekommen hatte? Und tatsächlich goss er sich schon wieder ein Glas Prosecco ein und trank es fast in einem Zug aus, bevor er weitersprach: »Rainer Maria Rilke hat mal gesagt: Es gibt Augenblicke, in denen eine Rose wichtiger ist als ein Stück Brot.« Er sah sie an. »Dem kann ich nur zustimmen.«

Sandra schaute ihn über den Rand ihres Glases hinweg an.

Was war das für ein Mann? Tat er nur so, oder war er wirklich so empfindsam? »Nicht, dass Sie mir jetzt noch mit einem Gedicht kommen«, versuchte sie, die Situation aufzulockern.

»Oh, da herrscht kein Mangel«, lachte er und stand doch tatsächlich auf. Die Leute an den anderen Tischen blickten zu ihnen herüber, und Sandra wurde klein auf ihrem Stuhl.

Julian machte eine ausholende Geste und rezitierte:
»Siehe, die Rosen im Garten
öffnen sich alle dem Licht.
Seele, meine Seele,
zögere du nicht.«

»Setzen Sie sich«, zischte Sandra.

»Matthias Claudius, schön, nicht? Wozu doch der deutsche Gedichtband aus der Bibliothek meines Vaters gut ist, was?«

»Ihr Vater interessiert sich für deutsche Lyrik?« Sie fragte sich, was das eigentlich für eine seltsame englische Familie war.

»Und noch eins, wenn Sie erlauben«, er grinste und ging nicht auf ihren Protest ein, sondern öffnete erneut die Arme und begann zu rezitieren:

»Noch einmal fällt in meinen Schoß
Die rote Rose Leidenschaft;
Noch einmal hab ich schwärmerisch
In Mädchenaugen mich vergafft.
Noch einmal legt ein junges Herz
An meines seinen starken Schlag;
Noch einmal weht an meine Stirn
Ein juniheißer Sommertag.«

Die Leute an den anderen Tischen klatschten und nickten Sandra augenzwinkernd zu.

»Setzen Sie sich hin, Herrgott noch mal.« Sandra zog ihn auf seinen Stuhl.

»Das ist von Theodor Storm. Gefällt es Ihnen nicht?«

»Du meine Güte, schlägt der Prosecco so sehr an bei Ihnen?«

»Ich freue mich eben der Rosen. So viel muss doch erlaubt sein.«

»Ich will jetzt aber mal dem alten Rilke widersprechen: Manchmal ist ein Stück Brot durchaus wichtiger als eine Rose.« Sie nahm noch etwas aus dem Korb. »Und wenn die Suppe und unser Fisch endlich kämen, wäre ich auch nicht unglücklich. Statt hier den Rosenkavalier zu geben, könnten Sie lieber mal nachfragen, wo das Essen bleibt.«

Er lachte. »Nun seien Sie doch nicht so ungemütlich. Lassen Sie uns in Ruhe den Prosecco beenden.« Er goß ihnen nach.

Zur Beruhigung trank Sandra noch einen Schluck.

Er schaute sie genau an. »Ich habe die ganze Zeit darüber nachgedacht.«

»Worüber?«

»Welche Rosensorte Sie wohl sind.«

Sie verschluckte sich und musste husten. »Ich?«

Er nickte. »Und jetzt weiß ich es: Sie sind eine *Sommerwind* von Kordes. Das ist eine Beetrose mit rein rosafarbenen Blüten. Zart, wunderschön, aber ziemlich stachelig. Sehr wehrhaft gegen Krankheiten und Nässe, dauerblühend bis zum Frost. Diese Rose schafft es durchs Leben, egal was da kommt. Und diese Eigenschaften bewundere ich sehr.«

Sandra errötete.

»Übrigens ist die *Sommerwind* noch schöner als die *Johanna Eva Faber.*«

Was war denn das für eine Charmeoffensive?, fragte sie sich erst ärgerlich. Aber ihr Ärger verfing nicht richtig. »Bei der *Johanna Eva Faber* fällt mir ein, dass ich Sie etwas fragen wollte: Würden Sie an einem der nächsten Tage mit mir in das Kloster fahren, in dem sie gelebt hat, um zu versuchen, ein wenig mehr über sie zu erfahren? Vielleicht finden wir etwas heraus, das wir bei der Bewerbung für Ottenbach noch gebrauchen könnten. Was meinen Sie?«

»Gute Idee«, sagte er nach kurzem Zögern.

»Es ist das Kloster Dobbertin am Rande der Mecklenburgischen Seenplatte«, fuhr Sandra fort. »Vielleicht gibt es dort alte Bücher, in denen die Bewohner vermerkt sind, oder es findet sich ein Hinweis, warum Johanna dort hingegangen ist.« Sie spielte mit dem Fischmesser. »Und woher sie kam. Je länger ich darüber nachdenke, desto mehr glaube ich, dass sie vom Gut Bantekow kam. Vielleicht war sie dort eine verdiente Angestellte? Warum sonst hätte Theodor eine Rose nach ihr benennen sollen?«

»Ach, da kommt ja unsere Vorspeise.« Julian klang geradezu erleichtert.

»Das Kressesüppchen vornweg.« Der Kellner stellte ihnen jeweils eine kleine Schale hin, aus der es dampfte. »Guten Appetit.«

»Endlich!«, entfuhr es Sandra.

»Sie sehen doch, dass jeder Tisch heute Abend besetzt ist«, sagte der Kellner beleidigt und verschwand.

Sie löffelten schweigend.

»Köstlich«, sagte Julian schließlich.

»Es fehlt ein wenig Muskatnuss«, sagte Sandra.

»Da war wieder ein Stachel.«

Sie zuckte die Schultern. »Ich kann nun mal sehr gut kochen.«

»Vielleicht hätten Sie lieber ein Restaurant aufmachen sollen, als mit einem dahergelaufenen Engländer eine Rosenschule zu gründen.«

»Vielleicht wäre das klüger gewesen, in der Tat.« Sie wiegte den Kopf, als ob sie überlegte.

Er schüttelte seinen. »Nein, liebe Sandra, ich bin sehr froh, dass Sie diesen Weg gewählt haben, nun da Ihre Karriere als Mutter erfolgreich abgeschlossen ist.« Er grinste.

»Hören Sie endlich auf, sich über mich lustig zu machen.« Sie kippte die Schale an, um den Rest der Suppe zu löffeln.

»Das würde ich mir nie erlauben. Ich weiß von meiner Schwester, wie hart der Job einer Mutter sein kann. Dagegen ist Rosenveredeln ein Spaziergang.«

»Da stimme ich Ihnen zu.« Sie legte den Löffel weg.

»Was halten Sie übrigens davon, wenn wir unser Geschäftsfeld noch ein wenig ausweiten und neben der Veredelung auch noch selbst züchten?« Er rückte die Salz- und Pfefferstreuer hin und her.

»Daran habe ich auch schon gedacht. Das sollten wir in der Tat tun«, sagte Sandra und nahm ihm die Streuer weg, weil das Gerücke sie nervös machte. »Wir haben optimale Voraussetzungen.«

Julian lehnte sich zurück. »Gut. Wenn Sie das auch so sehen, dann werde ich mich entsprechend einlesen. Denn Kreuzungen habe ich bisher noch nie vorgenommen, das ist Neuland für mich. Aber ich werde das für uns schon hinbekommen.«

»Oder ich mache es«, sagte Sandra und sah ihn direkt an.

Sein Kopf flog hoch, er rückte wieder nach vorn an den Tisch. »Sie?«

»Die Hauptspeise, die Herrschaften. Steinbeißer auf Zucchini-Karotten-Gemüse und lila Kartöffelchen.« Der Kellner stellte die dampfenden Teller vor ihnen ab. »Lassen Sie es sich schmecken.«

Julian bedachte den Fisch mit keinem Blick, er war wie gebannt. »Wie – Sie?«

Sandra nickte. »Für mich ist das kein Neuland. Ich habe es nur seit fünfundzwanzig Jahren nicht mehr gemacht. Aber so was vergisst man schließlich nicht. Es dürfte kein Problem für mich sein.« Sie schnitt den Steinbeißer an. »Köstlich, ganz köstlich.«

»Was?«, fragte Julian und griff nun doch zum Besteck.

Sandra lachte. »Aber ja! Vor meiner Karriere als Mutter, wie Sie es so schön nennen, war ich Botanikerin. Sie dürfen auch Dr. Sandra Bellmann zu mir sagen, wenn Sie möchten.«

Er blickte sie schweigend an, das Besteck schwebte in der Luft.

»Jedenfalls stellt der Bestäubungsprozess für mich keine Herausforderung dar, wenn wir erst mal geeignete Mutter- und Vaterpflanzen identifiziert haben. Wir müssten nur in entsprechende Gewächshäuser und eine Kühlkammer investieren.« Sie pickte eine lila Kartoffel auf. »Ich schlage also vor, dass Sie die Veredelungen machen und ich später, wenn es so weit ist, den Bereich der Neuzüchtungen in unserem Betrieb übernehme.«

Er begann nun doch, seinen Steinbeißer zu bearbeiten. »Botanikerin also?« Er probierte den Fisch und nickte anerkennend. »Sie stecken voller Überraschungen.«

»Für mich nicht.« Sandra stach in eine Zucchini. »Ich weiß ja schon alles über mich.«

Er beugte sich zu ihr hinüber. »Sind Sie da sicher?«

Ihr Bauch kribbelte wieder so eigenartig. Sie holte tief Luft und konzentrierte sich aufs Essen.

Auch Julian aß still. Als er schließlich sein Besteck zur Seite legte, fragte er: »Wie wäre es nach diesem herrlichen Essen mit seinen kleinen Mängeln, Stacheln und Höhepunkten mit einem kurzen Strandspaziergang? An so einem schönen Sommerabend sollte man sich das Meeresrauschen und den Mondschein nicht entgehen lassen, oder, Frau Doktor?«

»Sehr witzig, Julian.« Sie wurde rot. »Und sehr gern«, fügte sie leise hinzu.

60

Sie gingen nebeneinander den Strandaufgang hinauf und über die Düne. Leise rauschten die sanften Wellen auf den Strand und hinterließen ein feuchtes Band auf dem Sand, in dem der Mondschein glitzerte.

Sandra zog die Schuhe aus und lief barfuß. Sie atmete die Meeresluft ein und merkte, wie zufrieden ihr Bauch nach dem guten Essen war.

Vorsichtig schaute sie nach rechts zu Julian, der ebenfalls die Luft der lauen Sommernacht zu genießen schien. Julian war verrückt nach Rosen, so viel stand nach diesem Essen fest. Sie schmunzelte, als sie daran dachte, wie er die Gedichte rezitiert hatte.

Sie sah zur Seebrücke, deren Fenster noch erleuchtet waren, die letzten Gäste würden bald nach Hause gehen, und dann würde die Brücke im Dunkeln liegen, bis morgen früh die Sonne aufginge. Bis Eos, die Tagverkünderin, ihre Rosenblüten verstreuen würde.

Sie lächelte und knickte plötzlich um, als sie auf etwas Hartes im Sand trat. Sie verlor das Gleichgewicht und wäre umgefallen, wenn Julian sie nicht rasch aufgefangen hätte. »Hoppla«, sagte er, und sie roch sein Rasierwasser. Sie hatte lange kein Rasierwasser mehr gerochen, stellte sie fest.

»Haben Sie sich weh getan?«, fragte er besorgt und zog sie ein wenig hoch, näher an seine Brust. »Sehen Sie«, er zeigte auf den Sand, »das war nur ein vergessener Buddeleimer, auf den Sie getreten sind. Halb eingegraben neben der Sandburg.« Er hielt sie noch immer.

Sie löste sich aus seinem Arm und stellte sich probeweise auf den umgeknickten Fuß. »Tut nicht weh. Nichts passiert«, sagte sie und lief weiter.

Aber es war doch was passiert, dachte sie mit klopfendem Herzen. Sie fuhr sich durch die Haare.

Julian räusperte sich. »Der Strand in England, zu dem ich immer für Kurztrips aus der Stadt rausfahre, ist nicht so schön wie dieser hier«, sagte er. »Aber einmal im Monat nehme ich die Bahn nach Brighton. Das sind nur fünfzig Minuten ab Victoria Station, und schon ist man am Meer. Ich brauche das, die Luft, den freien Blick, die Sonne, die Entspannung.« Er hob eine Muschel auf, die an der Wasserlinie angespült worden war, und betrachtete sie. »Je älter ich werde, desto mehr.«

Sandra konnte ihn gut verstehen. Manchmal war sie in Hamburg auch mitten am Vormittag, wenn alle in der Schule und auf der Arbeit waren, zum Hafen gefahren, hatte sich ein Fischbrötchen geholt, sich auf eine der Bänke gesetzt und den Menschen auf den Kränen und Schiffen an den Docks bei der Arbeit zugeschaut. Sie hatte das Kreischen der Möwen genossen, das Krachen der Container, das leichte Schwanken des Kais, wenn ein großer Frachter vorbeizog, das Tuten der Ausflugsdampfer für die große Hafenrundfahrt. Ja, dachte sie plötzlich, dass sie am Wasser alt werden wollte, daran hatte nie ein Zweifel bestanden. Und Usedom war dafür nicht die schlechteste Wahl. Sie atmete tief durch. Hier war sie richtig, sie spürte es. Sie war angekommen.

Sie würde mit ihrer Rosenschule und dem wunderschönen Garten ein Erbe hinterlassen, wenn sie einmal ging. Bis dahin würde sie den Weg ihres Lebens einfach genießen. Es war nicht der Weg, den sie einmal geplant hatte; sie hatte mit Tobias alt werden wollen. Aber nun, da es anders gekommen war, würde sie diese neue Chance annehmen. Sie würde die Arbeit mit den Rosen tun, die jeden Tag anfiel – und es würde nicht wenig sein. Aber es wäre zu schaffen. Und sie würde es, so wie es aussah, mit diesem Mann tun, der heute Abend an ihrer Seite ging. Sie schielte nach rechts und wünschte sich fast, dass der Boden ein wenig unebener würde, so dass er vielleicht mit seiner Schulter gegen die ihre stoßen würde, wenn er ungeschickt auftrat und …

Auf einmal blieb er stehen und nahm sie einfach so in die Arme. Vor Schreck vergaß sie, sich zu wehren. »Liebe Sandra«, sagte er. »Ich möchte dir danken für diesen schönen Abend und für die Chance, diese Rosenschule in Bantekow mit dir aufzubauen.« Er lächelte. »Du hast mich mit deiner Anzeige nach Usedom gelockt. Und ich freue mich wirklich sehr darüber.« Sein Gesicht kam näher. »Ich bin dankbar und froh, nicht nur mit den Rosen von Bantekow arbeiten zu dürfen, sondern auch mit dir.« Er lachte. »Frau Botanikerin!« Sein Kopf kam noch näher.

In Schockstarre, verharrte Sandra einen Moment, aber dann riss sie sich los. »Das kann ich nur so zurückgeben«, sagte sie hastig und lief schnell weiter, ohne zu wissen, wohin. Himmel! Sie machte abrupt kehrt und eilte quer über den Sand zurück zum Strandaufgang. »Und gleich morgen haben wir sehr viel zu erledigen. Ich werde die Bewerbungsunterlagen ausdrucken und ausfüllen.«

Julian folgte ihr mit schnellen Schritten. »Selbstverständlich. Und ich werde weiter veredeln.« Er räusperte sich. »Und was meinst du: Sollten wir übermorgen zu dem Kloster fahren, um mehr über Johanna zu erfahren?«

Sandra nickte und zog ihre Pumps an, ohne auf den vielen Sand zu achten, den sie noch an den Füßen hatte. Nur schnell runter von dem dunklen Strand. »So machen wir es.« Sie floh ins Licht der Promenade. Das war ja gerade noch mal gut gegangen. Beinahe hätten ihre Gefühle sie übermannt. Aber immerhin war Julian ihr Geschäftspartner. Sie schritt, so schnell sie konnte, zum Auto, Julian beeilte sich, hinterherzukommen. Wahrscheinlich war sie nur geblendet von seinen poetischen Exkursen und vom Prosecco. Sie erreichte das Auto und zog ungeduldig am Griff der Beifahrertür, bis er sie endlich mit dem Funkschlüssel öffnete.

Schweigend fuhren sie zurück, Julian stellte einen Klassik-Musikkanal ein. Zu Beethovens Mondscheinsonate holperten sie über die Kopfsteinpflasterstraße von Bantekow, bis sie an der Pension angekommen waren und Sandra aus dem Wagen türmte.

61

Professionalität war jetzt das Gebot der Stunde. Reiß dich zusammen, sagte Julian sich, als er am nächsten Tag im Rosengarten mit dem Veredeln weitermachte. Was war nur gestern Abend in ihn gefahren, dass er sich so hatte hinreißen lassen? Er hatte sich aufgeführt wie ein Teenager, obwohl er doch fast fünfzig Jahre alt war. Er schüttelte den Kopf bei dieser Zahl. Dabei fühlte er sich doch immer noch genauso wie zwanzig Jahre zuvor. Bis auf die Rückenschmerzen, die sich ab und zu einstellten.

Er machte einen T-Schnitt und setzte das Auge der wunderschönen *Bienenkönigin* ein, wie Theodor diese gelbblühende Edelrose getauft hatte. Er blickte über die Reihen des Gartens bis zu den Buchen am Bach. Sie hatten so viele Schätze, die es zu retten galt, und es war so eine gute Arbeit, die er hier tun konnte. Er schaute zu Sandra hinüber, die an einer Ecke des Tapeziertisches stand und versuchte, die Bewerbungsunterlagen für den Rosenwettbewerb in Ottenbach auszufüllen.

»Was schreiben wir denn bei ›Urheberrechte‹?«, rief sie ihm zu und klopfte mit dem Kugelschreiber ungeduldig auf den Tisch. »Liegen die bei uns?«

»Ich denke schon.« Julian nickte. »Theodor ist so lange tot, und nach dreißig Jahren gibt es keine Urheberrechte mehr für den Erstzüchter. Da wir die Sorte nun aber neu anbieten wollen, ist es legitim, glaube ich, wenn wir uns als Urheber eintragen. Oder vielmehr die Rosenschule Bantekow.«

Sandra lächelte. »Klingt gut, nicht wahr?«

»Und wie.« Er lächelte zurück. »Außerdem legen wir die Geschichte von Theodors Verdiensten und seine Archivaufzeichnungen offen. Da ist nichts gemauschelt.«

Sandra nickte, und sie arbeiteten schweigend weiter. Julian lauschte dem Vogelgesang – eine Amsel hatte sich auf die Spitze des von Dachdecker Meier inzwischen mit frischem Reet versehenen Dachfirstes gesetzt und zwitscherte vergnügt. Auch die Rotbauchunken taten ihr Bestes, um sich bemerkbar zu machen. Er sah zu Sandra hinüber, die konzentriert über die Unterlagen gebeugt war. Sandra liebte diesen Garten und das Haus ebenso wie er, das musste er eingestehen.

Mit freudestrahlendem Gesicht bog in diesem Moment Piet um die Hausecke und steuerte auf Sandra zu. »Liebe Frau Bellmann«, sagte er. »Die Badinstallationen werden heute Nachmittag eintreffen, wie ich eben von der Firma erfahren habe.« Er nickte lächelnd. »Was bedeutet, dass wir übermorgen fertig sind. Dann können wir das Haus an Sie übergeben.« Man sah, wie stolz und erleichtert er war, diese Aufgabe mit seinen Männern bewältigt zu haben.

Julian zog es das Herz zusammen.

»Großartig«, sagte Sandra und lachte Piet an. »Das ist eine gute Nachricht. Wie ich mich freue!« Sie wandte sich Julian zu. »Haben Sie gehört?«

Julian nickte und zwang sich zu einem: »Glückwunsch.« Jetzt würde sie also tatsächlich einziehen. In das Haus, das einmal seinem Vorfahren gehört hatte. Der nagende Ärger, den er gerade glaubte besiegt zu haben, stieg wieder in ihm hoch. Musste er nun tatsächlich endgültig akzeptieren, dass sie die rechtmäßige Eigentümerin war? Er schob den Wildlingstopf, den er bearbeitet hatte, beiseite und zog den nächsten heran.

Er machte einen T-Schnitt, die Klinge ritzte zu tief in die Rinde und verletzte das Holz; er sortierte den Wildling aus. Er musste sich zusammenreißen. Vielleicht sollte er mit Caroline sprechen. Bestimmt wusste sie einen Rat, wie er mit seinem Zwiespalt umgehen sollte. Und vielleicht – ein allerletztes Fünkchen Hoffnung hatte er – würden sie zusammen einen Plan entwickeln, wie es doch noch möglich wäre, Bantekow am Ende in Familienhand zu bringen.

62

»Angeschnallt?« Sandra lächelte zu Julian hinüber, der neben ihr im Käfer saß. Sie hatten das Verdeck hinuntergelassen; an solch einem schönen Sonnentag musste man offen fahren.

»Gut anderthalb Stunden werden wir wohl brauchen bis nach Dobbertin«, sagte Julian mit einem Blick auf sein Handy, in dem er ein Navi-Programm aufgerufen hatte, weil der alte Käfer so etwas nicht besaß. »Ich sage dir die Route an.«

Sie knatterten los, Sandra stellte einen Radiosender ein, der eher ruhigere Sachen spielte. Die Sonne schien auf Julians altmodische Schiebermütze und Sandras Hermès-Tuch, das sie sich um Haare und Ohren geknüpft hatte. Fehlte noch ein Bobtail, der auf der Rückbank hechelte und die Haare im Wind fliegen ließ, dachte Sandra. Dann sähen wir aus wie aus einem Werbefilm für Müsliriegel, bei all den Feldern, die rechts und links der Landstraße lagen. Oder würden wir in unserem Alter doch eher für eine Versicherung werben? Für Haftcreme zum Glück noch nicht, dachte sie und lächelte.

»Du hast aber gute Laune heute«, sagte Julian, der sie beobachtet hatte.

»Kein Wunder, nachdem wir so gut vorangekommen sind gestern.« Sie lenkte mit einer Hand und angelte mit der anderen nach hinten auf den Rücksitz nach ihrer Tasche. »Da fällt mir ein: Beim nächsten Briefkasten müssen wir die Post für die Bewerbung beim Rosarium einwerfen, sonst verpassen wir den Anmeldeschluss.«

Julian schlug ihr sanft auf die Hand. »Finger ans Steuer. Wenn du uns gegen einen Baum fährst, sterben auch unsere Rosen, weil sich niemand mehr um sie kümmert, denk daran.«

Sie lachte und nahm die Hand nach vorn.

Im nächsten Dorf, durch das sie fuhren, hing an einem Dreiseitenhof ein gelber Postkasten. Sandra lenkte den Wagen an die Seite, Julian stieg aus und warf den Brief ein.

»Ob dieser Kasten auch regelmäßig geleert wird?«, fragte Sandra, als er wieder neben ihr saß und sie die staubige Dorfstraße hinter sich ließen und über eine schnurgerade Allee fuhren.

»Einmal am Tag. Hoffen wir, dass es stimmt.« Er lachte. »Was weißt du eigentlich über das Kloster Dobbertin? Es wird doch heute kein Damenstift mehr sein.«

Sandra schüttelte den Kopf. »Soviel ich gelesen habe, wird es von der Diakonie betrieben und ist ein Heim für Behinderte mit Werkstätten und so weiter. Und es soll ganz idyllisch auf einer Halbinsel an einem See liegen. Eine große neugotisch ummantelte Backsteinkirche und die Nebengebäude sind noch erhalten.«

»Ist das so ungewöhnlich? In England finden sich solche Bauten aus dem Mittelalter an jeder Ecke.«

Sie trommelte gegen das Lenkrad im Takt des Songs, der im Radio lief, und sang den Refrain »I Wanna Lay You Down In A Bed Of Roses« mit. Dann wurde ihr die Bedeutung des Textes klar, und sie antwortete lieber schnell: »Hier wurden im Zuge der Reformation viele Konvente aufgelöst, und die riesigen Klosteranlagen verfielen oder wurden anderweitig genutzt, manchmal sogar als Viehställe oder Kornlager.«

»Ich bin gespannt. Hoffentlich finden wir dort einen Hinweis auf Johanna.«

»Wenn wir etwas entdecken, würde ich dem Rosarium eine aktualisierte Fassung unseres historischen Abrisses schicken. Das wäre vielleicht sowieso eine gute Idee, um sich noch mal in Erinnerung zu rufen. Denn bis zur Präsentation der Rose am Wettbewerbstag im Juli nächsten Jahres ist es noch ganz schön lange hin.«

»Der Tag steht also schon fest?«

Sandra drosselte die Geschwindigkeit, als sie sah, dass ein Traktor mit einem Anhänger voll Mist aus einem Feldweg auf die Landstraße bog. »Am ersten Juli um zehn Uhr wird die fachkundige Jury im Rosarium Ottenbach unsere *Johanna Eva Faber* inspizieren und bewerten.« Nun tuckerten sie hinter dem Traktor her.

»Wenn sie bis dahin tatsächlich gut gewachsen ist.« Er kniff sich die Nase mit Daumen und Zeigefinger zu. »Puh, diese Landluft! Können wir nicht beide froh sein, das Stadtleben aufgegeben zu haben?«

Sandra lachte.

Eine Stunde später rollten sie in den Ort Dobbertin. Sandra sah Schilder von Handwerksbetrieben rechts und links der Hauptstraße, landwirtschaftliche Maschinen gab es hier zu kaufen, und auf kleinen Tischchen wurden Zucchini und Stachelbeeren angeboten. Ein Schild wies den Weg zum Kloster. Sie passierten eine Bäckerei mit ein paar Tischen und Stühlen vor der Tür – und hielten auf dem Besucherparkplatz an der Mauer vor dem Kloster. Fast unwirklich groß ragte der Kirchenbau über die Bäume und Häuser, und Sandra konnte sich vorstellen, wie beeindruckend und furchteinflößend das Gebäude für die Menschen im Mittelalter gewesen sein musste.

Hatte auch Johanna das Ende des 19. Jahrhunderts so

empfunden, als sie hierherkam? Oder hatte sie es als Ort der Rettung, als Zufluchtsstätte wahrgenommen?

Sie schlossen das Verdeck des Käfers und betraten das Klostergelände durch ein Tor. »Da ist ein Schild der Verwaltung. Lass uns dort mal nachfragen«, sagte Sandra und steuerte auf eines der kleineren Backsteingebäude zu.

»Die Kirche will ich aber auch noch von innen sehen.« Julian war stehen geblieben und blickte an den Mauern hoch.

»Kann ich Ihnen helfen?«, hörten sie plötzlich eine männliche Stimme.

Sie blickten sich um, sahen aber niemanden.

»Hier oben, am Fenster!«

Sie schauten hinauf. Ein Mann in ihrem Alter lächelte sie freundlich an. »Kommen Sie rauf, wenn Sie eine Frage haben. Ich bin hier das örtliche Wikipedia, wenn Sie so wollen.«

Sie betraten sein Amtszimmer, das hell und modern saniert und mit viel Kiefernholz ausgestattet war. »Berger. Sven Berger«, stellte er sich vor. »Was kann ich für Sie tun?«

Sie erklärten es ihm. Er nickte und machte sich Notizen. »Auf Anhieb kann ich dazu nur sagen, dass Dobbertin ab 1572 ein Damenstift für adlige unvermählte Frauen war. Aber ich weiß, dass bisweilen Ausnahmen gemacht wurden, was die Herkunft anging, wenn es sich um Frauen handelte, die in Not waren.«

Sandra runzelte die Stirn. »In Not?« War Johanna in Not gewesen?

Berger zuckte die Schultern. »Zumindest war ihre Urgroßtante vermutlich in einer unangenehmen Situation und wusste offenbar keinen Ausweg, als sich hierher zu wenden.«

»Was soll das heißen – in Not? Etwa was ich vermute?«
Sandra sah Berger gespannt an.

Berger nickte. »Viele junge Frauen, die hier Unterschlupf
fanden, waren unverheiratet und schwanger.«

»Können Sie denn herausfinden, aus welchem Grund
Johanna hier war?«, fragte Julian.

Berger nickte. »Vielleicht. An sich sind alle Bewohnerin-
nen des Damenstifts in unseren Unterlagen vermerkt.
Wenn wir Glück haben, finde ich dort einen Hinweis auf
Johannas Zustand, in dem sie herkam.« Er notierte sich
ihren Namen. »Und Sie meinen, dass sie lange hier gelebt
hat? Bis zu ihrem Tod?«

Sandra nickte. Sollte Johanna wirklich schwanger gewesen sein? Etwa von Theodor von Bantekow, dem Mann, der
eine Rose nach ihr benannt hatte?

Berger stand auf. »Gut, ich werde versuchen, das für Sie
herauszubekommen. Ich rufe Sie an, sobald ich etwas gefunden habe. Mache mich sofort an die Arbeit.«

»Dürfen wir uns die Kirche von innen anschauen?«,
fragte Julian.

Berger nickte. »Offiziell ist sie jetzt geschlossen. Aber die
kleine Tür an der Sakristei ist nicht verriegelt. Gehen Sie
nur hinein.«

Sie bedankten sich und machten sich auf zur Kirchenbe-
sichtigung.

Wenig später saßen sie in der Sonne vor der Bäckerei und
genossen die Wärme. In dem dunklen Kirchenschiff mit seinen dicken Mauern war es kalt gewesen. Sandra umfasste
ihre Kaffeetasse. Die Beklemmung, die sie nach dem Gespräch mit Berger gespürt hatte, fiel von ihr ab.

Julian hatte einen Earl Grey bestellt. »Man sieht diesen

Bauten an, was für eine große soziale Bedeutung die Kirchen und Klöster damals hatten«, sagte er und aß seinen Keks, der mit dem Tee gekommen war.

»Und immer noch haben«, sagte Sandra, als ein Kleinbus der Diakonie vorbeifuhr, in dem offensichtlich die heutigen Bewohner von Dobbertin saßen.

Julian schaute dem Bus hinterher. »Hoffentlich findet Berger einen Vermerk zu Johannas Fall. Sie muss wirklich verzweifelt gewesen sein, um diesen Schritt zu gehen.«

Sandra nickte. »Den Entschluss, sich für immer hinter diese dicken Mauern zurückzuziehen, hat sie bestimmt nicht freiwillig getroffen. Schon allein die Reise von Usedom hierher muss eine Strapaze gewesen sein. Zu Fuß oder per Heuwagen war sie bestimmt mehrere Tage unterwegs. Und das möglicherweise in anderen Umständen.«

Julian legte sein Handy auf den runden Metalltisch und stand auf. »Ich muss kurz verschwinden. Falls das Telefon klingelt, nimm den Anruf ruhig an. Das wird Sven Berger sein. Er wollte sich ja sofort in die Akten stürzen.« Er verschwand in der Bäckerei.

Wie gut, dass sie an den hilfsbereiten Berger geraten waren, dachte Sandra und schloss die Augen, um die Sonnenstrahlen zu genießen. Wenn es etwas herauszufinden gab, dann würde er es für sie finden.

Tatsächlich klingelte in diesem Augenblick das Telefon, Sandra griff danach und ging ran, ohne auf das Display zu schauen. Ihr »Ja?« ging unter in einem lauten Kinderschrei am anderen Ende, gefolgt von einer englischen Tirade: »Verdammt, Becky. Wie oft habe ich dir gesagt, du sollst mit der Schublade aufpassen. Komm her, ich puste. Hier ist was los! Aber zu dir, Bruderherz, und ich will nichts hören, jetzt rede ich.«

»Aber …« Sandras leise Stimme war offenbar am anderen Ende nicht zu verstehen, was bei dem Lärm aber auch nicht verwunderlich war. Sie hörte, wie die Frauenstimme rief: »Becky, wie oft soll ich es noch sagen? Nimm dir endlich das Stück Schokolade und verschwinde aus der Küche! Ich spreche hier mit Onkel Julian, der sich erdreistet, mir die Mailbox vollzuschwafeln und mich um Rat zu fragen, wie er seine neue Geschäftspartnerin ausbooten kann.« Eine Kaffeemaschine zischte laut los. »Julian, das kannst du nicht machen. Diese Sandra vertraut dir, und sie bietet dir eine einmalige Chance, auch wenn ich der Meinung bin, du solltest deinen Hintern lieber wieder nach London bewegen. Hör gut zu, großer Bruder: Ich weiß, es ist dein Traum, nicht nur Theodors Rosen zu retten, sondern auch den Familienbesitz zurückzugewinnen. Aber, Julian, Intrigen gehen selten auf. Und ganz ehrlich, so etwas gehört sich nicht. Schon gar nicht für einen von Bantekow.«

Sandra schwieg. Einen bitte – wie?

»Hat es dir die Sprache verschlagen?« Die Frau lachte. »Sorry, Julian. Aber wenn ich dir nicht die Meinung sage, wer dann? Hier also mein Rat, um den du mich so oberdringend gebeten hast: Sei loyal zu deiner Geschäftspartnerin, wenn du schon unbedingt dort arbeiten musst. Vielleicht findet sich später die Gelegenheit, mit ihr über alles zu reden und ihr ein faires Angebot für den Garten und das Haus zu machen. Julian? Sag doch auch mal was.«

Sandra legte das Telefon auf den Tisch neben Julians Earl Grey, stand auf und rannte zum Auto.

Als sie mit dem Käfer an der Bäckerei vorbeifuhr, sah sie Julian winken und rufen – aber sie gab Gas und knatterte davon, die Allee vor sich verschwommen durch den Schleier ihrer Tränen.

63

Sie schob die Platte mit den geschmierten Broten in die Mitte des Küchentresens und stellte die Wasser- und Cola-flaschen für die Möbelpacker daneben. Es war alles vorbereitet, und dennoch war sie nervös. Gleich würde der Umzugs-wagen kommen, gleich würden ihre vertrauten Hamburger Möbel in ihr neues Heim geliefert werden, nachdem sie so lange im Lager gestapelt waren. Hoffentlich waren sie alle unversehrt geblieben.

Piet war gestern mit seinen Männern abgefahren, die Ab-nahme war reibungslos verlaufen. Sandra hatte nichts zu bemängeln gehabt. Das Rosenhaus war saniert, und es war wunderschön geworden.

Sie schluckte und schaute an den aufgearbeiteten weiß-lackierten Fenstersprossen vorbei auf die Dorfstraße, ob der Laster schon zu sehen war. Was hatte Ulli in dem Telefonat gesagt, das sie gestern Abend nach ihrer Rückkehr aus Dob-bertin geführt hatten?

»Du musst stark sein, Sandra«, hatte ihre Freundin ge-sagt. »Aber das schaffst du. Zieh erst einmal morgen in dein neues Zuhause ein, und begreif es als ganz neuen Schritt, mit dem du die Vergangenheit hinter dir lässt. Und zu der gehört demnächst auch Julian.«

»Aber wie konnte er das nur tun?«, fragte Sandra. »Wie konnte er mich so hintergehen die ganze Zeit?«

»Vergiss es, zerbrich dir darüber nicht den Kopf«, sagte Ulli. »Was geht dich dieser Engländer an? Du hast deinen Rosengarten mit seinem Riesenpotenzial. Du hast dein wunderschönes Haus, in dem du glücklich sein wirst. Für dich beginnt jetzt ein neuer Lebensabschnitt.«

»Aber wie soll ich das schaffen? Kann ich die Rosenschule überhaupt allein führen?«

»Du bist eine starke Frau. Du brauchst keinen Kompagnon. Genieß deinen Garten, genieß dein Haus. Lass dir die Freude an deinem Erfolg nicht nehmen. Denn sieh mal, was du schon alles hinbekommen hast: Du hast das marode Haus saniert, du hast den wunderschönen Garten gerettet. Du bist dabei noch nicht mal pleitegegangen, du kannst in der Zukunft den Leuten im Dorf und aus der Umgebung Arbeit geben. Und das wirst du gefälligst auch tun! Bleib bei deinem Plan! Der ist auch ohne diesen englischen Kauz gut.« Sandra hörte, wie Ulli Rauch ausblies. »Du hast doch genug von ihm gelernt, oder etwa nicht? Das Veredeln, die Rosenpflege. Dann schaffst du den Rest auch allein. Er hat seinen Dienst erwiesen, nun bist du an der Reihe, den Rest selbst zu stemmen. Hol dir einen Hilfsgärtner aus dem Dorf. Das reicht doch erst einmal. Wenn du später in die Zucht startest, suchst du dir die nächsten Mitarbeiter. Gesundes Wachstum nennt man das. Du wirst sehen, das funktioniert prima. Ohne Julian.«

»Es ist aber nicht das, was ich jetzt wollte«, sagte Sandra leise.

Ulli schwieg. Und dann: »Meine Liebe, in unserem Alter sollten wir unser Herz nicht mehr verschenken, wie wir es mit Anfang zwanzig getan haben. Sei zufrieden mit deinem tollen Haus und stolz auf dein kleines Unternehmen. Lebe. Und genieße. Das ist schon alles.«

Der Möbelwagen hielt vor dem Rosenhaus, Sandra öffnete die Tür und zeigte den vier Männern die Räume, damit sie wussten, wo alles hinsollte. Beim Anblick der schmalen Treppe in den ersten Stock mussten sie ein bisschen schlucken, aber ihre Scherze hallten durch das Haus, als sie Stück um Stück an die zugewiesenen Plätze schleppten. Sandra sah, wie ihr Rosenhaus sich füllte. Wie Vertrautheit einzog.

Aber zog auch Liebe ein? War ihr Herz mit dabei?

Sie bot den Männern zur Mittagspause die Brote an, als alles geschafft war, gab sie ein gutes Trinkgeld und blickte dem Möbelwagen hinterher, wie der die Kopfsteinpflasterstraße hinunterholperte.

Nun war sie eingezogen in ihr Rosenhaus. Sie wischte sich eine Träne weg und schob die erste Kiste mit Geschirr an den Küchenschrank heran, um sie auszupacken.

Eine SMS summte auf ihr Handy:

Herzlichen Glückwunsch zum Einzug in Dein Rosenhaus, Mama! Bin so stolz auf Dich, Deine Tine

Bei dem Gedanken an ihre Tochter in der Ferne, die ihr ganzes Leben noch vor sich hatte – mit all den falschen und den richtigen Entscheidungen, die man traf, und all den Schicksalsschlägen und Enttäuschungen, die man erlitt –, konnte Sandra die Tränen nicht mehr zurückhalten. Sie warf sich auf die Couch, die die Männer mitten im Raum abgestellt hatten, und vergrub den Kopf in den Kissen.

64

Das war aber ein kurzes Sabbatical, lachten die Kollegen, als Julian wieder in der Parkagentur auftauchte. Schon erholt? Den Sinn des Lebens so schnell erkannt?

Julian ging nicht darauf ein, sondern machte sich sogleich an die Arbeit. Was stand an? Gab es aktuelle Schadensmeldungen? Neue Bepflanzungen? Sein Chef hatte ihn glücklicherweise ohne Fragen sofort wieder im Dienstplan eingesetzt. Und ihm nach einem ernsten Blick geraten, sich Dinge, die man nicht ändern könne, nicht so zu Herzen zu nehmen.

Nicht so zu Herzen nehmen, dachte Julian bitter, als er nun an diesem nieselregnerischen Londoner Donnerstagmorgen den Dienstlastwagen durch den Park auf den Serpentine-See zusteuerte. Alles krampfte sich in ihm zusammen. Wie hatte das nur so schiefgehen können? Er war so nah daran gewesen, in Bantekow Fuß zu fassen und tagtäglich im schönsten Rosengarten der Welt arbeiten zu dürfen. Und er war so kurz davor gewesen, einen ganz neuen Schritt zu gehen und eine neue Liebe zuzulassen.

Wie hatte er es nur so vermasseln können? Warum hatte er sich diesen letzten Stachel nicht einfach aus dem Fell ziehen und vergessen können?

Er verstand Sandras Reaktion und gestand sich ein, dass er an ihrer Stelle wohl nicht viel anders gehandelt hätte. Er wusste, dass es keinen Sinn hatte, sich jetzt zu entschuldigen und zu versuchen, den Rauswurf rückgängig zu machen. Sie würde ihn nicht mal anhören.

Die Bantekows würden nie mehr zurückkehren nach Bantekow. Die Verbindung war nun ein für alle Mal gekappt.

»Also, Männer. An die Arbeit«, rief er, als er den Lastwagen parkte und alle herabsprangen. Er zog seinen Regenhut tiefer ins Gesicht und griff selbst zur Schere, obwohl er auch mit seinem Klemmbrett in der Hand die Arbeiten hätte inspizieren können.

Nun war er also verdammt dazu, für den Rest des Lebens die Londoner Parks instand zu halten. Wenn er nicht vorher wegen körperlicher Wehwehchen ins Büro abgeordnet würde, wo er keinen Rosenduft, sondern nur Aktenstaub riechen würde.

65

Sandra wachte in aller Früh auf. Sie stand auf und kochte in ihrer neuen Küche Kaffee. Noch im Pyjama trug sie eine dampfende Tasse in den Rosengarten und streifte barfuß durch die Reihen. Der feuchte, kühle Rasen kitzelte unter ihren Füßen, die Luft roch wunderbar frisch, der Tau auf den Blüten glitzerte, und die ersten Vögel sangen. Sandra atmete durch. Wie schön der Morgenhimmel mit seinem leuchtenden Orangerot aussah, dachte sie und verdrängte die Erinnerung an die Geschichte der Tagverkünderin Eos.

Nach einer ausgiebigen Dusche in dem mit türkisfarbenen Mosaikfliesen ausgestatteten Bad unter der Dachschräge im ersten Stock mischte sie sich ein Müsli mit Blaubeeren an und trank einen zweiten Kaffee am Küchentresen.

Alles ganz langsam, sagte sie sich. Ich werde alles Schritt für Schritt machen. Dann wird es auch für alles eine Lösung geben.

Sie füllte die Waschmaschine und setzte sie zum ersten Mal in Gang. Dann machte sie sich ans Auspacken der Kisten im Wohnzimmer und fing an zu dekorieren. Da war das Bild von dem jungen Künstler aus Hamburg, das Tobias und sie zusammen in der kleinen Galerie im Karolinenviertel gekauft hatten. Sie setzte sich auf die Couch und betrachtete die expressionistisch anmutende Ansicht des Hamburger Hafens. Sie beschloss, es über dem alten Holztisch aufzuhängen, wo sie mit ihren Gästen sitzen würde.

Wenn sie irgendwann mal welche hätte.

Sie sah zum Küchentresen mit seinen zwei Barhockern,

und ihr wurde klar, dass sie dort die meiste Zeit allein essen würde. Hatte sie sich das so vorgestellt?

Sie suchte den Hammer aus dem Werkzeugkasten und schlug einen Nagel über dem Tisch in die Wand. Aber was sollte diese Grübelei? So war es nun einmal. Sie war allein, und sie würde allein hier leben. Ob Tine sie ab und zu besuchen käme? Tom? Ulli? Sie musste dringend einen Tagesplan entwerfen, der ihr Halt gäbe, sonst würde sie verrückt werden. Zum Glück gab es im Garten genug zu tun.

Sie trat ein paar Schritte zurück und betrachtete das Bild an der hellgelben Wand. Dort hätte es Tobias auch gefallen. Sie schluckte. Wie hatte es damals nur so schnell passieren können?

Sie legte sich auf die Couch, rollte sich zusammen und schloss die Augen vor der Welt.

Sie musste eingeschlafen sein. Vor Schreck fuhr sie hoch, als die neue Türklingel schellte, die sie noch nie gehört hatte. Den Big-Ben-Sound hatte sie sich ausgesucht, jetzt erinnerte sie sich. Es kam ihr vor, als ob der Termin mit dem Elektriker schon hundert Jahre her wäre.

Mühsam setzte sie sich auf dem Sofa auf, strich die Haare glatt und ging zur Tür.

»Frau Bellmann, ich hoffe, ich habe Sie nicht geweckt?« Die alte Nachbarin mit der Kittelschürze und der Katze von gegenüber sah sie erschrocken an. Heute trug sie ein Exemplar mit lilafarbenen Blümchen auf grellgrünem Grund.

Bestimmt habe ich eine Matratzenfalte im Gesicht, dachte Sandra und seufzte. »Frau Marschner, wie kann ich Ihnen helfen?« Nach ihrer Schimpftirade am Gartentor damals hatte sich der Kontakt zwischen ihnen auf eine Beschwerde über den Baulärm beschränkt, als Piet und die

Männer alles herausrissen, was es herauszureißen galt. Und das war ja eine Menge gewesen.

»Sie können mir gar nicht helfen, junge Frau.« Frau Marschner bückte sich und hob einen altmodischen Brotkorb auf, den sie neben sich auf den Fußrost gestellt hatte. Auf einer Spitzendecke lag ein rustikales Bauernbrot darin. Neben dem Brot klemmte ein Keramiktöpfchen mit der Aufschrift *Salz.* »Alles Gute zum Einzug ins Rosenhaus.« Sie reichte Sandra den Korb.

»Vielen Dank! Was für eine Überraschung!« Sandra sah sie erstaunt an.

Frau Marschner wurde rot und schaute zur Seite. »Ach, wissen Sie, mein Mann und ich sind sehr froh, dass Sie es sind, die hier eingezogen ist. Sie bringen den Rosengarten tatsächlich auf Vordermann. Und das Haus – alle Achtung. Das ist wieder ein echtes Schmuckstück geworden.« Sie rang sich ein Lächeln ab. »Da haben sich der ganze Krach, der Staub und das viele Geld wohl gelohnt, was?« Neugierig blickte sie an Sandra vorbei ins Haus. »Hübsch, sehr hübsch!« Sie nickte anerkennend. »Jedenfalls herzlich willkommen in Bantekow. Und auf gute Nachbarschaft!« Sie drehte sich um und winkte über die Schulter zurück. »Wenn ich mal Rouladen mache, bringe ich Ihnen welche rüber. Das kocht man ja nicht für sich allein.« Und in ihren Pantoffeln und mit der Kittelschürze überquerte sie die Dorfstraße und verschwand in ihrem Haus.

Sandra roch, wie herrlich das Brot duftete, und ging gleich zum Kühlschrank, um sich eine Butterschnitte zu schmieren. Sie streute etwas Salz darauf.

Es geschahen doch noch Zeichen und Wunder, dachte sie und biss hinein. Rouladen. Hoffentlich kochte Frau Marschner die bald. Ob sie auch Klöße dazu bringen würde?

66

»Nun gib doch nicht die ganze Zeit den Trauerkloß.« Caroline stieß Julian in die Seite. »Du musst es abhaken. Es ist vorbei.«

Julian starrte die Straße hinunter, am indischen Tante-Emma-Laden vorbei, dem roten Doppeldeckerbus mit der Nummer 27 hinterher. Sie saßen im *Red Lion* schräg gegenüber von seinem Apartment beim Sunday Roast, einem äußerst gelungenen Rinderbraten mit dicker brauner Sauce, Erbsen und Kartoffelpüree. Julian trank ein Ale, Caroline einen Cider. Becky las ein Buch, Luke spielte mit seinem Gameboy.

»Es war eine Chance. Aber du hast sie vermasselt.« Caroline stopfte sich eine vollbeladene Gabel mit Kartoffelbrei in den Mund.

»Ich hab das vermasselt?« Julian richtete sich auf. »Wohl eher du! Wie konntest du nur am Telefon ...«

Caroline sah ihn nur kauend an und zog die Augenbrauen hoch.

»Schon gut.« Julian sank auf seiner Holzbank zusammen. »Ich sage ja nichts mehr.« Wie oft hatten sie diese Diskussion nun geführt? Und wie oft war ihm klar geworden, dass er ganz allein schuld an der Misere war. Warum hatte er nur nicht akzeptieren können, dass das Rosenhaus und der Rosengarten nun einmal Sandra gehörten?

»Dad sagt, es sei gut, dass du wieder hier bist. Hier gehörst du hin. Hier gehört unsere Familie hin. Bantekow ist Vergangenheit.« Caroline zirkelte mit der Gabel, um exakt drei Erbsen aufzuspießen.

Julian trank sein Ale.

»Schau mal, Onkel Julian, diese grüne Wiesenelfe hier kann machen, dass die Pusteblumenpollen von der Glückspusteblume genau zu dem Ort fliegen, wo sie hinsollen. Und dort wächst dann eine neue Glückspusteblume, die den Besitzern des Gartens ganz viel Glück bringt. Ist das nicht toll?«

Julian blickte sie nur stumm an.

»Was hat er denn, Mum? Seit Onkel Julian in Deutschland war, ist er komisch.« Sie stupste ihn an. »Kommst du zu meiner Ballettaufführung nächste Woche? Die letzte hast du ja verpasst.«

Er zwang sich zu einem Lächeln. »Natürlich komme ich. Sehr gern sogar.«

»Die hüpft doch nur rum, die kann doch gar nicht richtig tanzen«, meldete sich Luke hinter seinem Gameboy, worauf ihm Becky sofort einen Schlag mit dem Buch versetzte.

Caroline trank ihren Cider und verdrehte die Augen. »Ich freue mich schon, wenn Matthew übermorgen aus Birmingham zurückkommt. Dann könnt ihr euren Dad mal nerven, und ich gehe shoppen.« Sie gab Becky einen Kuss auf den Kopf.

»Luke ist so gemein, Mum.« Sie schmiegte sich an sie.

Julian musste lächeln. Trotz allem war es schön, wieder bei der Familie zu sein. Er legte das Besteck auf den Teller und schob den Sunday Roast weg. Aber wenn er an die Bantekower Rosen dachte, zog sich alles in ihm zusammen.

Beim Gedanken an die Rosen und – an sie.

67

Sie band die Gartenschürze um und streifte die Handschuhe über – wieder die roten mit den weißen Punkten. Die Sonne brannte schon am frühen Morgen dieses Julitages vom wolkenlosen Himmel herab. Gut, dass sie ihren Sonnenhut hatte, dachte sie und schaltete als Erstes das Schlauchsystem an, das Julian ihr in seiner letzten Arbeitswoche noch verlegt hatte. Dann trat sie an den Tapeziertisch und machte sich ans Okulieren.

T-Schnitt um T-Schnitt, Auge um Auge.

Zahn um Zahn, dachte sie grimmig. Selbst ist die Frau! Auch diese hier, dachte sie. Wer braucht schon einen Engländer als Gartenhilfe? Es lief doch alles bestens.

In der vergangenen Woche hatte sie es tatsächlich geschafft, jede einzelne Kiste auszupacken. Das Umzugsunternehmen hatte die leeren Pappkartons bereits abgeholt. Das Rosenhaus war komplett eingerichtet und dekoriert. Nach einem langen Tag des Einräumens hatte sie vor dem Fernseher im Schlafanzug Fertigpizza gegessen und das als großen Vorteil des Alleine-Lebens verbucht. Sie hatte ihren begehbaren Kleiderschrank bestückt und sich gefreut, wie ordentlich und gut duftend die Blusen, Röcke, Hosen auf ihren Bügeln hingen, wie übersichtlich alles war, wie akkurat noch der Stapel der T-Shirts aussah. Sie hatte im Bett unter der Dachschräge bis spät in die Nacht beim Schein der Nachttischlampe gelesen und ab und zu mit Ulli telefoniert.

Die hatte sich in Singapur mittlerweile eingelebt, ihr Container mit den Möbeln war endlich eingetroffen. Die neue Arbeit machte ihr sogar Spaß, wie sie sagte. Das Betriebsklima war deutlich angenehmer als das in Hamburg bei ihrer alten Firma. »Und das Essen ist spitze«, hatte sie geschwärmt und gleichzeitig gejammert, dass sie schon drei Kilo zugenommen hatte. Und sie hatte Sandra ermutigt, weiterzumachen und sich über ihre Erfolge zu freuen, als die von ihren Fortschritten im Haus erzählte.

Auf diese Weise gestärkt, hatte Sandra sich nun ein Herz gefasst und stand am Tapeziertisch. Sosehr sie es auch zu verhindern versuchte, ihre Gedanken wanderten immer wieder zu Julian. Wie sie nur auf diesen Engländer hatte hereinfallen können, ärgerte sie sich wieder. Sie hatte sich doch noch gewundert, warum ein ausgewiesener Rosenexperte ausgerechnet bei ihr in Bantekow arbeiten wollte. Aber solch einen Fehler würde sie nicht noch einmal machen. Sie würde ab jetzt keiner Seele mehr vertrauen, sondern alles selber stemmen.

Sie würde diese Rosenschule aufbauen – auch ohne Partner. Das Okulieren hatte sie von Julian gelernt, das Kreuzen konnte sie allein. Der Rosengarten war dank Julians sachkundiger Pflege auf dem besten Stand seit Theodors Tagen. Also, was hielt sie auf? Mit den Rosen von Bantekow würde sie erfolgreich sein.

Sie erinnerte sich wieder an das Telefonat, das sie noch aus dem Käfer auf dem Rückweg von Dobbertin mit Julian geführt hatte. Sie hatte ihm die Zusammenarbeit mit sofortiger Wirkung aufgekündigt, ihm verboten, jemals wieder einen Schritt in den Rosengarten zu setzen. Hatte Gertrud angerufen und ihr alles erzählt, woraufhin diese Julian vor die Tür gesetzt hatte, als er spät am Abend mit dem letzten Bus in Bantekow vor der Feldsteinkirche eintraf.

Er hatte nicht versucht, sich zu rechtfertigen, hatte gepackt, gezahlt und war mit seinem Mietwagen verschwunden.

Sandra straffte sich und zog den nächsten Wildling heran. Sie konnte das alles sehr gut allein tun.

Die Bestätigung aus Ottenbach, dass ihre Anmeldung für den Rosenwettbewerb eingegangen war, war gestern per Post eingetroffen. Zwei Briefe hatte sie in ihrem Briefkasten gefunden, den sie endlich am immer noch schiefen Gartentor angebracht hatte.

Der zweite war aus Dobbertin von Sven Berger gewesen. Berger war in die Tiefen des Archivs abgetaucht und hatte tatsächlich etwas zu Johanna gefunden. Er schrieb:

Liebe Frau Bellmann, lieber Herr Baker, Sandra hatte sich kurz geschüttelt und weitergelesen, *zum Glück hat eine Institution wie Dobbertin viel Platz zum Aktenlagern. In zahlreichen Dienstplänen habe ich Ihre Johanna entdeckt. Meist war sie im Garten beschäftigt, manchmal auch in der Küche. In den Krankenstationsunterlagen allerdings finden sich besonders interessante Einträge, alle innerhalb einer Woche im September 1889. Ich habe sie Ihnen mal anbei kopiert. Falls Sie die schnörkelige Handschrift des Arztes nicht entziffern können, hier meine Übersetzung. Da steht am 19. September 1889:*

›Notfall Johanna Eva Faber; abortio; extremer Blutverlust; Patientin bewusstlos; Blutfluss gegen 10 Uhr nachts endlich versiegt.‹

Und am 20. September: ›Patientin Faber stabil.‹

Am 22. September: ›Patientin Faber verlässt Krankenstation.‹

Sandra hatte den Brief sinken lassen. Also doch? Im nächsten Absatz von Bergers Brief las sie es schwarz auf weiß:

Falls Ihnen nicht bekannt ist, was abortio ist: Es ist eine Fehlgeburt. Johanna war tatsächlich schwanger. Das dürfte auch der Grund gewesen sein, warum sie überhaupt nach Dobbertin kam. Sie wollte ihr Kind in Ruhe zur Welt bringen, fernab vom Ort, an dem sie mit Babybauch unmöglich hätte weiterleben können.

Sandra hatte den Brief wieder in seinen Umschlag gesteckt. Die arme Frau. Wie furchtbar musste diese Zeit für sie gewesen sein. Sie hatte offenbar nicht daran geglaubt, dass Theodor sie wirklich heiraten würde, und Bantekow verlassen, bevor der Bauch sichtbar und der Skandal groß werden konnte. Sie hatte zwei Herzen damit gebrochen – ihr eigenes und das von Theodor, der keine Chance gehabt hatte, sie zu finden und zurückzugewinnen, und der vermutlich von der Schwangerschaft nichts geahnt hatte.

Sie hatte den Brief zu Johannas Rosenakte in das Vertiko gelegt, das einen Ehrenplatz im Wohnzimmer bekommen hatte, direkt neben der Eingangstür.

Diese ganze Geschichte war ein Grund mehr, die Rose, die Theodor von Bantekow seiner Johanna aus unglücklicher Liebe widmete, zu retten. Sven Berger hatte sie gleich in einer kurzen Mail gedankt und ihm eine *Johanna Eva Faber* für den Klostergarten versprochen.

Wenn ihre Veredelung denn gelänge. Das würde sie erst im Frühjahr wissen, wenn der Winter überstanden war. Sie schob ihren Sonnenhut zurecht, wischte sich den Schweiß von der Schläfe, dann machte sie den nächsten T-Schnitt und setzte das nächste Auge ein.

68

Es wurde Herbst, die Blätter der Buchen fielen, und Sandra hatte alle Hände voll zu tun, zu harken und vor dem ersten Frost die Rosen mit Kompost und Erde anzuhäufeln. Die Wildlinge hatte sie in einem Extrabeet am Rand der Rosenreihen eingesetzt; auch sie wären bald durch Anhäufelungen geschützt und würden wachsen und gedeihen – so hoffte Sandra jedenfalls. Wenn sie im Frühjahr die Erdhaufen entfernen und nachschauen würde, wie sich die okulierten Stellen entwickelt hatten, wäre das mindestens so spannend wie Geschenke auspacken zu Weihnachten. Der Gedanke ließ sie lächeln, denn das erste Weihnachten im Rosenhaus stand bevor.

In den nächsten Tagen backte Sandra unablässig Plätzchen und bereitete das Gästezimmer vor, bis Tine aus Boston angereist kam und Tom aus München.

Bewundernd begutachteten ihre Kinder das Haus, und Sandra sah, dass sie sich gleich wohlfühlten. Sie ließen sich verwöhnen wie früher, bestellten Eierkuchen und aßen ihn gleich im Stehen am Küchentresen. Sie spielten Karten und Mahjong, machten lange Spaziergänge durch die Winterlandschaft und fuhren nach Ahlbeck und Heringsdorf, um Seeluft zu schnuppern und sich hinterher bei Glühwein und heißer Schokolade am Kamin wieder aufzuwärmen.

Es waren wunderschöne Tage im Rosenhaus, bis die Kinder in der ersten Januarwoche die Koffer packen mussten. Es war fast wie früher, bloß dass sie ein neues Zuhause hatte. Und das war es wirklich – ihr neues Heim, dachte

Sandra. Ein neues Zuhause für die Familie, in dem das Fehlen von Tobias nicht ganz so schmerzhaft war, wie es das in ihrer Wohnung in Hamburg gewesen wäre, in der alles an ihn und ihre gemeinsame Zeit erinnerte.

Sie fuhr Tine nach Berlin zum Flughafen, Tom nahm von dort aus die Bahn zurück nach München. Und Sandra kehrte in ihr leeres Rosenhaus zurück – ein Moment, vor dem sie sich gefürchtet hatte. Aber sie spürte sofort, als sie die Haustür hinter sich schloss, dass es gut war. Sie war angekommen. Sie liebte das Haus, sie liebte den Garten, der in seinen Winterschlaf gesunken war, mit seinem Raureif und den wenigen eingefrorenen Rosenblüten, die noch bis in den November hinein geblüht hatten.

Sie holte die Singer-Nähmaschine hervor, die seit den letzten Schulbasaren unbenutzt verstaubt war, und stellte sie auf den Holztisch im Wohnzimmer unter das Bild vom Hamburger Hafen. Ein paar Tage später fuhr sie nach Hamburg und kaufte bei einem sündhaft teuren Innenausstatter an der Alster wunderschönen blau-weiß gestreiften Vorhangstoff und passende Gardinenstangen und nähte Gardinen für das Wohnzimmer und für das Küchenfenster. Einen anderen Stoff mit winzigen rosa Röschen darauf machte sie fürs Schlafzimmer fertig. Und aus einem Leinenstoff mit hellblauen Muschelmotiven wurden Vorhänge für das Gästezimmer. Als sie die Ergebnisse in den Räumen bewunderte, war sie stolz auf sich.

Mit Ulli telefonierte sie einmal in der Woche. Die Freundin genoss das tropische Klima und machte Scherze über die nordische Kälte in Deutschland. Sie erwähnte einen Kollegen aus den USA, der in der Controlling-Abteilung arbeitete. Geschieden, gerade fünfzig Jahre alt geworden und ein echter Gourmet. In seiner Freizeit aß er sich durch die

Sterne-Restaurants von Singapur, erzählte Ulli. Bisher hatte sie seine Einladungen nicht angenommen. Aber das würde sich bald ändern, dachte Sandra und lächelte.

Dann kam der Frühling und damit die spannende Frage: Hatten die Augen getrieben? Waren neue hoffnungsvolle Rosenpflänzchen entstanden?

An einem Montag Ende Februar, als die Wetterexperten verkündeten, dass der Frost nun ein Ende hätte, traute Sandra sich an die Pflanzen heran. Vorsichtig schob sie das Erdhäufchen der ersten Rose beiseite, laut Schild war es eine *Sommerlust*. War sie etwas geworden?

Sandra lächelte, als sie den zarten grünen Zweig entdeckte, der im Stumpf des Wildlings wuchs. Es hatte geklappt! Das Auge war angewachsen und wollte eine eigene Pflanze werden.

Aufgeregt kappte sie knapp über dem Trieb den Wildling, der nun seine Schuldigkeit getan hatte. Wachse, kleine *Sommerlust*, wachs für dich allein, dachte sie. Gespannt wandte sie sich nun einem der Wildlinge zu, der mit *Johanna Eva Faber* beschriftet war. Ob es bei dieser Sorte auch geklappt hatte? Hatten die fünf Augen auf den fünf *Laxa* ebenfalls Triebe gebildet?

Vorsichtig entfernte sie die Erdhaufen. Und was sie dann sah, ließ ihr Herz höherschlagen. Es hatte geklappt. Vier neue Pflänzchen der *Johanna Eva Faber* waren gewachsen. Vier Chancen also auf eine ausgezeichnete Rose, die bei dem Wettbewerb im Juli beeindrucken konnte.

Sandra spürte, wie ihr Freudentränen in die Augen stiegen. Nun stand es also fest: Sie würde nach Ottenbach fahren und ihre erste eigene Rose präsentieren.

69

Der 1. Juli, der Tag des Wettbewerbs, war gekommen. Um kurz nach drei Uhr nachts, als ganz Bantekow noch schlief, stieg Sandra in ihren Käfer. Das schönste Exemplar der *Johanna Eva Faber* stand sicher verstaut in einer Kiste auf der Rückbank. Sandra hatte versucht, sich alle Einzelheiten und Besonderheiten, die sie aus der Akte von Theodor kannte, einzuprägen – aber sie hoffte sehr, dass die Jury nicht allzu viel nachfragen würde. Sie hasste es, vor vielen Menschen zu reden. Und dort würden viele Menschen sein, denn auf der Internetseite des Rosariums und auch bei mehreren Fernseh- und Radiosendern war die Veranstaltung angekündigt worden.

Sie lenkte den Käfer von der Insel herunter und erreichte bald die Autobahn. Gut sechs Stunden würde sie brauchen bis nach Ottenbach im Harz, hatte ihr die Navi-App auf dem Handy angekündigt. Sie versuchte, sich zu beruhigen und die Fahrt zu genießen, was ihr aber nicht wirklich gelang. Als die ersten Berge des Mittelgebirges nahe der Autobahn auftauchten und die Ausfahrt Ottenbach ausgeschildert war, pochte ihr Herz gewaltig, und sie begann zu schwitzen.

Sie bog auf die Landstraße und war nach wenigen Minuten auf dem Parkplatz des Rosariums angekommen. Sie stellte den Motor aus und zwang sich, ruhig durchzuatmen.

Sie schaute auf die Uhr. Neun Uhr dreißig. Sie musste aussteigen und hineingehen, sonst käme sie zu spät, und man würde die *Johanna* nicht mehr mit in die Wertung nehmen. Sie sah, wie ein älterer Mann in Khaki-Hose und -Hemd mit einem in eine durchlöcherte Kiste eingepackten Rosentopf auf den Eingang zusteuerte. Er lächelte freudig und sah geradezu siegesgewiss aus.

Sie straffte sich, holte die Kiste vom Rücksitz und trug sie auf zittrigen Beinen zum Eingang.

70

Schilder lotsten sie zu einem gläsernen Veranstaltungsraum im Restaurantgebäude. Er war bereits gut gefüllt, rund zweihundert Leute mochten darin sein. Ein Kamerateam war da, ein Fotograf ging durch die Reihen und machte Fotos. Eine Hostess an der Tür bat sie, sich in eine Liste einzutragen. Sie fand ihren Namen und den Namen ihrer Rose, der *Johanna Eva Faber*. Mit steifen Händen unterschrieb sie und wurde in die zweite Reihe neben den Khaki-Mann gesetzt, der sie mit einem geringschätzigen Nicken, wie ihr schien, begrüßte.

Der Leiter des Rosariums läutete um Punkt zehn ein Glöckchen und hieß sie willkommen. Er erzählte davon, dass dieser Wettbewerb dazu dienen solle, die Liebe zu den alten Rosen zu feiern und vergessene Rosensorten neu zu entdecken. Man wolle eine fachkundige Beurteilung der Pflanzen anbieten und sie in ihrer Besonderheit einordnen. Er lächelte verschmitzt. Und natürlich wolle man die erstaunlichsten Entdeckungen für das Rosarium selbst erwerben. Auf dass sie und ihre Geschichten viele neue Besucher anzögen.

Der Leiter machte den Eindruck, als freue er sich wirklich auf das, was da kommen würde. Ebenso wie seine Kollegen in der Jury, bestehend aus der Chefgärtnerin des Rosariums, dem Journalisten eines Gartenmagazins, dem bekanntesten Züchter des Landes und einer Hobbyrosenliebhaberin, die im Vorfeld auf der Online-Seite des Rosariums gewählt worden war.

Sandras Herz hämmerte, sie hielt den Karton mit der *Johanna* fest an sich gedrückt und verfolgte, wie die erste Kandidatin mit ihrer Rose auf die Bühne stieg und die Pflanze präsentierte.

Sie erzählte, wo sie sie entdeckt hatte und was sie zu ihr erfahren habe. Die Mitglieder der Jury standen auf und betrachteten die Rose von allen Seiten, befühlten die Blätter und Stacheln, rochen an der ersten, noch zarten Blüte und machten sich Notizen. Dann nickten sie und entließen die Frau wieder auf ihren Platz. Die Rose blieb vorn auf einem Präsentiertisch stehen.

Jetzt trat der Khaki-Mann auf die Bühne. Danach wäre sie an der Reihe. Was wollte sie der Jury noch gleich erzählen? Sie hatte es vergessen, ihr Hals war wie zugeknotet, es würde kein Wort aus ihrem Mund kommen. Prüfungssituationen waren noch nie einfach gewesen für sie. Die Verteidigung ihrer Doktorarbeit hatte sie damals nur überstanden, weil Professor Werner ihr ständig aufmunternd zugenickt und, wenn sie gestockt hatte, Mut zugesprochen hatte, während die anderen Prüfer wohlwollend aus dem Fenster geschaut hatten. Sie verspürte den Drang, aufzuspringen und aus dem Saal zu rennen. Wie hatte sie sich nur einbilden können, auf dieser Bühne vor so viel Publikum eine Rose präsentieren zu können?

Langsam erhob sie sich von ihrem Platz, um seitlich davonzuschleichen – als eine Hand plötzlich ihren Arm festhielt. Eine Hand, die zu dem Mann gehörte, der sich jetzt auf den frei gewordenen Platz neben sie setzte. Sie erschrak und blickte an der Hand hinauf: Julian.

Er lächelte ihr zu und zog sie zurück. Vor Erstaunen nahm sie wieder Platz – und da wurde sie auch schon aufgerufen.

Julian nahm ihre Rose und nickte Sandra lächelnd zu. »Du wirst gewinnen«, raunte er ihr zu. »Und dein Vorhaben für Bantekows Rosen wird gelingen.« Er griff nach ihrer Hand. »Denn du bist die beste Eigentümerin und Retterin von Theodors Erbe, die ich mir vorstellen kann.« Er lächelte. »Und nun komm! Keine Angst. Ich bin da und helfe dir.« Er schob sie die drei Stufen hinauf auf die Bühne.

»Frau Dr. Bellmann, was sagen Sie zum zweiten Platz für Ihre *Johanna Eva Faber*?« Der Reporter hielt Sandra das Mikrophon direkt vor den Mund, der Kopfscheinwerfer an der Kamera blendete sie. Sie standen vor der Veranstaltungshalle im Rosarium. Die Siegerehrung war soeben zu Ende gegangen.

Sandra zwinkerte. »Das ist natürlich ein großer Erfolg. Ich freue mich sehr«, brachte sie heraus und schaute hilfesuchend zu Julian hinüber, der neben dem Reporter stand und ihr aufmunternd zulächelte.

»Ihre wunderbare Rose wird also bald im Handel zu kaufen sein?« Der Reporter folgte ihr mit seinem Mikrophon, als er merkte, dass sie nach hinten ausweichen wollte.

Sandra spürte die Wand im Rücken. »Sie wird ab dem kommenden Jahr in der Rosenschule Bantekow zu bestellen sein.« Wann war das hier bloß vorbei? Sie merkte, wie erschöpft sie war, und blickte zu Julian, der weiterlächelte.

»Wie wir in der Präsentation vorhin gehört haben, gibt es auf Ihrem Gelände in Bantekow auf Usedom offensichtlich noch zahlreiche weitere Sorten, deren Wiedervermehrung sich lohnen würde. Ist das richtig? Das Erbe des zu seiner Zeit berühmten Rosenzüchters Theodor von Bantekow, das die letzten hundert Jahre einen Dornröschenschlaf gehalten hat, ist demnach fast vollständig erhalten?«

Sandra nickte. »Wir haben die Möglichkeit, in den nächsten Jahren nach und nach rund hundertfünfzig wunderschöne alte Sorten, die als ausgestorben galten oder vergessen waren, wieder auf den Markt zu bringen. Außerdem werden wir in ein paar Jahren bemerkenswerte Neuzüchtungen anbieten, die von diesem einmaligen Erbe abstammen.«

Der Reporter runzelte die Stirn. »Sie sagen ›wir‹. Wer sind denn die Gründer der Rosenschule Bantekow?«

Hatte sie wir gesagt?

Sandra sah zu Julian hinüber. Der schaute weg. Sie trat einen Schritt vor, ergriff seine Hand und zog ihn zu sich vor die Kamera. »Zum einen ich, die Eigentümerin des Gartens, und dann dieser bemerkenswerte Herr hier. Er ist der Großneffe des berühmten Theodor von Bantekow.« Julian wehrte sich und wollte den Scheinwerferkegel wieder verlassen, aber sie hielt ihn fest. »Darf ich vorstellen: Julian von Bantekow, mein Geschäftspartner und der gärtnerische Leiter unserer Rosenschule.« Sie sah ihn fragend an. »Nicht wahr?«

Er nickte, schloss sie in die Arme und küsste sie vor laufender Kamera.

»Das freut mich so für dich, Mama!« Tine fiel ihr um den Hals. »Ich bin stolz auf dich! So viele Vorbestellungen habt ihr bekommen? Das ist ja großartig.«

Sandra lachte. »Danke, mein Schatz. Ja, es ist verrückt. Ganz Deutschland will offenbar die *Johanna Eva Faber* im Garten haben. Und einige der anderen Sorten auch. Unser Online-Shop läuft phantastisch. Wir müssen in Mengen produzieren, von denen wir noch nicht einmal geträumt haben.« Sie reichte Tine eine Schale über den Küchentresen. »Trag bitte mal die Rosen-Tiramisu raus aufs Buffet.«

Tine lachte. »Die darf auf keiner Party fehlen.«

»Und auf dieser schon gar nicht, hier im Rosenhaus.« Sandra zwinkerte. »Ich komme gleich mit der Bowle hinterher.«

»Die nehme ich«, sagte Julian und griff nach dem bauchigen Gefäß, in dem rosafarbene Rosenblütenblätter in einer Mischung aus Sekt und Wein schwammen. »Schmeckt bestimmt prima.« Er lachte. »Davon wird meine Schwester nicht genug bekommen, wie ich sie kenne.«

Sandra schnappte sich ein Baguette, und sie verließen die Küche und traten in den Garten, der mit weißen Girlanden geschmückt war. Überall standen hohe Partytische mit weißen Decken bis hinunter auf den Rasen, jeweils gerafft von einer rosafarbenen Rosenmanschette. Auf einen von ihnen stellte Julian die Bowle.

Sandra schnitt auf einem Holzbrett das Baguette auf. »Es ist so schön, dass Caroline und die Kinder extra für unser

Fest herübergekommen sind und dass wir uns endlich kennenlernen können.«

»Und euch nicht nur am Telefon sprecht.« Julian gab Sandra einen Kuss. »Die Eröffnung der Rosenschule ist eben ein besonderer Anlass. Und sie war doch so neugierig auf dich.«

»Und ich auf sie.« Sandra lachte. »Da kommen Bürgermeister Karlsen und Gemeinderat Müller.« Sie lief auf sie zu. »Möchten Sie gleich einen Schluck von unserer Rosenbowle, Herr Bürgermeister?«

Der nickte. »Kann ich gut gebrauchen, komme direkt von der Bürgersprechstunde.« Er reichte ihr ein Geschenk. »Packen Sie aus, ist von Lehmann und mir. Der hat heute beim Hafenfest in Krummin zu tun, kann leider nicht kommen.«

Sandra wickelte das Geschenkpapier ab. Ein Spielzeugkarton kam zum Vorschein. »Ein Playmobil-Schwimmbad mit Wasserrutsche?« Sie sah ihn fragend an.

Er grinste. »Als Mahnung, dass Sie auch immer schön am Erfolg Ihrer Rosenschule arbeiten, uns viele Arbeitsplätze schaffen und zahlungskräftige Touristen nach Bantekow locken, abgemacht?« Er reichte ihr die Hand.

Sandra schlug ein. »Abgemacht.«

Caroline gesellte sich dazu, in der Hand ein Glas Bowle, wie Julian es vorausgesehen hatte. »Jetzt kann ich meinen Bruder verstehen, dass er wie ein Häufchen Unglück in London herumsaß und zurückwollte zu Ihnen – und in diesen Garten. Es ist herrlich hier.« Sie lächelte und ließ den Blick über das Blütenmeer schweifen. »Wir machen es so: Ich überlasse Ihnen meinen Bruder, und Sie schicken mir dafür regelmäßig neue Rosen für meinen kleinen Hinterhof in Notting Hill. Deal?«

Sandra lachte. »Deal!«

Gertrud lief mit einem Tablett an ihnen vorbei. »Kanapees mit meinem selbstgekochten Rosengelee? Werde ich wohl in meine Frühstückskarte aufnehmen, wenn noch mehr von diesen Rosentouristen auftauchen. Erst gestern hatte ich ein älteres Ehepaar aus Stuttgart zu Gast, die nicht gehen wollten, bis ich der Frau das Rezept für meine Rosentorte aufgeschrieben habe.« Sie lächelte. »Oder vielmehr dein Rezept, Sandra.«

Sandra aß ein Kanapee und sah eine schwarze Limousine vor dem Grundstück stoppen. Der Fahrer sprang heraus, umrundete den Fond und öffnete die Hintertür. Ein hochhackiger Christian-Louboutin-Schuh trat auf das Kopfsteinpflaster. »Ulli«, rief Sandra und rannte auf den Wagen zu, während die Freundin im klassischen schwarz-weißen Chanelkostüm ausstieg. Sandra warf sich in ihre Arme. »Du bist ja verrückt, extra herzukommen!«

Ulli lachte unter Tränen. »Das konnte ich mir doch nicht entgehen lassen, diesem kauzigen Engländer für sein unmögliches Verhalten noch persönlich eine Kopfnuss zu geben.« Sie lächelte und schaute zu Julian hinüber, der auf dem Rasen vor dem Haus mit Becky und Luke Fußball spielte. »Zum Glück ist er zur Vernunft gekommen.« Sie umarmte die Freundin von neuem und flüsterte: »Und du auch. Du meine Güte! Sind Kittelschürzen neuerdings partytauglich?«

»Hier schon«, sagte Sandra und löste sich aus der Umarmung, um Frau Marschner zu begrüßen, die zögernd an die Limousine herantrat. »Wie schön, dass Sie auch vorbeischauen.«

Frau Marschner schüttelte den Kopf. »Nee, lassen Sie mal. Mein Mann und ich wollten Ihnen nur schnell alles Gute wünschen und Ihnen das hier vorbeibringen.« Sie reichte ihr einen Bräter. Sandra lüftete den Deckel. »Rouladen? Frau Marschner, das ist so nett!«

»Auch wenn Sie jetzt nicht mehr allein sind, schmecken die doch immer gut.« Sie zwinkerte. »Können Sie sicher gebrauchen, wenn die Aufregung sich morgen gelegt hat.« Sie lächelte, tätschelte Sandra die Hand und machte kehrt, um in Richtung ihres Gartentors zu verschwinden.

»Herzlichen Dank«, rief Sandra ihr hinterher. »Komm!« Sie klemmte den Bräter unter einen Arm und legte den anderen um Ullis Schultern. »Lass uns feiern.«

Kurz darauf standen sie mit einem Glas Bowle zwischen den Rosen. »Auf deinen mutigen Neuanfang.« Ulli prostete Sandra zu.

»Auf deinen aber auch«, gab sie zurück, und sie ließen die Gläser klingen.

»Und auf eine rosige Zukunft.« Ulli machte eine weite Geste über die bunten Köpfe der Rosen hinweg.

»Was sonst?«, lachte Sandra.

Rosenrezepte

Rosen verzaubern nicht nur unser Auge, sie schmeicheln auch unserem Gaumen. Es gibt zahlreiche Rezepte mit Rosenwasser oder Rosenlikör, aber auch die Blütenblätter können direkt verkocht werden. Wichtig: nur ungespritzte Blütenblätter verwenden; ob aus der Feinschmeckerabteilung, speziellen Online-Shops oder dem eigenen Garten, spielt dabei keine Rolle. Rosenblüten lassen sich übrigens gut einfrieren, so dass zum Beispiel einer Rosenbowle vor dem Kamin im Winter nichts im Wege steht.

Sandras Rosenbowle

250 g Blütenblätter von Duftrosen
1 Zitrone
150 g Zucker
1 Prise Salz
100 ml Rosenlikör (oder Rosengeist oder -sirup)
1 Liter Weißwein
1 Liter Sekt

Die Blütenblätter, den Saft der Zitrone, den Zucker und das Salz mit dem Likör/Geist/Sirup vermengen und gut eine Stunde stehen lassen. Dann den Weißwein beigeben und eine weitere Stunde ziehen lassen. Kurz vor dem Servieren eiskalten Sekt zugießen.

Sandras Rosen-Tiramisu (ohne Eier)

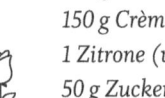

250 g Mascarpone
150 g Crème fraîche
1 Zitrone (unbehandelt)
50 g Zucker
100 ml Milch
150 ml Rosenwasser (oder Rosenlikör)
ca. 150 g Löffelbiskuit
1 Handvoll Rosenblätter zum Dekorieren

Eine Schale mit Löffelbiskuit auslegen. Mit der Hälfte des Rosenwassers beträufeln. Mascarpone, Crème fraîche, ein wenig geraspelte Schale der unbehandelten Zitrone und einen Spritzer Saft mit Zucker und Milch zu einer cremigen Masse verrühren. Mit der Hälfte der Masse den Löffelbiskuitboden bedecken. Eine weitere Schicht Löffelbiskuit auflegen und mit dem Rest Rosenwasser beträufeln. Den Rest der Crememasse als Deckschicht auftragen. Rosenblätter kandieren: mit Eiweiß bestreichen, Zucker aufstreuen, dann auf Backpapier im Ofen ca. 25 Minuten bei 60 Grad kandieren. Erkalten lassen und das Tiramisu dekorieren.

Sandras Rosenquarktorte

Für den Biskuitboden:
6 Eier
200 g Zucker
100 g Mehl
100 g Speisestärke
1 TL Backpulver
50 g Kakao
Rosenlikör zum Beträufeln
Für die Rosenquarkcreme:
500 g Quark
100 g Zucker
1 Zitrone (unbehandelt)
5 EL Rosenlikör
Fürs Finish:
Fondant (weiß)
kandierte Rosenblüten (siehe oben)

Für den Biskuitboden die Eier trennen, Eiweiß steifschlagen, Zucker einrieseln lassen, Eigelb unterrühren. Mehl, Speisestärke, Backpulver und Kakao vermengen und darübersieben, vorsichtig unterheben. Masse in eine mit Backpapier ausgelegte Springform (26 cm) geben, bei 180 Grad ca. 30 Minuten backen. Inzwischen Quark mit Rosenlikör, ein wenig Schale der Zitrone und Zucker vermengen. Den fertigen Biskuitboden vorsichtig in drei Scheiben zerschneiden. Erste Scheibe als Boden verwenden, die Hälfte der Quarkmasse darauf verteilen und glattstreichen. Zweite Biskuitscheibe auflegen und mit Rosenlikör gut beträufeln. Rest der Quarkmasse auftragen und letzte Biskuitscheibe auflegen. Diese nur leicht mit Rosenlikör beträufeln. Mit Fondant ummanteln und bedecken. Mit kandierten Rosenblüten dekorieren.

Gertruds Rosengelee

500 g Rosenblütenblätter
1 Spritzer Zitronensaft
1 kg Gelierzucker
1 Liter Wasser

Rosenblüten, Wasser und Zitronensaft ca. 20 Minuten kochen, bis das Wasser duftet und die Farbe der Blüten angenommen hat. Den Sud durch ein Sieb von den Blättern trennen, dann den Sud mit dem Gelierzucker drei Minuten unter Rühren kochen. Sofort in Einmachgläser randvoll abfüllen und verschrauben. Gläser auf den Deckel stellen und ruhen lassen.

KRISTIN HANNAH

Die
Nachtigall

Zwei Schwestern. Die eine kämpft für die Freiheit.
Die andere für die Liebe.

ROMAN

RL

EINS
9. April 1995
AN DER KÜSTE VON OREGON

Wenn ich in meinem langen Leben eines gelernt habe, dann ist es Folgendes: In der Liebe finden wir heraus, wer wir sein wollen; im Krieg finden wir heraus, wer wir sind. Heutzutage wollen die jungen Leute alles über jeden wissen. Sie denken, über ein Problem zu reden wäre schon die Lösung. Ich stamme aus einer schweigsameren Generation. Wir haben verstanden, welchen Wert das Vergessen hat, wie verlockend es ist, sich neu zu erfinden.

In letzter Zeit allerdings ertappe ich mich dabei, wie ich an den Krieg denke und an meine Vergangenheit, an die Menschen, die ich verloren habe.

Verloren.

Das klingt, als hätte ich meine Liebsten irgendwo verlegt; sie vielleicht an einem Ort zurückgelassen, an den sie nicht gehören, und mich dann abgewendet, zu verwirrt, um wieder zu ihnen zurückzufinden.

Aber sie sind nicht verloren. Und auch nicht an einem besseren Ort. Sie sind tot. Heute, wo ich das Ende meines Lebens vor mir sehe, weiß ich, dass sich Trauer ebenso wie Reue tief in uns verankert und für immer ein Teil von uns bleibt.

Ich bin in den Monaten seit dem Tod meines Mannes und meiner Diagnose sehr gealtert. Meine Haut erinnert an knittriges Wachspapier, das jemand zum Wiedergebrauch glattstreichen wollte. Meine Augen lassen mich häufig im Stich – bei Dunkelheit, im Licht von Autoscheinwerfern oder wenn es regnet. Diese neue Unzuverlässigkeit meiner Sehkraft ist nervtötend. Vielleicht schaue ich deshalb in die Vergangenheit zurück. Die Vergangenheit besitzt eine Klarheit, die ich in der Gegenwart nicht mehr erkennen kann.

Ich stelle mir gern vor, dass ich Frieden finde, wenn ich gestorben bin, dass ich all die Menschen wiedersehe, die ich geliebt und verloren habe. Dass mir zumindest verziehen wird.

Aber ich weiß es besser.

Mein Haus, das von dem Holzbaron, der es vor mehr als hundert Jahren erbaute, *The Peaks* getauft wurde, steht zum Verkauf, und ich bereite meinen Umzug vor, wie mein Sohn es für richtig hält.

Er versucht, sich um mich zu kümmern, mir zu zeigen, wie sehr er mich liebt in dieser schweren Zeit, und deshalb lasse ich mir seine übertriebene Fürsorge gefallen. Was kümmert es mich, wo ich sterbe? Denn darum geht es im Grunde. Es spielt keine Rolle mehr, wo ich wohne. Ich packe das Strandleben von Oregon, zu dem ich mich vor beinahe fünfzig Jahren hier niedergelassen habe, in Kartons. Es gibt nicht viel, was ich mitnehmen will. Doch eine Sache unbedingt.

Ich greife nach dem von der Decke hängenden Griff, mit dem die Speichertreppe heruntergezogen wird. Die Stufen falten sich von der Decke wie der Arm eines Gentlemans, der die Hand ausstreckt.

Die leichte Treppe schwankt unter meinen Füßen, als ich in den Speicher hinaufsteige, in dem es nach Staub und Schimmel riecht. Über mir hängt eine einsame Glühbirne. Ich ziehe an der Schnur.

Es sieht aus wie im Frachtraum eines alten Dampfers. Die Wände sind mit breiten Holzplanken verkleidet, Spinnweben schimmern silbrig in den Winkeln und hängen in Strähnen von den Fugen zwischen den Planken herunter. Das Dach ist so steil, dass ich nur in der Mitte des Raums aufrecht stehen kann.

Ich sehe den Schaukelstuhl, in dem ich saß, als meine Enkel klein waren, dann ein altes Kinderbettchen und ein zerschlissenes Schaukelpferd auf rostigen Federn und den Stuhl, den meine Tochter gerade neu lackierte, als sie von ihrer Krankheit erfuhr. An der Wand stehen mit *Weihnachten*, *Thanksgiving*, *Ostern*, *Halloween*, *Geschirr* oder *Sportsachen* beschriftete Kartons. Darin sind Dinge, die ich nicht mehr oft benutze, von denen ich mich aber dennoch nicht trennen kann. Mir einzugestehen, dass ich zu Weihnachten keinen Baum schmücken werde, ist für mich wie aufzugeben, und im Loslassen war ich noch nie gut. Hinten in der Ecke steht, was ich suche: ein alter, mit Aufklebern gespickter Überseekoffer.

Mit einiger Anstrengung zerre ich den schweren Koffer in die Mitte des Speichers, direkt unter die Glühbirne. Ich hocke mich daneben, habe jedoch prompt solche Schmerzen in den Knien, dass ich mich auf den Hintern gleiten lasse.

Zum ersten Mal seit dreißig Jahren hebe ich den Deckel des Koffers. Der obere Einsatz ist voller Andenken an die Zeit, in der meine Kinder klein waren. Winzige Schuhe, Handabdrücke auf Tonscheiben, Buntstiftzeichnungen, die von Strichmännchen und lächelnden Sonnen bevölkert werden, Schulzeugnisse, Fotos von Tanzvorführungen.

Ich hebe den Einsatz aus dem Koffer und stelle ihn neben mir ab.

Die Erinnerungsstücke auf dem Boden des Koffers liegen wild durcheinander: mehrere abgegriffene ledergebundene Tagebücher; ein Stapel alter Postkarten, der mit einem blauen Satinband zusammengebunden ist; ein Karton mit einer eingedrückten Ecke; eine Reihe schmaler Gedichtbändchen von Julien Rossignol und ein Schuhkarton mit Hunderten Schwarzweißfotos.

Ganz oben liegt ein vergilbtes Stück Papier.

Meine Finger zittern, als ich es in die Hand nehme. Es ist eine *carte d'identité*, ein Ausweis aus dem Krieg. Das Bild im Passfotoformat. Eine junge Frau. *Juliette Gervaise.*

»Mom?«

Ich höre meinen Sohn auf der knarrenden Holztreppe, Schritte, die mit meinem Herzschlag übereinstimmen. Hat er schon vorher nach mir gerufen?

»Mom? Du solltest nicht hier oben sein. Mist. Die Stufen sind wacklig.« Er kommt zu mir. »Ein Sturz und …«

Ich berühre sein Hosenbein, schüttle langsam den Kopf. Ich kann den Blick nicht heben. »Nicht«, ist alles, was ich sagen kann.

Er geht in die Hocke, setzt sich zu mir. Ich rieche sein Aftershave, dezent und würzig, und auch eine Spur Rauch. Er hat heimlich draußen eine Zigarette geraucht, eine Gewohnheit, die er vor Jahrzehnten aufgegeben und nach meiner Diagnose vor kurzem wieder angenommen hat. Es besteht kein Grund, meine Missbilligung zu äußern. Er ist Arzt. Er weiß es selbst.

Instinktiv will ich den Ausweis in den Koffer zurückwerfen und den Deckel zuklappen, ihn wieder verstecken. Wie ich es mein Leben lang getan habe.

Doch jetzt sterbe ich. Vielleicht nicht schnell, aber auch nicht gerade langsam, und ich sehe mich gezwungen, auf mein Leben zurückzuschauen.

»Mom, du weinst ja.«

»Wirklich?«

Ich will ihm die Wahrheit sagen, aber ich kann es nicht. Es macht mich verlegen, und es beschämt mich, dieses Versagen. In meinem Alter sollte ich mich vor nichts mehr fürchten – und ganz bestimmt nicht vor meiner eigenen Vergangenheit.

Ich sage nur: »Ich will diesen Koffer mitnehmen.«

»Der ist zu groß. Ich packe die Sachen, die du haben willst, in eine kleinere Schachtel.«

Ich lächle bei seinem Versuch, mich zu kontrollieren. »Ich liebe dich, und ich bin wieder krank. Aus diesen Gründen habe ich mich von dir bevormunden lassen, aber noch bin ich nicht tot. Ich will diesen Koffer mitnehmen.«

»Wozu sollen dir denn die Sachen nützen, die da drin sind? Das sind doch nur unsere Zeichnungen und solches Zeug.«

Wenn ich ihm die Wahrheit längst erzählt oder wenigstens mehr getanzt, getrunken und gesungen hätte, wäre er vielleicht imstande gewesen, *mich* zu sehen statt einer verlässlichen, normalen Mutter. Er liebt eine Version von mir, die nicht vollständig ist. Ich dachte immer, das wäre es, was ich wollte: geliebt und bewundert zu werden. Doch jetzt denke ich, dass ich in Wahrheit richtig gekannt werden will.

»Betrachte es als meinen letzten Willen.«

Ich sehe ihm an, dass er sagen will, ich solle nicht so reden, aber er befürchtet, seine Stimme könnte schwanken. Er räuspert sich. »Du hast es schon zweimal geschafft. Du schaffst es wieder.«

Wir wissen beide, dass das nicht stimmt. Ich bin zittrig und schwach. Ohne medizinische Hilfe kann ich weder essen noch schlafen. »Natürlich schaffe ich es.«

»Ich will doch nur, dass du gut aufgehoben bist.«

Ich lächle. Amerikaner können dermaßen naiv sein.

Früher habe ich seinen Optimismus geteilt. Ich habe gedacht, die Welt sei ein sicherer Ort. Aber das ist schon sehr lange her.

»Wer ist Juliette Gervaise?«, fragt Julien, und es versetzt mir einen kleinen Schock, ihn diesen Namen aussprechen zu hören.

Ich schließe die Augen, und in der Dunkelheit, die nach Schimmel und längst vergangenem Leben riecht, schweifen meine Gedanken zurück in einem weiten Bogen, der über Jahre und Kontinente hinwegreicht. Gegen meinen Willen – oder vielleicht ihm zufolge, wer kann das wissen? – erinnere ich mich.